Toni Morrison wurde 1931 in Lorain, Ohio, geboren. Sie ist eine der wichtigsten amerikanischen Schriftstellerinnen des 20. Jahrhunderts. Zu ihren bedeutendsten Werken zählen *Sehr blaue Augen*, *Solomons Lied* und *Beloved* sowie ihr essayistisches Schaffen. Sie war Mitglied des National Council on the Arts und der American Academy of Arts and Letters. 1993 erhielt sie den Nobelpreis für Literatur. 2012 zeichnete Barack Obama sie mit der Presidential Medal of Freedom aus. Toni Morrison starb am 5. August 2019.

«Ich wollte dieses Buch lesen, und niemand hatte es geschrieben, also dachte ich, dass ich es schreiben würde, um es zu lesen.» TONI MORRISON

«Toni Morrisons Bücher verändern das Leben. In ihnen bekommen die zu oft Übersehenen und Ausgegrenzten eine Bühne, beschrieben mit unglaublich schöner Sprache und Feingefühl, sodass sie selbst in brutalen Momenten nie die Würde und Menschlichkeit verlieren.» ALICE HASTERS

TONI MORRISON

Sehr blaue Augen

Aus dem Englischen von
Tanja Handels

*Mit einem Nachwort
von Alice Hasters*

Rowohlt Taschenbuch Verlag

2. Auflage März 2025

Die Originalausgabe erschien unter dem Titel
«The Bluest Eye» 1970 bei Holt, Rinehart and Winston, New York.
Übersetzung des Vorworts von 2008: Thomas Piltz

Veröffentlicht im Rowohlt Taschenbuch Verlag,
Kirchenallee 19, 20099 Hamburg, April 2025
Copyright © 1979 by Rowohlt Taschenbuch Verlag GmbH,
Reinbek bei Hamburg
Copyright © 2023 by Rowohlt Verlag GmbH, Hamburg
«The Bluest Eye» Copyright © 1970 by Toni Morrison
Die Nutzung unserer Werke für Text- und Data-Mining
im Sinne von § 44b UrhG behalten wir uns explizit vor.
Covergestaltung Cordula Schmidt Design, Hamburg,
nach einem Entwurf von Anzinger und Rasp, München
Coverabbildung Tracy Murrell
Satz aus der Adobe Garamond Pro
bei Pinkuin Satz und Datentechnik, Berlin
Druck und Bindung CPI books GmbH, Leck
ISBN 978-3-499-01251-8

Kontaktadresse nach EU-Produktsicherheitsverordnung:
produktsicherheit@rowohlt.de

Für die zwei, die mir das Leben schenkten,
und den einen, der mich frei gemacht hat

VORWORT

Gewiss kennen wir alle das Gefühl, nicht gemocht oder gar abgelehnt zu werden, sei es im Augenblick oder für lange Zeit. Manche mögen es nur als ärgerlich empfinden; manche können aber auch tief verletzt sein. Vielleicht wissen einige von uns auch, wie es ist, gehasst zu werden – gehasst für etwas, das sich unserem Einfluss entzieht, das wir nicht ändern können. Wenn so etwas geschieht, ist es ein gewisser Trost zu wissen, dass die Ablehnung oder der Hass unberechtigt sind – dass man dergleichen nicht verdient hat. Und wenn man über ein gefestigtes Gefühlsleben und/oder Rückhalt bei der Familie und den Freunden verfügt, bleibt der Schaden gering oder lässt sich ungeschehen machen. Wir halten so etwas für eine Last (erträglich oder auch lähmend), wie sie untrennbar mit dem menschlichen Leben verbunden ist.

Als ich mit der Niederschrift von *Sehr blaue Augen* begann, interessierte mich etwas anderes: nicht der Widerstand gegen die Verachtung, die wir von anderen erfahren, sondern die weitaus tragischeren und lähmenderen Folgen, die es hat, wenn wir die Ablehnung als berechtigt, als etwas Selbstverständliches akzeptieren. Mir war klar, dass sich manche Opfer eines ausgeprägten Selbsthasses als gefährlich, als gewalttätig erweisen und den Feind, der sie wieder und wieder gedemütigt hat, in sich selbst auferstehen lassen. Andere geben sich selbst auf und ordnen sich einem größeren Gefüge unter, das ihnen die starke Persönlichkeit leiht, die ihnen selbst fehlt. Die allermeisten freilich lassen ihren Selbsthass irgendwann hinter sich. Doch immer gibt es einige, die stumm und unerkannt darunter zusammenbrechen, ohne eine Stimme, die ihrem Leid Ausdruck und Beachtung verschaffen würde. Sie sind unsichtbar. Wie leicht, wie schnell kann die Selbstachtung bei Kindern zugrunde gehen, deren Ich den aufrechten Gang noch nicht erlernt hat. Kommen zur Verletzlichkeit der Jugend noch gleichgültige Eltern, abweisende Erwachsene und eine Welt hinzu, die mit ihrer Sprache, ihren Gesetzen und ihren Bildern die Verzweiflung nur verstärkt, so ist der Weg in den Abgrund vorgezeichnet.

Die Absicht dieses Buches – meines ersten – war es also, in ein Leben einzutreten, bei dem es aufgrund von Jugend, Geschlecht und Race besonders unwahrscheinlich ist, dass es diesen zerstörerischen Kräften widerstehen kann. Als düsterer Bericht über einen Seelenmord begonnen, konnte der Roman seine Hauptfigur nicht unbegleitet lassen, denn ihre Passivität machte sie zur erzählerischen Leerstelle. So erfand ich Freundinnen und Klassenkameradinnen, die die Not des Mädchens verstehen, sogar mit ihr fühlen, aber selbst das Glück verständnisvoller Eltern und einer robusten psychischen Konstitution haben. Doch auch sie erweisen sich als hilflos. Sie können ihre Freundin nicht vor der Welt retten. Sie zerbricht.

Ursprung des Romans war ein Gespräch, das ich als

Kind mit einer Freundin geführt hatte. Wir waren gerade erst in die Grundschule gekommen. Sie sagte damals, dass sie gern blaue Augen hätte. Ich sah mich um und versuchte, mir vorzustellen, wie sie bei Erfüllung ihres Wunsches aussähe, aber das Bild, das mir dabei vor Augen trat, stieß mich heftig ab. Ihre kummervolle Stimme schien um Mitgefühl zu betteln, und ich versuchte, es ihr zu geben, aber in Wahrheit war ich angesichts der Entweihung, die ihr vorschwebte, so bestürzt, dass ich wütend auf sie wurde.

Bis zu diesem Augenblick hatte ich Menschen als hübsch, als reizvoll, als nett, als hässlich wahrgenommen, und obwohl mir das Wort «schön» sicher nicht fremd war, hatte ich es doch nie als einen Schock erlebt – einen Schock, der von dem Wissen begleitet wurde, dass niemand sonst diese Schönheit erkannte, am wenigsten diejenige, die sie besaß.

Es musste an mehr gelegen haben als an dem Gesicht, das ich betrachtete: an der Stille der Straße am frühen Nachmittag, am Licht, an dem Gefühl, einem Bekenntnis beizuwohnen. Auf jeden Fall war es das erste Mal, dass ich begriff, was «schön» bedeutet. Dass ich mir selbst ein Bild davon gemacht hatte. Schönheit war nicht einfach etwas, das man betrachtete. Schönheit war eine Frage des *Verhaltens*.

Sehr blaue Augen war mein Versuch, mich darüber zu äußern. Davon zu sprechen, warum meine Freundin selbst kein Bewusstsein dafür hatte – und vielleicht niemals haben würde –, was ihr geschenkt worden war, und warum sie um eine so radikale Veränderung flehte. Was in ihrem Wunsch verborgen lag, war durch Rassismus ausgelöster Selbsthass. Und noch zwei Jahrzehnte später fragte ich mich, wie man den erlernt. Wer hatte ihn ihr eingeredet? Wer hatte ihr das Gefühl gegeben, es wäre besser, entstellt herumzulaufen statt als der Mensch, der sie war? Wer hatte sie angeblickt und so mangelhaft gefunden, ein solches Leichtgewicht auf der Waage der Schönheit? Es ist dieser Blick, der sie verurteilt hat, gegen den der Roman seine Stimme erhebt.

Als Schwarze Menschen in den Sechzigern wieder Anspruch auf die eigene Schönheit erhoben, ließ mich das darüber nachdenken, warum es überhaupt nötig war. Warum konnte diese Schönheit, wenn auch von anderen geschmäht, nicht innerhalb der Community als etwas Selbstverständliches gelten? Warum musste sie so unablässig öffentlich behauptet werden, um zu existieren? Diese Fragen mögen nicht sehr intelligent wirken, aber 1962, als ich mit der Erzählung begann, und 1965, als sie allmählich Buchgestalt annahm, erschienen mir die Antworten nicht so offensichtlich, wie sie es bald wurden und noch heute sind. Das Beharren auf Schwarzer Schönheit war keineswegs die Reaktion auf selbstironische, scherzhafte Kritik an kulturellen Eigenheiten, wie sie jede gesellschaftliche Gruppe kennt. Sie richtete sich vielmehr gegen die fatale Verinnerlichung der unterstellten, unveränderlichen Minderwertigkeit, die der Außenblick projizierte. Daher konzentrierte ich mich darauf, wie etwas so Groteskes wie die Dämonisierung einer ganzen Race im unschuldigsten Mitglied einer Gesellschaft – einem Kind – und im verletzlichsten Mitglied einer Gesellschaft – einem Mädchen – Wurzeln schlagen konnte. Bei meinem Versuch, die Verheerungen zu zeigen, die selbst beiläufige Formen rassistischer Abwertung anrichten können, entschied ich mich nicht für ein repräsentatives, sondern für ein singuläres Beispiel. Das Extreme an Pecolas Fall gründet überwiegend in zerrütteten und zerrüttenden Familienverhältnissen, die ganz anders sind als die einer afroamerikanischen Durchschnittsfamilie oder die der Ich-Erzählerin. Doch bei aller Einzigartigkeit von Pecolas Schicksal war ich davon überzeugt, dass einzelne Aspekte ihrer Verwundbarkeit in allen jungen Mädchen zu finden sind. Meine Erkundung der gesellschaftlichen wie der häuslichen Aggression, an der ein Kind buchstäblich zerbrechen kann, konfrontiert die Hauptfigur mit einer Reihe von Demütigungen, die teils alltäglich, teils außergewöhnlich und zum Teil monströs sind, wobei ich stets darauf bedacht war, jede Komplizenschaft mit dem Prozess der Dämonisierung, dem Pecola unterworfen wird, zu vermeiden. Mit anderen Worten: Ich wollte die Figuren, die Pecola niedermachen und zu ihrem Zusammenbruch beitragen, nicht entmenschlichen.

Ein Problem rückte dabei immer mehr ins Zentrum: Das schiere Gewicht des Romans, der eine so zarte Seele zu erforschen versucht, drohte die Hauptfigur zu erdrücken und den Lesenden eine bequeme Ausflucht ins Mitleid zu eröffnen, statt sie zu einer Reflexion ihrer eigenen Rolle zu zwingen. Meine Lösung – die Erzählung in Fragmente aufzubrechen, die die Lesenden selbst zusammensetzen müssen – schien mir damals eine gute Idee zu sein, deren Ausführung mich heute jedoch nicht mehr überzeugt. Außerdem hat sie ihren Zweck nicht erfüllt: Viele Lesende lassen sich zwar berühren, aber nicht bewegen.

Das andere Problem war natürlich die Sprache. Den verächtlichen Blick durchzuhalten und ihn gleichzeitig zu unterlaufen erwies sich als schwierig. Der Roman versuchte, den Nerv des rassistisch bedingten Selbsthasses zu treffen, ihn freizulegen und den Schmerz nicht mit Betäubungsmitteln, sondern mit einer Sprache zu lindern, die es mit der Handlungskraft aufnehmen konnte, die ich bei jener ersten Erfahrung von Schönheit empfand. Weil jener Augenblick so stark von unserer Race bestimmt war (meine Abscheu angesichts der Sehnsucht meiner Mitschülerin, zu ihrer sehr dunklen Haut sehr blaue Augen zu haben; die Wunde, die sie meiner Vorstellung von Schönheit damit zufügte), zielte alle Anstrengung auf ein Schreiben ab, das unbestreitbar Schwarz war. Bis heute weiß ich nicht, was das genau ist, aber das hält mich ebenso wenig davon ab, es weiterzuverfolgen, wie all die Versuche, meine Bemühungen zu disqualifizieren, mit denen ich es herausfinden will.

Meine Wahl der Sprachebenen (gesprochen, gehört, umgangssprachlich), mein Vertrauen darauf, dass tief in der Schwarzen Kultur verwurzelte Codes eins zu eins verstanden würden, mein Bemühen, unmittelbare Komplizenschaft und Vertrautheit zu erzielen (ohne eine Distanz schaffende, erläuternde Schicht), und auch mein Vorhaben, Schweigen zu gestalten, indem ich es breche: All das sind Versuche, die Komplexität und den Reichtum Schwarzer amerikanischer Kultur in eine Sprache zu überführen, die dieser Kultur würdig ist.

Denke ich heute an meine Probleme bei der Suche nach einer wahrhaftigen Sprache zurück, so bin ich erstaunt, wie wenig sich in dieser Hinsicht verändert hat. Wenn ich höre, wie in «zivilisierter» Rede Menschen erniedrigt werden, wenn ich sehe, wie kulturelle Exorzismen die Literatur verarmen lassen, wenn ich meinesgleichen eingeschlossen finde im Bernstein abwertender Metaphern – dann wird mir klar, dass mein Erzählprojekt heute nicht weniger schwierig ist als vor dreißig Jahren.

Toni Morrison, 2008
Deutsch von Thomas Piltz

Sehr blaue
Augen

Das ist das Haus. Es ist grün und weiß. Seine Tür ist rot. Es ist sehr schön. Das ist die Familie. Mutter, Vater, Dick und Jane wohnen in dem grün-weißen Haus. Sie sind sehr glücklich. Da ist Jane. Sie hat ein rotes Kleid an. Sie möchte spielen. Wer spielt mit Jane? Da ist die Katze. Sie macht Miau. Komm spielen. Komm, spiel mit Jane. Das Kätzchen mag nicht spielen. Da ist Mutter. Mutter ist sehr lieb. Spielst du mit Jane, Mutter? Mutter lacht. Lach, Mutter, lach. Da ist Vater. Er ist groß und stark. Spielst du mit Jane, Vater? Vater lächelt. Lächle, Vater, lächle. Da ist der Hund. Wauwau macht der Hund. Spielst du mit Jane? Da läuft der Hund. Lauf, Hund, lauf. Guck mal. Da kommt eine Freundin. Die Freundin möchte mit Jane spielen. Sie werden schön zusammen spielen. Spiel, Jane, spiel.

Das ist das Haus es ist grün und weiß seine Tür ist rot es ist sehr schön das ist die Familie Mutter Vater Dick und Jane wohnen in dem grün-weißen Haus sie sind sehr glücklich da ist Jane sie hat ein rotes Kleid an sie möchte spielen wer spielt mit Jane da ist die Katze sie macht Miau komm spielen komm spiel mit Jane das Kätzchen mag nicht spielen da ist Mutter Mutter ist sehr lieb spielst du mit Jane Mutter Mutter lacht lach Mutter lach da ist Vater er ist groß und stark spielst du mit Jane Vater Vater lächelt lächle Vater lächle da ist der Hund wauwau macht der Hund spielst du mit Jane da läuft der Hund lauf Hund lauf guck mal da kommt eine Freundin die Freundin möchte mit Jane spielen sie werden schön zusammen spielen spiel Jane spiel

Dasistdashausesistgrünundweißseinetüristrotesistsehrschöndasistdiefamilie
muttervaterdickundjanewohnenindemgrünweißenhaussiesindsehrglücklich
daistjanesiehateinroteskleidansiemöchtespielenwerspieltmitjanedaistdiekatze
siemachtmiaukommspielenkommspielmitjanedaskätzchenmagnichtspielen
daistmuttermutteristsehrliebspielstdumitjanemuttermutterlachtlachmutterlach

daistvatereristgroßundstarkspielstdumitjanevatervaterlächeltlächlevaterlächle
daistderhundwauwaumachtderhundspielstdumitjanedaläuftderhundlaufhundlauf
guckmaldakommteinefreundindiefreundinmöchtemitjanespielensiewerdenschön
zusammenspielenspieljanespiel

Sonst spricht ja niemand darüber, aber im Herbst 1941 gab es keine Ringelblumen. Wir dachten damals, die Ringelblumen wachsen nicht, weil Pecola ein Baby von ihrem Vater bekommt. Mit etwas Forscherdrang und sehr viel weniger Schwermut hätten wir herausfinden können, dass nicht nur unsere Samen nicht sprießen wollten; es ging allen so. Nicht einmal in den Beeten direkt am See zeigten sich die Ringelblumen in dem Jahr. Aber wir waren so tief in Sorge um das Wohlergehen und die glückliche Geburt von Pecolas Baby, dass wir nicht über die eigene Zauberkraft hinausdenken konnten: Wenn wir die Samen setzten und sie mit den richtigen Worten besprachen, dann würden sie blühen, und alles würde gut.

Es dauerte lange, bis meine Schwester und ich uns eingestanden, dass unsere Samen nicht grünen würden. Als wir dann sicher waren, konnten wir unsere Schuldgefühle nur noch mit Streit und gegenseitigen Vorwürfen lindern. Jahrelang glaubte ich, meine Schwester hätte recht: Ich war schuld. Ich hatte sie zu tief in die Erde gelegt. Wir kamen gar nicht auf die Idee, dass vielleicht die Erde selbst unerbittlich war. Wir hatten unsere Samen in unserem kleinen Stück schwarzen Drecks versenkt, so wie Pecolas Vater seinen Samen in seinem eigenen Stück schwarzen Drecks. Unsere Unschuld und unser Glaube waren auch nicht ergiebiger als seine Begierde und Verzweiflung. Jetzt zeigt sich, dass von all der Hoffnung, Angst, Begierde, Liebe und Trauer nichts geblieben ist, bis auf Pecola und die unerbittliche Erde. Cholly Breedlove ist tot; unsere Unschuld auch. Die Samen sind verdorrt, gestorben; ihr Baby auch.

Mehr gibt es dazu eigentlich nicht zu sagen – nur noch, warum. Aber weil es mit dem Warum so eine schwierige Sache ist, flüchtet man sich besser ins Wie.

HERBST

Still wie die Begierde ziehen Nonnen vorbei, und in der Lobby des griechischen Hotels singen angetrunkene Männer und nüchterne Augen. Unsere Freundin Rosemary Villanucci, die nebenan über dem Café ihres Vaters wohnt, sitzt in einem Buick, Baujahr '39, und isst Butterbrote. Sie kurbelt das Fenster herunter, um meiner Schwester Frieda und mir zu sagen, dass wir nicht reindürfen. Wir starren sie an, wollen ihre Brote, noch mehr aber wollen wir ihr die Selbstherrlichkeit aus den Augen stechen und den Besitzstolz wegschlagen, der sich um ihren kauenden Mund kräuselt. Sobald sie wieder aus dem Wagen kommt, werden wir sie verhauen, auf ihrer weißen Haut rote Striemen hinterlassen, und sie wird weinen und uns fragen, ob sie die Unterhose runterziehen soll. Wir sagen nein. Wir wissen nicht, was wir machen oder fühlen sollten, falls sie es doch tut, aber jedes Mal, wenn sie uns das fragt, ist uns klar, dass sie uns etwas Kostbares anbietet und wir unseren eigenen Stolz behaupten müssen, indem wir ablehnen.

Die Schule hat angefangen, und Frieda und ich bekommen neue braune Strümpfe und Lebertran. Die Erwachsenen reden mit müder, gereizter Stimme über Zick's Coal Company, und abends nehmen sie uns mit zu den Bahngleisen, wo wir die Kohlestückchen, die überall herumliegen, in Säcke sammeln. Später, wenn wir nach

Hause laufen, schauen wir zurück, um uns anzusehen, wie die Schlacke, rotglühend und qualmend, in großen Wagenladungen in die Schlucht rund um das Stahlwerk gekippt wird. Das ersterbende Feuer beleuchtet den Himmel mit mattem orangem Glanz. Frieda und ich trödeln, starren auf diesen Farbfleck inmitten von Schwarz. Unmöglich, nicht zu schaudern, wenn unsere Füße den Kiesweg verlassen und in das tote Gras auf dem Feld sinken.

Unser Haus ist alt, kalt und grün. Abends erhellt eine Petroleumlampe das eine große Zimmer. Die anderen sind mit Dunkelheit gewappnet, Kakerlaken und Mäuse hausen darin. Die Erwachsenen reden nicht mit uns – sie geben uns Anweisungen. Sie sprechen Befehle aus, ohne sie zu begründen. Wenn wir stolpern und hinfallen, streifen sie uns kurz mit einem Blick; wenn wir Platzwunden oder Prellungen davontragen, wollen sie wissen, ob wir verrückt geworden sind. Wenn wir uns erkälten, schütteln sie angewidert den Kopf über unser rücksichtsloses Verhalten. Wie, fragen sie uns, glaubt ihr eigentlich, dass noch irgendwer was getan kriegen soll, wenn ihr krank seid? Darauf haben wir keine Antwort. Kuriert wird unsere Krankheit mit Verachtung, ekligem Black Draught und Rizinusöl, das uns ganz stumpf im Kopf macht.

Als ich einmal, am Tag nach dem Kohlensammeln, laut huste, aus Bronchien, die längst voll Schleim sind, runzelt meine Mutter die Stirn. «Herrgott. Ab ins Bett mit dir. Wie oft soll ich dir noch sagen, du musst dir was auf den Kopf ziehen? Bist wohl das dümmste Schaf in der ganzen Stadt. Frieda? Hol ein paar Lumpen und mach das Fenster dicht.»

Frieda dichtet das Fenster ab. Ich trotte zum Bett, voll schlechtem Gewissen und Selbstmitleid. Ich lege mich in Unterwäsche hinein, die Metallklammern meiner schwarzen Strumpfhalter tun mir an den Beinen weh, aber ich mache sie nicht ab, weil es ohne Strümpfe viel zu kalt ist. Es dauert lange, bis mein Körper seinen Platz im Bett warm bekommt. Als ich endlich einen Umriss aus Wärme hergestellt habe, wage ich nicht mehr, mich zu rühren, denn nur einen Zentimeter weiter ist es zu beiden Seiten wieder kalt. Niemand redet mit mir, niemand fragt mich, wie es mir geht. Nach ein, zwei Stunden kommt meine Mutter. Sie hat große, raue Hände, und wenn sie mir die Brust mit Wick-Salbe einreibt, bin ich ganz steif vor Schmerz. Sie nimmt immer zwei Finger voll davon und massiert mir die Brust, bis ich nicht mehr kann. Und gerade, als ich glaube, jetzt kippt es um und ich schreie los, holt sie noch etwas Balsam mit dem Zeigefinger heraus, schiebt ihn mir in den Mund und sagt, ich soll schlucken. Ich kriege heiße Wickel um Hals und Brust. Werde mit schweren Decken überhäuft und erhalte Befehl zu schwitzen. Was ich auch tue – sofort.

Später muss ich mich übergeben, und meine Mutter sagt: «Was spuckst du denn mitten ins Bett? Bist du sogar zu blöd, den Kopf aus dem Bett zu halten? Schau dir bloß mal an, was du gemacht hast. Glaubst du, ich hab nichts Besseres zu tun, als deine Kotze aufzuwischen?»

Die Kotze – grünlich grau, mit orangen Fleckchen darin – kleckert über das Kissen auf das Laken hinunter. Sie verhält sich wie das Innere eines rohen Eis. Klebrig und kompakt, stur entschlossen, sich nicht trennen und wegwischen zu lassen. Wie, überlege ich, kann etwas bloß so aufgeräumt und eklig zugleich sein?

Die Stimme meiner Mutter leiert weiter. Sie redet nicht mit mir. Sie redet mit der Kotze, gibt ihr aber meinen Namen: Claudia. So gut sie kann, wischt sie alles auf und breitet ein kratziges Handtuch über den großen, feuchten Fleck. Ich lege mich wieder hin. Die Lumpen sind aus den Fensterritzen gefallen, es zieht kalt hindurch. Ich traue mich nicht, nach meiner Mutter zu rufen, meine Wärme will ich aber auch nicht opfern. Der Zorn meiner Mutter beschämt mich; ihre Worte scheuern mir die Wangen wund, und ich muss weinen. Mir ist nicht klar, dass sie sich gar nicht über mich ärgert, sondern über meine Krankheit. Ich glaube, sie verachtet mich, weil ich so schwach war, dass die Krankheit sich überhaupt «einnisten» konnte. Mit der Zeit werde ich nicht mehr krank; ich weigere mich einfach. Aber erst mal weine ich. Ich weiß, dass ich den Schleim damit nur schlimmer mache, aber ich kann nicht aufhören.

Meine Schwester kommt herein. In ihren Augen liegt Kummer. Sie singt mir vor: «*When the deep purple falls over sleepy garden walls, someone thinks of me …*» Ich döse weg, denke an Pflaumen, Gartenmauern und einen «Jemand».

Aber war es wirklich so? So schmerzhaft, wie ich es in Erinnerung habe? Nur fast. Oder vielmehr war es ein ergiebiger, fruchtbringender Schmerz. Dunkel und sämig wie Alaga-Sirup drang Liebe in diese Fensterritzen. Ich roch sie – schmeckte sie – süß und muffig, mit einer Spur von Wintergrün im Abgang, überall dort im Haus. Sie blieb, zusammen mit meiner Zunge, an den vereisten

Scheiben kleben. Bedeckte, zusammen mit dem Balsam, meine Brust, und wenn der Wickel sich löste, während ich schlief, zogen die klaren, harten Konturen der Luft sie an meiner Kehle nach. Und wenn mein Husten nachts trocken und heftig wurde, tapste ein Paar Füße ins Zimmer, ein Paar Hände steckte den Wickel wieder fest, zog die Decke zurecht und ruhte einen Augenblick auf meiner Stirn. Darum denke ich, wenn ich an Herbst denke, immer auch an einen Jemand mit einem Paar Hände, der mich nicht sterben lassen will.

Herbst war es auch, als Mr. Henry kam. Unser Untermieter. Unser Untermieter. Wie Ballons hoben sich die Wörter von unseren Lippen und schwebten über unseren Köpfen – stumm, unverbunden und erfreulich geheimnisvoll. Meine Mutter gab sich ganz ungezwungen und zufrieden, wenn sie von seinem Einzug erzählte.

«Ihr wisst doch, wer das ist», sagte sie zu ihren Freundinnen. «Henry Washington. Wohnte immer drüben an der Thirteenth Street, bei Miss Della Jones. Aber die ist jetzt so verwirrt, die schafft das nicht mehr. Darum sucht er etwas Neues.»

«Ach ja.» Die Freundinnen zeigen ihre Neugier offen. «Ich hab mich schon gefragt, wie lang er es da noch aushält. Sie soll ja richtig schlecht beieinander sein. Weiß die halbe Zeit nicht, wer er oder sonst wer ist.»

«Und der alte Schwarze Spinner, mit dem sie da verheiratet war, hat's auch nicht besser gemacht.»

«Habt ihr mitgekriegt, was er überall rumerzählt hat, als er sie hat sitzen lassen?»

«Mm-mm. Was denn?»

«Na, er ist ja mit dieser kleinen Peggy durchgebrannt – aus Elyria. Wisst ihr doch.»

«Die eine Tochter von Old Slack Bessie?»

«Genau. Jemand will also von ihm wissen, warum er eine nette, brave, fromme Frau wie Della für so eine Mähre sitzen lässt. Früher hat Della ihren Haushalt nämlich immer vorbildlich geführt, wisst ihr ja. Und da sagt er, der wahre Grund, er schwört's bei Gott, wär, dass er das Veilchenwasser nicht mehr aushält, das Della Jones immer benutzt. Sagt, bei ihm muss eine Frau auch riechen wie eine Frau. Della war ihm einfach viel zu sauber.»

«Dieser Hund. Ist doch widerlich, so was!»

«Du sagst es. Was soll denn das für ein Grund sein?»

«Gar keiner. Manche Männer sind einfach Hunde.»

«Hat sie darum den Schlag gekriegt?»

«Sicher auch. Aber richtig helle war sie ja nie, und ihre Schwestern genauso wenig. Wisst ihr noch, Hattie immer mit ihrem Grinsen? Die war auch nicht ganz bei Trost. Und deren Tante Julia läuft bis heute die Sixteenth Street rauf und runter und redet mit sich selbst.»

«Hatten sie die nicht weggesperrt?»

«Nein. Die Fürsorge hat sie abgelehnt. Hieß, sie tut ja keinem was.»

«Also, mir schon. Wenn ihr einen richtigen Heidenschrecken kriegen wollt, steht mal morgens um halb sechs auf, so wie ich, und schaut euch an, wie die alte Schrapnelle da draußen vorbeisegelt mit ihrer Haube. Erbarmen!»

Sie lachen.

Frieda und ich spülen Einmachgläser. Wir können nicht verstehen, was genau sie sagen, aber bei Erwachsenen lauschen wir immer auf die Stimmen und sind auf der Hut.

«Na, ich will hoffen, mich lässt mal niemand so rumgeistern, wenn ich alt und verwirrt bin. Eine Schande ist das!»

«Und was haben sie mit Della vor? Hat sie sonst niemand mehr?»

«Eine Schwester von ihr kommt aus North Carolina, um sie zu versorgen. Will sich wohl Dellas Haus unter den Nagel reißen.»

«Ach, hör auf. So einen bösen Gedanken hab ich lange nicht gehört.»

«Was wetten wir? Henry Washington sagt, die Schwester hat Della fünfzehn Jahre nicht gesehen.»

«Ich dachte ja immer, Henry heiratet sie irgendwann.»

«Die alte Wachtel?»

«Na, Henry ist auch kein Küken mehr.»

«Aber auch kein alter Geier.»

«War der überhaupt mal verheiratet?»

«Nein.»

«Wieso nicht? Hat's ihm wer abgehackt?»

«Er ist halt wählerisch.»

«Wählerisch ist der nicht. Siehst du hier vielleicht irgendwas, das zum Heiraten taugt?»

«Na ja … nein.»

«Gescheit ist der, weiter nichts. Solider Arbeiter mit ruhigem Wesen. Ich hoffe mal, das geht alles gut.»

«Wird es schon. Was nimmst du?»

«Fünf Dollar alle zwei Wochen.»
«Kommt dir sicher sehr zugute.»
«Das kannst du laut sagen.»

Das Gespräch erinnert an einen leicht verruchten Tanz: Laut trifft auf Laut, knickst, legt einen Shimmy aufs Parkett und zieht sich wieder zurück. Ein weiterer Laut kommt hinzu, wird aber vom nächsten übertrumpft: Die beiden umkreisen sich, halten inne. Manchmal beschreiben ihre Wörter hochfliegende Spiralen; dann wieder vollführen sie grelle Sprünge, und alles ist durchsetzt von warmpulsierendem Lachen – wie ein geleeweicher Herzschlag. Die Kanten und Kurven, die Stoßrichtung ihrer Gefühle sind Frieda und mir immer klar. Wir wissen nicht, können nicht wissen, was all ihre Worte bedeuten, wir sind ja erst neun und zehn. Also beobachten wir ihre Mienen, ihre Hände, ihre Füße und lauschen nach Wahrheit im Timbre.

Und als Mr. Henry an einem Samstagabend eintraf, rochen wir ihn. Er roch wunderbar. Nach Bäumen und Hautcreme mit Zitronenduft, nach Nu-Nile-Pomade und Sen-Sen-Pastillen.

Er lächelte viel, zeigte kleine, gleichmäßige Zähne mit einem freundlichen Spalt in der Mitte. Frieda und ich wurden ihm nicht vorgestellt – nur gezeigt. Etwa so: Hier ist das Bad, da steht der Kleiderschrank; das da sind meine Kinder, Frieda und Claudia, und Vorsicht mit dem Fenster hier, das geht nicht ganz auf.

Wir musterten ihn aus dem Augenwinkel, sagten nichts und rechneten auch nicht damit, dass er etwas sa-

gen würde. Nur, dass er nickte, so, wie er es beim Kleiderschrank getan hatte, und damit unsere Anwesenheit zur
Kenntnis nahm. Aber zu unserer Überraschung sprach er
uns an.

«Na, hallo. Du bist bestimmt Greta Garbo, und du
musst Ginger Rogers sein.»

Wir kicherten. Sogar unser Vater ließ ein verblüfftes
Lächeln sehen.

«Wie wär's mit einem Cent?» Er hielt uns ein glän-
zendes Geldstück hin. Frieda senkte den Kopf, ganz
stumm vor Freude. Ich streckte die Hand danach aus.
Da schnippte er mit Daumen und Zeigefinger, und die
Münze verschwand. In unseren Schreck mischte sich
Wonne. Wir filzten ihn regelrecht, schoben die Finger
in seine Socken, schauten das Innenfutter seines Sakkos
hinauf. Wenn Vorfreude samt Gewissheit Glück ergibt,
dann waren wir glücklich. Und während wir gespannt
darauf warteten, dass die Münze wieder auftauchte, wussten wir, dass wir auch Mama und Daddy Spaß machten.
Daddy lächelte, und Mamas Blick wurde ganz weich,
als sie verfolgten, wie unsere Hände über Mr. Henrys
Körper wanderten.

Wir liebten ihn. Auch nach allem, was dann noch kam,
war unsere Erinnerung an ihn kein bisschen bitter.

Sie schlief bei uns im Bett. Frieda außen, weil sie so mutig ist – ihr kommt gar nicht der Gedanke, dass «Etwas»
unter dem Bett hervorkriechen und ihr die Finger ab-
beißen könnte, wenn sie im Schlaf die Hand raushängen
lässt. Ich liege dicht an der Wand, weil mir dieser Ge-

danke durchaus kommt. Pecola musste also in der Mitte schlafen.

Zwei Tage vorher hatte Mama uns gesagt, dass ein «Fall» zu uns kommen würde – ein Mädchen, das sonst nirgends hinkonnte. Die Fürsorge hatte sie für ein paar Tage bei uns einquartiert, bis entschieden war, was sie weiter unternehmen wollten, oder bis sie, genauer gesagt, die Familie wieder zusammenführen konnten. Wir sollten nett zu ihr sein und uns nicht zanken. Mama wusste nicht, «was in die Leute gefahren ist», aber Breedlove, der alte Hund, hatte sein Haus abgefackelt und seiner Frau eins übergezogen, mit dem Erfolg, dass jetzt alle auf der Straße saßen.

Auf der Straße sitzen, das wussten wir, war im Leben am meisten zu fürchten. Die Drohung, auf der Straße zu sitzen, kam damals häufig zum Einsatz. Sie kappte jedes denkbare Übermaß. Wer zu viel aß, konnte irgendwann auf der Straße sitzen. Wer zu viel Kohle verbrauchte, konnte irgendwann auf der Straße sitzen. Die Leute spielten sich auf die Straße, tranken sich auf die Straße. Manchmal setzten auch Mütter ihre Söhne auf die Straße, und wenn das geschah, galt das ganze Mitgefühl dem Sohn, ganz gleich, was er angestellt hatte. Schließlich saß er auf der Straße, und sein eigen Fleisch und Blut hatte ihm das angetan. Vom Vermieter auf die Straße gesetzt zu werden ging noch an – ein Missgeschick, aber doch ein Aspekt des Lebens, den man nicht beeinflussen konnte, schließlich hat man keinen Einfluss auf das eigene Einkommen. Aber so nachlässig zu sein, sich selbst auf die Straße zu bringen, oder so herzlos, die eigene Verwandtschaft auf die Straße zu setzen – das war ein Verbrechen.

Vor die Tür gesetzt zu werden ist nicht dasselbe, wie auf die Straße gesetzt zu werden. Wer vor die Tür gesetzt wird, geht woanders hin; wer auf der Straße sitzt, kann nirgendwo mehr hin. Ein feiner und doch entscheidender Unterschied. Auf der Straße zu sitzen war ein Endpunkt, eine unwiderrufliche, physische Gegebenheit, die unsere metaphysische Verfasstheit bestimmte und ergänzte. Als Minderheit in Kaste wie Klasse bewegten wir uns ohnehin nur am äußersten Saum des Lebens, immer bemüht, unsere Schwächen zu bündeln und nicht herunterzufallen, oder vereinzelt bis in die wesentlicheren Falten des Kleides hinaufzuklettern. Trotzdem hatten wir gelernt, mit unserer Randexistenz zurechtzukommen – wahrscheinlich, weil sie so abstrakt blieb. Aber auf der Straße zu sitzen war in all seiner Konkretheit etwas anderes – etwa so wie der Unterschied zwischen dem Tod als Konzept und dem tatsächlichen Totsein. Totsein ändert sich nicht mehr, und auf der Straße sitzen ist von Dauer.

Das Wissen, dass man auf der Straße sitzen konnte, züchtete in uns den Hunger nach Eigentum heran, nach Besitz. Die feste Habe eines Stückchens Garten, einer Veranda, einer Weinlaube. Schwarze mit Eigentum widmeten alle Energie, alle Liebe ihrem Nest. Wie aufgescheuchte, verzweifelte Vögel dekorierten sie es fieberhaft, flatterten und flirrten um ihr hart erkämpftes Heim herum; sie waren den ganzen Sommer mit Einkochen, Einlegen und Einmachen beschäftigt, um die Regale und Schränke zu füllen, strichen, stocherten und stachen an jeder Ecke des Hauses herum. Und diese Häuser dräuten wie hochgezüchtete Sonnenblumen über den Unkrautreihen der Mietshäuser. Schwarze, die zur Miete wohnten, warfen verstohlene Blicke auf diese eigenen Gärten und Veranden und nahmen sich umso fester vor, sich «auch mal ein hübsches Häuschen zuzulegen». Vorläufig sparten und horteten sie, legten in ihren angemieteten Bruchbuden beiseite, was sie konnten, und freuten sich auf den Tag ihrer Eigentümerschaft.

Cholly Breedlove also, ein zur Miete wohnender Schwarzer, der die eigene Familie auf die Straße gesetzt hatte, beförderte sich damit aus aller menschlichen Anteilnahme heraus. Er war unter die Tiere gegangen; war nun wirklich ein alter Hund, eine Schlange, eine Schwarze Ratte. Mrs. Breedlove war bei der Frau untergekommen, für die sie arbeitete; der Sohn, Sammy, war bei irgendeiner anderen Familie, und Pecola sollte bei uns bleiben. Cholly selbst war im Gefängnis.

Sie kam mit nichts. Keine Papiertüte mit dem Wechselkleid, einem Nachthemd oder zwei halbwegs weißen Baumwollschlüpfern. Sie tauchte einfach auf, in Begleitung einer weißen Erwachsenen, und setzte sich.

Wir hatten es lustig in den paar Tagen, die Pecola bei uns war. Frieda und ich zankten uns nicht mehr ständig und konzentrierten uns ganz auf unseren Besuch, eifrig bemüht, ihr das Gefühl zu nehmen, sie säße auf der Straße.

Nachdem wir entdeckt hatten, dass sie nicht darauf aus war, über uns zu bestimmen, mochten wir sie auch. Sie lachte, wenn ich für sie herumalberte, und nahm mit Anstand und einem Lächeln die Essensgaben an, die meine Schwester ihr brachte.

«Magst du ein paar Graham-Kekse?»

«Mir egal.»

Frieda brachte ihr vier Graham-Kekse auf einem Teller und Milch in einer blauen Shirley-Temple-Tasse. Sie trank ewig an der Milch und betrachtete dabei verzückt das Abbild von Shirley Temples Grübchengesicht. Frieda und sie tauschten sich innig darüber aus, wie sü-hüß Shirley Temple doch war. Ich konnte in ihre Anhimmelei nicht einstimmen, weil ich Shirley nämlich nicht ausstehen konnte. Gar nicht, weil sie so süß war, sondern weil sie mit Bojangles tanzen durfte, der aber doch *mein* Freund war, *mein* Onkel, *mein* Daddy und seinen Softshoe-Step mit mir hätte tanzen, mit mir hätte kichern müssen. Stattdessen genoss und teilte er seine Tanzfreude mit einem von diesen kleinen weißen Mädchen, denen die Söckchen nie bis unter die Ferse rutschten. Also sagte ich nur: «Ich mag Jane Withers lieber.»

Sie sahen mich verdutzt an, kamen zu dem Schluss, dass ich nicht zu verstehen war, und schwärmten weiter von ihrer blöden, schieläugigen Shirley.

Ich war eben jünger als Frieda und Pecola und war noch nicht an dem Wendepunkt meiner seelischen Entwicklung angekommen, der mir erlauben würde, sie toll zu finden. Damals empfand ich nichts als reinen Hass. Davor aber hatte ich auf all die Shirley Temples dieser Welt etwas noch Eigentümlicheres, Erschreckenderes als Hass empfunden.

Angefangen hatte das mit Weihnachten und den Puppen, die wir geschenkt bekamen. Das großartige, besondere Geschenk, der Liebesbeweis schlechthin, war immer eine große Babypuppe mit blauen Augen. Aus dem Gurren der Erwachsenen schloss ich, dass diese Puppe für alles stand, was ich mir ihrer Meinung nach sehnlichst wünschte. Aber was sollte ich mit ihr anfangen? Tun, als wäre ich ihre Mutter? Ich interessierte mich nicht für Babys und auch nicht für die Aussicht, Mutter zu werden. Mich interessierten nur Menschen in meinem Alter und in meiner Größe, fürs Muttersein brachte ich keine Begeisterung auf. Muttersein stand für Altsein und andere weit entfernte Aussichten. Allerdings lernte ich schnell, was für ein Umgang mit der Puppe von mir erwartet wurde: Ich sollte sie wiegen, mir alle möglichen Geschichten mit ihr ausdenken, sie sogar mit ins Bett nehmen. Die Bilderbücher wimmelten von kleinen Mädchen, die ihre Puppen mit ins Bett nahmen. Meist waren das Raggedy-Ann-Puppen, aber die kamen für mich nicht infrage. Ich spürte körperliche Abscheu und heimliche Angst vor ihren runden, stumpfsinnigen Augen, dem Pfannkuchengesicht und den orangen Haarwürmern.

Die anderen Puppen, die mir so große Freude machen sollten, bewirkten nur das Gegenteil. Wenn ich sie mit ins Bett nahm, sperrten sich ihre harten, unnachgiebigen Glieder gegen mein Fleisch – die spitzen Finger der Grübchenhände piksten. Drehte ich mich im Schlaf um, stieß ihr knochenkalter Kopf an meinen. Die Puppe gab eine höchst unbehagliche, regelrecht aggressive Bettgefährtin ab. Und sie im Arm zu halten war auch nicht lohnender. Die gestärkte Gaze oder Spitze an dem Baumwollkleid-

.chen störte jede Zärtlichkeit. Ich hatte nur ein Verlangen: sie auseinanderzunehmen. Herauszufinden, woraus sie bestand, das Liebe an ihr zu entdecken, das Schöne, Erstrebenswerte zu finden, das sich mir, und offenbar nur mir, nicht erschloss. Erwachsene, ältere Mädchen, Läden, Zeitschriften, Zeitungen und Schaufensterschilder – die ganze Welt war sich einig, dass eine Puppe mit blauen Augen, blonden Haaren und rosa Haut genau das war, was jedes kleine Mädchen sich erträumte.

«Da», sagten sie, «die ist schön, und wenn du dich heute ‹würdig› erweist, dann darfst du sie haben.» Ich befühlte das Gesicht, bestaunte die Brauen, jede ein bloßer Strich; polkte an den perlweißen Zähnen herum, die wie zwei Klaviertasten zwischen den roten, geschwungenen Lippen steckten. Fuhr die Stupsnase entlang, stach in die glasigen, blauen Augen, verdrehte die blonden Haare. Liebhaben konnte ich sie nicht. Aber ich konnte sie untersuchen, um zu sehen, was alle Welt so liebenswert an ihr fand. Die winzigen Finger abbrechen, die Plattfüße verbiegen, das Haar lockern, am Kopf drehen, und dann machte das Ding auch noch ein Geräusch – ein Geräusch, von dem es hieß, es wäre ein süßes, klägliches «Mama», das für mich aber eher wie das Blöken eines sterbenden Lammes klang oder, genauer gesagt, wie die Tür unseres Eisschranks, wenn sie sich im Juli an rostigen Scharnieren öffnete. Raus mit den blöden, kalten Augen, und immer noch blökte es, «Aaaahhh», ab mit dem Kopf, raus mit den Sägespänen, den Rücken mit Schwung gegen das Messingbettgestell, und immer noch blökte es. Dann riss die Gaze am Rücken auf, und ich konnte die Platte mit den sechs Löchern sehen, das Geheimnis des Geräuschs. Nichts als ein rundes Stück Metall.

Die Erwachsenen runzelten die Stirn, zeterten: «Auf-nichts-kannst-du-aufpassen. Ich-hab-mein-Lebtag-keine-Babypuppe-besessen-hab-mir-die-Augen-nach-einer-aus-geweint. Und-du-kriegst-eine-noch-dazu-so-eine-schöne-und-machst-sie-kaputt-was-ist-bloß-in-dich-gefahren?»

Wie heftig ihre Entrüstung war. Fast machten Tränen ihre entrückte Autorität zunichte. Ihr Tonfall brüstete sich mit der Gefühlsgewalt jahrelanger, unerfüllter Sehnsucht. Ich wusste nicht, warum ich die Puppen kaputt machte. Ich wusste nur, dass mich nie jemand fragte, was ich mir denn eigentlich zu Weihnachten wünschte. Hätte mich ein erwachsener Mensch, der die Macht besaß, meine Wünsche zu erfüllen, jemals ernst genommen und mich gefragt, was ich wollte, hätte dieser Mensch gewusst, dass ich gar nichts mein Eigen nennen, keinen Gegenstand besitzen wollte. Ich wollte am Weihnachtstag vor allem etwas empfinden. Die wahre Frage hätte also lauten müs-sen: «Liebe Claudia, welches Erlebnis wünschst du dir zu Weihnachten?» Dann hätte ich sagen können: «Ich möchte in Big Mamas Küche auf dem Hocker sitzen, mit einem großen Strauß Flieder auf dem Schoß, und mir anhören, wie Big Papa nur für mich auf der Geige spielt.» Der niedrige Hocker, der wie für meinen Körper gemacht war, die Geborgenheit und Wärme in Big Mamas Küche, der Duft des Flieders, der Klang der Musik, und weil es schön wäre, alle Sinne zu beteiligen, vielleicht anschlie-ßend noch der Geschmack eines Pfirsichs.

Stattdessen roch und schmeckte ich das beißende

Aroma der Blechteller und -tassen für die Teegesellschaften, bei denen ich mich langweilte. Stattdessen beäugte ich mit Abscheu neue Kleider, die erst nach einem scheußlichen Bad in der verzinkten Wanne überhaupt angezogen werden durften. Die rutschige Zinkschicht, keine Zeit zum Planschen oder Ausspannen, weil das Wasser so schnell kalt wurde, keine Zeit, sich am eigenen Nacktsein zu freuen, nur gerade so viel Zeit, Vorhänge aus Seifenwasser zwischen den Beinen herablaufen zu lassen. Dann das kratzige Handtuch und das schauderhafte, erniedrigende Fehlen allen Drecks. Bloß noch verstörendes, phantasieloses Saubersein. Verschwunden die Tintenflecken an Beinen und Gesicht, alles, was ich den Tag über erschaffen und angesammelt hatte, einfach weg, ersetzt durch Gänsehaut.

Ich zerstörte weiße Babypuppen.

Aber das eigentliche Grauen waren nicht die zerstückelten Puppen. Das eigentlich Grauenerregende war, dass sich der gleiche Drang auf kleine weiße Mädchen richtete. Nur der Wunsch danach, es tatsächlich zu tun, erschütterte die Gleichgültigkeit, mit der ich die Axt gegen sie erhoben hätte. Um herauszufinden, was mir entging: das Geheimnis des Zaubers, den sie auf andere ausübten. Was brachte die Leute dazu, bei ihrem Anblick «Ooooch!» zu rufen, aber nicht bei mir? Wie die Augen Schwarzer Frauen weich wurden, wenn sie ihnen draußen begegneten, mit was für einer besitzergreifenden Zärtlichkeit sie sie berührten.

Wenn ich sie kniff, trübten sich ihre Augen vor Schmerz – im Gegensatz zum irren Glanz in den Augen der Babypuppe –, und wenn sie weinten, klang das nicht wie eine Eisschranktür, sondern wie ein fesselnder Schmerzensschrei. Als mir klar wurde, wie abstoßend diese unbeteiligte Gewaltbereitschaft war, dass gerade das Unbeteiligte sie umso abstoßender machte, suchte meine Scham hektisch nach einer Zuflucht. Das beste Versteck war Liebe. Daher die Wandlung vom ungetrübten Sadismus zum fingierten Hass, zur verlogenen Liebe. Der Schritt zu Shirley Temple war nur klein. Viel später lernte ich, sie zu verehren, so wie ich auch lernte, mich am Saubersein zu freuen, obwohl ich schon währenddessen wusste, dass diese Veränderung bloß Anpassung war und keine Verbesserung.

«Drei Liter Milch. Standen gestern noch hier im Eisschrank. Drei ganze Liter. Und jetzt ist alles weg. Bis auf den letzten Tropfen. Ich hab ja wirklich nichts dagegen, dass alle Welt hier reinkommt und sich bedient, aber drei Liter Milch! Wer zum Teufel braucht denn drei Liter Milch?»

Mit «alle Welt» meinte meine Mutter Pecola. Wir drei, Pecola, Frieda und ich, hörten sie unten in der Küche darüber zetern, was für Unmengen Milch Pecola getrunken hatte. Wir wussten, wie sehr Pecola die Shirley-Temple-Tasse mochte und dass sie bei jeder Gelegenheit Milch daraus trank, um sie einfach nur in der Hand zu halten und das Gesicht der süßen Shirley zu sehen. Unsere Mutter wusste, dass Frieda und ich keine Milch mochten, und ging davon aus, Pecola trinke sie aus reiner Gier. Uns stand nicht zu, ihr da «Widerworte» zu geben. Wir fingen keine Gespräche mit Erwachsenen an; wir antworteten auf ihre Fragen.

Wir saßen nur da und schämten uns dafür, dass unsere Freundin so mit Beleidigungen überschüttet wurde: Ich bohrte zwischen meinen Zehen herum, Frieda säuberte sich mit den Zähnen die Fingernägel, und Pecola fuhr mit schiefgelegtem Kopf ein paar Narben an ihrem Knie nach. Die Zetermonologe unserer Mutter verstörten uns immer und machten uns traurig. Sie waren endlos, voller Beleidigungen, und zwar stets indirekt (Mama nannte keine Namen – sie redete immer nur von aller Welt und *manchen* Leuten), in ihrer Wucht aber doch sehr verletzend. Sie konnte das stundenlang durchhalten, ein Vergehen ans nächste reihen, bis alles ausgespuckt war, was ihr Verdruss bereitete. Dann, wenn sie auf alles und jeden eingeschimpft hatte, fing sie an zu singen und sang den ganzen Tag weiter. Aber es dauerte ewig, bis das Singen kam. Und solange hörten wir ihr zu, mit flauem Bauch und brennendem Hals, sahen einander nicht an und bohrten zwischen unseren Zehen herum oder sonst was.

«… ich weiß ja wirklich nicht, was das soll, als würd ich hier ein Wohlfahrtsheim betreiben oder was. Wird Zeit, dass ich mich nicht immer nur beim *Geben* anstelle, sondern auch mal beim *Nehmen*. Aber ich *soll* ja wohl nichts kriegen. Ich *soll* ja wohl im Armenhaus enden. Wie's aussieht, kann ich gar nichts tun, um nicht da zu landen. Alle Welt ist nämlich nur darauf aus, mich möglichst schnell ins Armenhaus zu bringen. Dabei hab ich so viel Bedarf, noch ein Maul zu stopfen, wie die Katze Hosentaschen braucht. Als hätt ich nicht genug damit zu schaffen, meine eigenen satt zu kriegen und nicht im Armenhaus zu enden, stattdessen hab ich jetzt noch eins am Hals, und das süffelt mich auf direktem Weg dorthin. Aber nein, das schafft sie nicht. Nicht, solange ich noch Kraft im Körper und eine Zunge im Mund hab. Irgendwann ist mal Schluss. Als könnt ich's einfach so zum Fenster rauswerfen. Kein *Mensch* braucht *drei* Liter Milch. Nicht mal Henry *Ford* braucht drei Liter Milch. *Sünde* ist das, so sieht's nämlich aus. Ich tu ja wirklich, was ich kann. Wirft mir keiner vor, dass ich das nicht täte. Aber das muss aufhören, dafür sorg ich höchstpersönlich. Wachet und betet, so steht's in der Bibel. Alle Welt lädt einfach ihre Kinder bei einem ab und macht dann weiter mit dem eigenen Kram. Aber hat mal wer auch nur geguckt, ob das Kind hier ein Stück Brot zu beißen hat? Man sollte doch meinen, da *guckt* mal wenigstens wer, ob ich dem Kind überhaupt ein Stück Brot zu beißen geben *kann*. Aber nein. Darauf kommen die nicht. *Zwei* ganze Tage ist der alte Nichtsnutz Cholly schon wieder aus dem Knast und hat sich nicht mal blicken lassen, nachsehen, ob sein Kind noch lebt oder schon tot ist. Tot könnte sie sein, und er würd's gar nicht wissen. Und diese *Mutter* auch nicht. Was soll man davon bitte schön halten?»

Als Mama bei Henry Ford angekommen war und bei all den Leuten, denen es egal war, ob sie ein Stück Brot zu beißen hatte, wurde es Zeit zu verschwinden. Den Teil über Roosevelt und die Camps des Civilian Conservation Corps ersparten wir uns.

Frieda stand auf und ging die Treppe hinunter. Pecola und ich folgten ihr und machten einen weiten Bogen um die Küchentür. Wir setzten uns auf die Stufen vor der Veranda, wo uns die Worte unserer Mutter nur noch in kurzen Salven erreichten.

Es war ein einsamer Samstag. Im Haus roch es nach Fels-Naptha-Wäscheseife, versetzt mit dem beißenden Aroma der Mustard Greens auf dem Herd. Samstage waren einsame Zeter- und Seifentage. An Elend nur noch übertroffen von den steifen, gestärkten Hustenbonbon-Sonntagen voller «Lass das!» und «Setz dich gefälligst hin!».

Wenn meine Mutter in Singlaune war, dann war das alles halb so schlimm. Sie sang dann von schweren Zeiten, schlimmen Zeiten und Hat-er-mich-doch-tatsächlich-verlassen-Zeiten. Aber ihre Stimme klang so süß und ihr Singblick war so schmelzend weich, dass ich mich plötzlich nach genau solchen harten Zeiten sehnte, mir wünschte, erwachsen zu sein, «*without a thin di-i-ime to my name*». Ich freute mich schon auf die herrliche Zeit, wenn «*my man*» mich verlassen und es mir verhasst sein würde, «*to see that evening sun go down …*», denn dann wüsste ich: «*my man has left this town*». Unglück, gefärbt von den Greens und dem Blues in der Stimme meiner Mutter, nahm diesen Texten alle Trauer und ließ mich mit der festen Überzeugung zurück, dass Schmerz nicht nur erträglich sein konnte, sondern süß.

Ohne Gesang aber lasteten mir diese Samstage auf dem Kopf wie Kohleeimer, und wenn Mama herumzeterte, so wie jetzt, war das, als würde noch jemand mit Steinen danach werfen.

«… wo ich doch arm bin wie 'n Teller Knochenbrühe.

Für wen halten die mich eigentlich? Bin ich das Christkind oder was? Da können sie ihren Strumpf aber gleich mal wieder abhängen, Weihnachten haben wir nämlich noch lange nicht …»

Wir hampelten herum.

«Machen wir irgendwas», sagte Frieda.

«Was willst du denn machen?», fragte ich.

«Weiß nicht. Nichts.» Frieda starrte zu den Baumkronen hoch. Pecola schaute auf ihre Füße.

«Wollen wir rauf in Mr. Henrys Zimmer gehen und uns die Heftchen mit den nackten Mädchen anschauen?»

Frieda verzog das Gesicht. Sie sah sich nicht gern unanständige Fotos an. «Oder», machte ich weiter, «wir schauen uns seine Bibel an. Die ist doch schön.» Frieda schnalzte und prustete verächtlich. «Na gut. Dann gehen wir eben zu der halbblinden Frau und helfen ihr Nadeln einfädeln. Dafür kriegen wir einen Cent von ihr.»

Frieda schnaubte. «Deren Augen sehen aus wie Rotz. Ich hab keine Lust, mir das anzuschauen. Was willst du denn machen, Pecola?»

«Mir egal», sagte sie. «Was ihr wollt.»

Mir fiel noch etwas ein. «Wir könnten rüber in die Gasse gehen und sehen, was in den Mülltonnen ist.»

«Dafür ist es zu kalt», sagte Frieda, gelangweilt und gereizt.

«Stimmt. Dann machen wir eben Buttertoffees.»

«Wo Mama da drinnen rumzetert? Spinnst du? Wenn sie mal anfängt, die Wände anzuzetern, bleibt sie den ganzen Tag dran, weißt du doch. Die erlaubt uns das nie im Leben.»

«Na, dann gehen wir eben rüber zu den Griechen und hören zu, wie sie fluchen.»

«Ach, wer hat denn Lust auf so was? Außerdem sagen die immer die gleichen lahmen Wörter.»

Mein Ideenvorrat war erschöpft, und ich konzentrierte mich lieber auf die weißen Flecken auf meinen Fingernägeln. Alle zusammen ergaben, wie viele feste Freunde ich mal haben würde. Sieben.

Mamas Selbstgespräch drang in die Stille. «... Die Hungernden soll man sättigen, so steht's in der Bibel. Bestens. Nichts gegen einzuwenden. Aber doch keine Elefanten. ... Wer drei Liter Milch zum Leben braucht, der hat hier nichts verloren. Der ist am falschen Ort. Wo sind wir denn? Vielleicht in der *Molkerei*?»

Auf einmal schoss Pecola hoch, die Augen vor Schreck weit aufgerissen. Aus ihrem Mund kam etwas wie ein Wiehern.

«Was ist denn mit dir los?» Frieda stand auch auf.

Dann sahen wir beide, worauf Pecola starrte. An ihren Beinen lief Blut herab. Ein paar Tropfen waren schon auf den Stufen gelandet. Ich sprang hoch. «Hey. Hast du dich geschnitten? Schau nur. Dein ganzes Kleid ist voll.»

Ein bräunlich roter Fleck verfärbte hinten ihr Kleid. Sie wieherte weiter, stand mit weit gespreizten Beinen da.

Dann sagte Frieda: «Ach du je! Ich weiß. Ich weiß, was das ist!»

«Was?» Pecola schlug die Hand an den Mund.

«Sie hat ihre Minztruation.»

«Was soll denn das sein?»

«Du weißt schon.»

«Sterb ich jetzt?», fragte Pecola.

«Ach woooo. Du stirbst nicht. Das heißt nur, dass du jetzt Babys bekommen kannst!»

«Was?»

«Woher weißt du *das* denn?» Ich war es so leid, dass Frieda immer alles wusste.

«Hat Mildred mir erzählt, und Mama auch.»

«Glaub ich dir nicht.»

«Musst du ja auch nicht, Dummchen. Also. Ihr wartet hier. Setz dich wieder hin, Pecola. Da hin.» Frieda war voller Autorität und Feuereifer. «Und du», sagte sie zu mir, «du holst Wasser.»

«Wasser?»

«Ja, Döskopp. Wasser. Aber leise, sonst merkt Mama noch was.»

Pecola setzte sich wieder hin, jetzt mit etwas weniger Angst im Blick. Ich ging in die Küche.

«Was willst du, Kind?» Mama wusch gerade Vorhänge in der Spüle aus.

«Ein bisschen Wasser, Ma'am.»

«Ist ja klar, genau dann, wenn ich hier arbeite. Dann nimm dir halt ein Glas. Aber keins von den frisch gespülten. Nimm das Weckglas.»

Ich nahm mir ein Einmachglas und füllte es am Wasserhahn. Es dauerte ewig, bis es voll war.

«Nie will einer auch nur irgendwas, bis sie sehen, dass ich an der Spüle stehe. Dann müssen sie plötzlich alle Wasser trinken ...»

Als das Glas voll war, wollte ich damit wieder aus der Küche.

«Wo willst du hin?»

«Raus.»

«Trink dein Wasser gefälligst hier.»

«Ich mach schon nichts kaputt.»

«Woher willst du das wissen?»

«Bestimmt nicht, Ma'am. Ich weiß es. Bitte, darf ich's mit rausnehmen? Ich verschütte auch nichts.»

«Untersteh dich.»

Ich ging zurück auf die Veranda und blieb mit dem Einmachglas voll Wasser stehen. Pecola weinte.

«Warum weinst du denn? Tut's weh?»

Sie schüttelte den Kopf.

«Dann rotz hier auch nicht rum.»

Frieda kam aus der Hintertür. Sie hielt etwas unter ihrer Bluse versteckt. Verwundert sah sie mich an und zeigte auf das Glas. «Was soll das denn?»

«Hast du mir doch gesagt. Du hast gesagt, ich soll Wasser holen.»

«Aber nicht so 'n kleines Gläschen! Viel Wasser. Um die Stufen zu schrubben, Dödel.»

«Und woher soll ich das wissen?»

«Klar. Woher auch. Na, komm.» Sie zog Pecola am Arm hoch. «Gehen wir da hinten hin.» Sie hielten auf die dichten Büsche neben dem Haus zu.

«Hey, und ich? Ich will auch mit.»

«Sei still», zischte Frieda halblaut. «Sonst hört Mama dich noch. Du machst die Stufen sauber.»

Damit verschwanden sie um die Hausecke.

Ich würde alles verpassen. Schon wieder. Einmal passierte etwas Wichtiges, und ich sollte wegbleiben und nichts davon mitkriegen. Ich leerte das Wasser über die Stufen, verrieb es mit der Schuhsohle und rannte den beiden nach.

Frieda hatte sich hingekniet; neben ihr auf dem Boden lag ein weißes, wattiges Rechteck. Sie zog Pecola die Unterhose runter. «Los, steig raus.» Als es geschafft war, ihr die verschmierte Hose auszuziehen, warf sie sie mir zu. «Da.»

«Was soll ich denn damit?»

«Vergrab sie, Doofie.»

Frieda erklärte Pecola, sie solle sich das Watteding zwischen die Beine klemmen.

«Wie soll sie denn damit laufen?», fragte ich.

Frieda gab keine Antwort. Stattdessen zog sie zwei Sicherheitsnadeln aus dem Rocksaum und machte sich daran, die Binde vorn und hinten an Pecolas Kleid festzustecken.

Ich hob die Unterhose mit spitzen Fingern auf und sah mich nach irgendetwas um, womit ich ein Loch graben konnte. Ein Rascheln im Gebüsch ließ mich zusammenzucken, und als ich mich umdrehte, blickte ich in ein gebanntes Augenpaar in einem mehlweißen Gesicht. Rosemary beobachtete uns. Ich krallte nach ihrem Gesicht und schaffte es, ihr einen Kratzer an der Nase zu verpassen. Sie kreischte und sprang weg.

«Mrs. MacTeer! Mrs. MacTeer!», brüllte sie. «Frieda und Claudia machen hier draußen Schweinkram! Mrs. MacTeer!»

Mama öffnete das Fenster und schaute zu uns herunter. «Was denn?»

«Die machen Schweinkram, Mrs. MacTeer. Da! Und Claudia hat mich gehauen, weil ich's gesehen hab!»

Mama knallte das Fenster zu und kam aus der Hintertür gerannt.

«Was treibt ihr da? Oh. Soso. Soso. Schweinkram, was?» Sie griff ins Gebüsch und brach eine Rute ab. «Da zieh ich doch lieber ein paar Ferkel groß als schweinische kleine Mädchen. Die kann ich später wenigstens schlachten!»

Wir schrien los. «Nein, Mama. Nein, Ma'am. Wir haben nichts gemacht! Sie lügt! Nein, Ma'am, Mama! Nein, Ma'am, Mama!»

Mama packte Frieda an der Schulter, drehte sie um und verpasste ihr drei, vier schmerzhafte Striemen an den Beinen. «Schweinkram wollt ihr treiben, was? Das werd ich euch schon austreiben!»

Frieda war zu nichts mehr zu gebrauchen. Versohlt zu werden verletzte und kränkte sie.

Mama schaute zu Pecola. «Du auch!», rief sie. «Ob du jetzt meins bist oder nicht!» Sie packte Pecola und drehte sie um. Dabei ging die Sicherheitsnadel an der einen Seite der Binde auf, und Mama sah sie unter Pecolas Kleid hervorbaumeln. Sie stutzte, die Rute machte auf halbem Weg halt. «Was zum Teufel ist hier eigentlich los?»

Frieda schluchzte. Ich, als Nächste in der Reihe, versuchte mich an einer Erklärung. «Sie hat geblutet. Wir wollten nur das Blut stillen!»

Mama sah Frieda an, zur Bestätigung. Frieda nickte. «Sie hat ihre Minztruation. Wir wollten ihr nur helfen.»

Mama ließ Pecola los und musterte sie. Dann zog sie die beiden zu sich heran, drückte ihre Köpfe an den Bauch. Ihren Augen tat es leid. «Schon gut, schon gut. Jetzt hört mal auf zu weinen. Hab ich ja nicht gewusst. Na, kommt. Ab ins Haus. Und du gehst jetzt heim, Rosemary. Die Vorstellung ist vorbei.»

Wir trabten nach drinnen, Frieda mit leisen Schluchzern, Pecola mit dem weißen Schwanz, den sie hinter sich herzog, ich mit der Vom-Mädchen-zur-Frau-Unterhose in der Hand.

Mama führte uns zum Bad. Sie schubste Pecola hinein, nahm mir die Unterhose ab und sagte uns, wir sollten draußen bleiben.

Wir hörten, wie Wasser in die Badewanne lief.

«Glaubst du, sie ertränkt sie jetzt?»

«Ach, Claudia. Du bist so doof. Sie wäscht nur ihre Sachen aus und so.»

«Wollen wir Rosemary verprügeln?»

«Nein. Lass sie in Ruhe.»

Das Wasser rauschte, und über das Rauschen hinweg hörten wir unsere Mutter lachen, wie Musik.

Abends im Bett lagen wir drei ganz still. Wir waren erfüllt von Ehrfurcht und Respekt für Pecola. Es hatte etwas Weihevolles, neben einem echten Menschen zu liegen, der ganz in echt seine Minztruation hatte. Sie war jetzt anders als wir – irgendwie erwachsen. Auch sie spürte den Abstand, ließ ihn aber vor uns nicht heraushängen.

Nach einer langen Weile fragte sie ganz leise: «Stimmt das, dass ich jetzt ein Baby bekommen kann?»

«Klar», sagte Frieda schläfrig. «Klar kannst du das.»

«Aber ... wie?» Ihre Stimme klang ganz hohl vor Staunen.

«Ach», sagte Frieda, «dafür muss dich einer lieben.»

«Ach.»

Es blieb lange still, während Pecola und ich darüber nachdachten. Da kam wohl, vermutete ich, «*my man*» ins Spiel, der mich lieben würde, bevor er mich verließ. Aber in den Songs, die meine Mutter sang, kamen keine Babys vor. Vielleicht waren diese Frauen ja deswegen so traurig: Ihre Männer hatten sie verlassen, bevor sie ein Baby machen konnten.

Dann stellte Pecola eine Frage, die mir überhaupt noch nie in den Sinn gekommen war. «Wie geht das denn? Also, wie krieg ich jemanden dazu, mich zu lieben?» Aber Frieda war schon eingeschlafen. Und ich wusste es nicht.

DASISTDASHAUSESISTGRÜNUND
WEISSSEINETÜRISTROTESISTSEHR
SCHÖNESISTSEHRSCHÖNSCHÖN
SCHÖNSCH

An einer Ecke in Lorain, Ohio, wo der Broadway im Südosten auf die Thirty-fifth Street trifft, liegt ein verlassenes Ladenlokal. Es fügt sich nicht in den Hintergrund aus bleigrauem Himmel ein und harmoniert auch nicht mit den hellgrauen Holzhäusern und den schwarzen Telefonmasten ringsum. Vielmehr drängt es sich auf zugleich ärgerliche und schwermütige Weise den Passanten in den Blick. Wer diese kleine Stadt mit dem Auto besucht, überlegt vielleicht, warum es nicht längst abgerissen wurde, während Fußgänger, die selbst in der Gegend wohnen, einfach wegschauen, wenn sie daran vorbeigehen.

Früher, als das Gebäude noch eine Pizzeria beherbergte, sahen die Leute nur verbummelte halbwüchsige Jungs an der Ecke herumlungern. Die Jugendlichen trafen sich dort, um sich in den Schritt zu fassen, zu rauchen und kleinere Delikte zu planen. Den Rauch ihrer Zigaretten zogen sie tief in sich hinein, zwangen ihn, ihnen Lunge, Herz und Schenkel zu füllen und ihre Unruhe zu zügeln, die fiebrige Energie ihrer Jugend. Sie bewegten sich langsam, lachten langsam, schnippten die Asche aber zu rasch und oft von ihren Kippen und offenbarten sich denen, die das interessierte, damit als Neulinge dieser Sucht. Lange bevor man sie dort blöken hörte und sah, wie sie sich produzierten, war das Gebäude an einen ungarischen Bäcker vermietet, der sich mit seinen Brioches und seinen Mohnbrötchen einen bescheidenen Ruhm erworben hatte. Davor hatte sich ein Immobilienbüro darin befunden, und noch viel früher hatte fahrendes Volk es sich zum Hauptsitz erkoren. Dieser Clan verlieh dem großen Schaufenster so viel Charakter und Klasse wie nie zuvor. Die Mädchen der Familie nahmen abwechselnd zwischen den meterlangen Samtvorhängen und bunten Teppichen Platz, die in den Fenstern hingen. Dann schauten sie hinaus, und manchmal lächelten sie, zwinkerten oder winkten – aber nur manchmal. Die meiste Zeit schauten sie nur hinaus, und ihre aufwändigen Kleider, mit langen Ärmeln und langen Röcken, verbargen die Nacktheit in ihren Augen.

Die Bevölkerung in dieser Gegend ist so sehr in Bewegung, dass sich vermutlich niemand noch weiter, viel weiter zurück erinnert, an die Zeit vor dem fahrenden Volk und die Zeit vor den Jugendlichen, als die Breedloves dort wohnten, eng beieinander im Ladenlokal. Verwahrlost miteinander im Trümmerhaufen einer Maklerlaune. Geräuschlos huschten sie durch diese Schuhschachtel aus abblätterndem Grau, erregten kein Aufsehen im Viertel, machten sich weder unter den Erwerbstätigen bemerkbar, noch schlugen sie Wellen im Amtssitz des Bürgermeisters. Jedes Familienmitglied eingesperrt in die Zelle des eigenen Bewusstseins, jedes mit der Herstellung seines eigenen Flickenteppichs der Realität befasst – damit, Erfahrungsschnipsel hier und Informationsfetzen dort zu sammeln. Aus den winzigen Eindrücken, die sie voneinander aufschnappten, schufen sie sich ein Gefühl der Zugehörigkeit, bemüht, sich damit abzufinden, wie sie einander vorfanden.

Der Grundriss der Wohnräume war so einfallslos, wie ihn sich ein griechischer Vermieter der ersten Einwanderergeneration nur ausdenken konnte. Der große «Verkaufsraum» war mithilfe von Hartfaserplatten, die nicht einmal bis zur Decke reichten, in zwei Zimmer unterteilt worden. Es gab ein Wohnzimmer, das die Familie als Vorderzimmer bezeichnete, und ein Schlafzimmer, wo das eigentliche Leben stattfand. Im Vorderzimmer standen zwei Sofas, ein Klavier und ein kleiner Plastikweihnachtsbaum, der dort, geschmückt und staubbeladen, schon zwei Jahre verbracht hatte. Im Schlafzimmer gab es drei Betten: ein schmales Eisenbett für den vierzehnjährigen Sammy, ein weiteres für die elfjährige Pecola und ein Doppelbett für Cholly und Mrs. Breedlove. Damit sich die Wärme gleichmäßig verteilen konnte, stand mitten im Zimmer ein Kohleofen. Rundum an den Wänden standen Truhen, Sessel, ein kleiner Beistelltisch und ein «Kleiderschrank» aus Pappe. Ganz hinten in der Wohnung befand sich in einem separaten Raum die Küche. Ein Bad gab es nicht. Nur eine Toilette, die für die Bewohner zwar nicht zu sehen, aber bestens zu hören war.

Mehr lässt sich über die Einrichtung nicht sagen. Sie ist ohnehin nur schlecht zu beschreiben, denn sowohl Planung und Herstellung als auch Versand und Verkauf waren im Zustand mehr oder weniger ausgeprägter Gedankenlosigkeit, Gier und Gleichgültigkeit erfolgt. Die Möbel waren gealtert, ohne je anheimelnd zu werden. Menschen hatten sie besessen, sie aber nie gekannt. Nie hatte jemand zwischen den Polstern der beiden Sofas eine Münze oder eine Brosche verloren und sich an Zeit und

Ort des Verlusts oder des Wiederauffindens erinnert. Nie hatte jemand mit missmutigem Schnalzen gesagt: «Aber eben hatte ich sie doch noch. Ich saß genau hier und habe mich unterhalten ...» oder aber: «Ach, da ist sie ja. Muss mir runtergefallen sein, als ich das Baby gefüttert hab!» Nie hatte jemand in einem der Betten ein Kind geboren – oder zärtlich die Stellen betrachtet, an denen die Farbe abgeblättert war, weil die doch der Kleine immer abgeknibbelt hatte, als er lernte, sich daran hochzuziehen. Kein vorausschauendes Kind hat je seinen Kaugummi unter den Tisch geklebt. Kein fröhlicher Säufer – ein Freund der Familie, Stiernacken, Junggeselle, man kennt das ja, aber der futtert vielleicht was weg! – hat sich je ans Klavier gesetzt und *You Are My Sunshine* darauf gespielt. Kein junges Mädchen hat je den winzigen Weihnachtsbaum betrachtet, sich erinnert, wie sie ihn geschmückt hat, und sich gefragt, ob die blaue Kugel da wohl halten wird oder ob ER das Bäumchen noch sehen wird, wenn er jemals wiederkommt.

Zwischen den Gegenständen lebten keine Erinnerungen. Erst recht keine liebgewordenen. Hin und wieder rief ein Gegenstand eine körperliche Reaktion hervor: verstärkte Säureentwicklung im oberen Verdauungstrakt, einen leichten Schweißausbruch im Nackenbereich, weil bestimmte Umstände rund um das Möbelstück wieder hochkamen. Beispielsweise das Sofa. Es war neu gekauft worden, aber als es dann geliefert wurde, war der Bezug hinten ganz zerrissen. Und der Händler wies jede Verantwortung von sich ...

«Was soll ich sagen, Kumpel? Als ich es verladen hab,

war es noch völlig intakt. Und wenn es erst mal verladen ist, kann ich als Händler nichts mehr machen ...» Im Atem Listerine und Lucky Strike.

«Aber ich will doch keinen Riss im Sofa, wenn ich mir schon ein neues kauf.» Bettelblick und Hodenkrampf.

«Dumm gelaufen, Kumpel. Aber dumm gelaufen für *Sie* ...»

Natürlich hätte man das Sofa jetzt hassen können – sofern man ein Sofa überhaupt hassen kann. Aber das änderte ja nichts. Man musste trotzdem noch vier Dollar achtzig pro Monat zusammenkratzen. Und wenn man vier Dollar achtzig pro Monat für ein Sofa zahlen musste, das von Anfang an zerrissen war, wertlos und entwürdigend – dann konnte man sich auch nicht mehr daran freuen. Die Freudlosigkeit stank, durchdrang alles. Ihr Mief hinderte einen daran, die Hartfaserplatten zu streichen, einen passenden Bezug für den Sessel zu kaufen, und sogar daran, den Riss zu flicken, sodass er erst zur Scharte wurde und schließlich zur klaffenden Schlucht, die das billige Gestell und die noch billigere Polsterung freilegte. Kein Nickerchen darauf war erholsam. Jedem Liebesakt darauf haftete etwas Verstohlenes an. Wie ein weher Zahn, der nicht damit zufrieden ist, allein vor sich hinzupochen, sondern seinen Schmerz partout an andere Körperteile weitergeben muss – einem das Atmen erschwert, die Sicht trübt, die Nerven zerrüttet –, so bringt ein verhasstes Möbelstück Gereiztheit und Unwohlsein hervor, die sich in der ganzen Wohnung bemerkbar machen und selbst den Genuss an Dingen einschränken, die gar nichts damit zu tun haben.

Das einzig Lebendige in der Wohnung der Breedloves war der Kohleofen, der sein Leben unabhängig von allem und allen anderen führte und sein Feuer nach eigenem Gutdünken «nachlassen», «glimmen» oder «lodern» ließ, ganz gleich, wie sehr ihn die Familie schürte und mit all seinen Bedürfnissen bis ins Letzte vertraut war: nur ganz leicht nachlegen, nicht ausgehen lassen, nicht zu viel … Das Feuer lebte, verlosch und starb gänzlich nach seinen eigenen Vorgaben. Morgens allerdings war es stets geneigt zu sterben.

Die Breedloves bewohnten das Ladenlokal nicht über-
gangsweise nach einer Entlassungswelle in der Fabrik.
Sie wohnten dort, weil sie arm und Schwarz waren,
und sie blieben dort, weil sie sich für hässlich hielten.
Ihre Armut war althergebracht und lähmend, aber keineswegs einzigartig. Ihre Hässlichkeit hingegen schon.
Niemand hätte sie davon überzeugen können, dass sie
nicht auf schonungslose und aggressive Weise hässlich
waren. Mit Ausnahme von Vater Cholly, dessen Hässlichkeit (entstanden aus Verzweiflung, Ausschweifung
und einer Gewalt, die sich gegen schöne Dinge und
schwache Menschen richtete) in seinem Verhalten lag,
trugen die übrigen Familienmitglieder – Mrs. Breedlove,
Sammy Breedlove und Pecola Breedlove – ihre Hässlichkeit, streiften sie gewissermaßen über, obwohl sie ihnen
gar nicht gehörte. Die Augen, diese kleinen Augen, die
unter einer niedrigen Stirn so dicht zusammenstanden.
Der tiefe, ungleichmäßige Haaransatz, der durch den
direkten Kontrast zu den geraden, dichten Brauen, die
sich fast in der Mitte trafen, noch viel ungleichmäßiger
wirkte. Markante, aber krumme Nasen mit anmaßenden
Nasenlöchern. Sie hatten hohe Wangenknochen und
abstehende Ohren. Wohlgeformte Lippen, die die Aufmerksamkeit aber nicht auf sich selbst lenkten, sondern
auf das übrige Gesicht. Man schaute sie an und fragte
sich, warum sie bloß so hässlich waren; man schaute

genauer hin, konnte den Ursprung aber nicht finden. Dann merkte man, dass es an der Gewissheit lag, ihrer eigenen Gewissheit. Als hätte ein geheimnisvoller, allwissender Herrscher ihnen allen einen Mantel der Hässlichkeit zu tragen gegeben, und sie hätten ihn unhinterfragt entgegengenommen. Der Herrscher sprach: «Ihr seid hässliche Menschen.» Und sie schauten sich um und sahen nichts, was gegen diese Aussage gesprochen hätte; sahen vielmehr nur Bestätigung, die sich von jeder Plakatwand, aus jedem Film, aus jedem Blick zu ihnen niederbeugte. «Ja», sagten sie da, «Ihr habt recht.» Und sie nahmen die Hässlichkeit in ihre Hände, warfen sie sich als Hülle über und gingen mit ihr in die Welt hinaus. Und verfuhren jeweils auf ganz eigene Weise damit. Mrs. Breedlove nutzte die ihre wie eine Schauspielerin ein Requisit: zur eingehenderen Charakterisierung, zur Unterstützung einer Rolle, die sie sich häufig selbst andichtete – die der Märtyrerin. Sammy verwendete die seine als Waffe, um anderen Schmerz zuzufügen. Er passte ihr sein Verhalten an, wählte seine Gefährten auf ihrer Grundlage: Menschen, die sich von ihr fesseln, sogar einschüchtern ließen. Und Pecola. Sie versteckte sich hinter der ihren. Verborgen, verhüllt, überschattet – nur selten lugte sie hinter diesem Grabtuch hervor und sehnte sich auch dann bloß wieder die Maske zurück.

Diese Familie nun löste sich an einem Samstagmorgen im Oktober nach und nach aus Träumen von Wohlstand und Vergeltung, hinein in das namenlose Elend ihres Ladenlokals.

Mrs. Breedlove glitt lautlos aus dem Bett, zog sich einen Pullover über das Nachthemd (ein altes Kleid) und ging zur Küche. Ihr heiler Fuß machte ein hartes, knochiges Geräusch; der verdrehte war nur ein Hauch auf dem Linoleum. In der Küche lärmte sie mit Türen, Wasserhahn und Töpfen herum. Der Lärm war leer, die Drohungen, die er enthielt, waren es nicht. Pecola machte die Augen auf, blieb liegen und betrachtete den toten Kohleofen. Cholly murmelte etwas, wälzte sich kurz im Bett herum und war dann wieder still.

Selbst da, wo Pecola lag, roch sie Chollys Whiskeyfahne. Der Lärm aus der Küche wurde lauter und weniger leer. Es lag jetzt eine Richtung, ein Ziel in Mrs. Breedloves Tätigkeit, die nichts mit Frühstücksvorbereitungen zu tun hatte. Diese Erkenntnis, die sich auf eine breite Beweislage aus der Vergangenheit stützte, veranlasste Pecola, die Bauchmuskeln anzuspannen und sich ihre Atemzüge streng einzuteilen.

Cholly war betrunken nach Hause gekommen. Leider so betrunken, dass kein Streit mehr möglich gewesen war, darum musste das Ganze sich jetzt am Morgen entladen. Und weil der bevorstehende Streit nicht gleich hatte stattfinden können, würde ihm jede Spontaneität fehlen; er würde durchgeplant sein, schwunglos und tödlich.

Mrs. Breedlove rauschte ins Zimmer und blieb am Fußende des Bettes stehen, in dem Cholly lag.

«Ich brauch Kohlen hier im Haus.»

Cholly rührte sich nicht.

«Hast du gehört?» Mrs. Breedlove stieß gegen seinen Fuß.

Langsam machte Cholly die Augen auf. Sie waren gerötet und drohend. Cholly hatte mit Abstand die gemeinsten Augen der ganzen Stadt.

«Aaaaaach, Frau!»

«Ich hab gesagt, ich brauche Kohlen. Es ist nämlich arschkalt hier drinnen. Mit deiner Whiskey-Wampe würdest du nicht mal das Höllenfeuer spüren, aber ich friere. Ich muss ja viel aushalten, aber erfrieren werd ich nicht.»

«Lass mich zufrieden.»

«Erst, wenn du mir Kohlen holst. Wozu schufte ich hier wie 'n Esel, wenn ich's dafür nicht mal warm haben kann? Du bringst schließlich nichts nach Hause. Wenn's nur an dir läge, wir wären längst alle tot ...» Ihre Stimme war wie Ohrenschmerzen im Gehirn. «... Und falls du glaubst, ich stapf jetzt raus in die Kälte und hol sie mir selber, dann hast du dich geschnitten.»

«Mir doch scheißegal, wie du das hinkriegst.» In seiner Kehle barst eine Blase der Gewalt.

«Schwing deinen Säuferhintern gefälligst aus dem Bett und hol mir Kohlen.»

Schweigen.

«Cholly!»

Schweigen.

«Leg's heute Morgen nicht drauf an, Mann. Noch ein Wort, und ich schlag dir den Schädel ein.»

Schweigen.

«Na gut. Na gut. Aber Gott steh dir bei, wenn ich nachher auch nur einmal niese, ein einziges Mal!»

Auch Sammy war inzwischen wach, stellte sich aber schlafend. Pecola spannte immer noch die Bauchmuskeln an und sparte Atemzüge. Sie wussten alle, dass Mrs. Breedlove selbst Kohlen aus dem Schuppen holen konnte, holen würde und schon geholt hatte oder auch Sammy oder Pecola damit beauftragen konnte. Aber der streitlos verstrichene Abend hing in der dumpf mit Erwartung aufgeladenen Luft wie der erste Ton eines Grabgesangs. Ein Besäufnis, sosehr es auch zum Alltag gehörte, brauchte seinen ureigenen rituellen Abschluss. Die kleinen, gesichtslosen Tage, die Mrs. Breedlove verlebte, wurden durch diese Streitereien markiert, eingeordnet und erfasst. Sie gaben den sonst so trüben und schnell vergessenen Minuten und Stunden Substanz. Sie erleichterten das Einerlei des Armseins, verliehen den toten Zimmern Würde. In diesen gewaltsamen Brüchen des Alltags, die ihrerseits Alltag waren, konnte sie den Stil und Einfallsreichtum offenbaren, den sie für ihr wahres Ich hielt. Nahm man ihr diese Kämpfe, nahm man ihr damit auch alle Würze und Sinnhaftigkeit des Lebens. Mit seiner gewohnheitsmäßigen Trunksucht und seinem Starrsinn bot Cholly ihnen den Stoff, den sie beide brauchten, um ihr Leben erträglich zu machen. Mrs. Breedlove betrachtete sich als aufrechte, christliche Frau, geschlagen mit einem nichtsnutzigen Mann, den sie nach Gottes Willen zu strafen hatte. (Natürlich war Cholly längst jenseits aller Rettung, aber um Rettung ging es auch nicht – Mrs. Breedlove lag längst nicht so viel an Jesus Christus, dem Erlöser, wie an Jesus Christus, dem Richter.) Oft war zu hören, wie sie mit Jesus über Cholly diskutierte, zu Ihm flehte, Er möge ihr helfen, «den Mistkerl endlich von seinem hohlen Tross des

Stolzes runterzuholen». Als eine unbedachte Bewegung im Suff Cholly einmal fast in den glühheißen Ofen befördert hätte, kreischte sie: «Hol ihn dir, Jesus! Hol ihn dir!» Sie hätte es Jesus nie verziehen, wenn Cholly mit dem Trinken aufgehört hätte. Sie hatte Chollys Sünden bitter nötig. Je tiefer er sank, je wilder und unverantwortlicher er es trieb, desto heller erstrahlte sie mit ihrem Auftrag. Im Namen Jesu.

Und Cholly brauchte sie genauso sehr. Unter allem, was ihn anwiderte, war sie eins der wenigen Dinge, auf die er Zugriff hatte und denen er folglich wehtun konnte. Seinen gesammelten, unausgesprochenen Zorn und seine verkümmerten Sehnsüchte goss er über ihr aus. Indem er sie hasste, hielt er sich selbst intakt. Als Cholly noch sehr jung war, hatten ihn einmal zwei Weiße im Gebüsch ertappt, wo er, ganz frisch, aber sehr ernsthaft, damit beschäftigt war, einem jungen Mädchen vom Land sexuellen Genuss zu entlocken. Die Männer leuchteten ihm mit einer Taschenlampe auf den Hintern. Er hielt verängstigt inne. Sie lachten. Der Strahl der Taschenlampe rührte sich nicht. «Weiter», sagten sie. «Mach weiter und bring's zu Ende. Und mach's gefälligst gut, *nigger*.» Die Taschenlampe rührte sich nicht. Aus irgendeinem Grund hatte Cholly diese Weißen nie gehasst; aber er hasste, er verabscheute das Mädchen. Schon der Anflug einer Erinnerung an den Vorfall genügte, zusammen mit einer Unzahl weiterer Demütigungen, Niederlagen und Ehrabschneidereien, ihn in einen solchen Strudel der Verworfenheit zu stürzen, dass es ihn selbst überraschte – aber nur ihn. Aus irgendeinem Grund brachte er nie jemand anderen zum Staunen. Er staunte nur selbst. Bis er schließlich auch das aufgab.

Cholly und Mrs. Breedlove bekämpften einander mit einer dunklen, mechanischen Brutalität, die nur ihren Liebesakten vergleichbar war. Sie hatten sich stillschweigend darauf geeinigt, einander nicht umzubringen. Er wehrte sich gegen sie wie ein Feigling gegen einen Mann – mit den Füßen, der flachen Hand, den Zähnen. Sie wiederum schlug auf rein weibliche Weise zurück – mit Bratpfannen und Schürhaken, hin und wieder traf ihn auch mal ein Bügeleisen am Kopf. Während dieser Raufereien sagten sie keinen Ton, stöhnten nicht, beschimpften einander nicht. Man hörte nur die dumpfen Schläge, wenn etwas zu Boden fiel oder Fleisch auf davon wenig überraschtes Fleisch klatschte.

Die Kinder reagierten unterschiedlich auf diese Schlachten. Sammy schimpfte eine Zeit lang vor sich hin, rannte aus dem Haus oder stürzte sich selbst ins Getümmel. Mit vierzehn war er bereits dafür berühmt, dass er sage und schreibe siebenundzwanzig Mal von zu Hause ausgerissen war. Einmal hatte er es bis nach Buffalo geschafft und war drei Monate dort geblieben. Er kehrte immer nur missmutig zurück, wenn die Umstände oder das Gesetz ihn dazu zwangen. Pecola ihrerseits, durch Alter und Geschlecht in ihren Möglichkeiten eingeschränkt, experimentierte mit verschiedenen Durchhaltemethoden. Obwohl die Methoden wechselten, blieb der Schmerz so beständig wie tief. Sie rang mit der überwältigenden Sehnsucht, dass sie einander endlich umbrachten, und dem tiefsitzenden Wunsch, selber zu sterben. Jetzt flüsterte sie:

«Nicht, Mrs. Breedlove. Nicht.» Wie Sammy und Cholly nannte Pecola ihre Mutter immer nur Mrs. Breedlove.

«Nicht, Mrs. Breedlove. Nicht.»

Aber Mrs. Breedlove tat es.

Zweifellos durch die Gnade Gottes nieste Mrs. Breedlove. Nur ein Mal.

Dann kam sie mit einer Spülschüssel voll kaltem Wasser ins Schlafzimmer gestürmt und schüttete es Cholly ins Gesicht. Prustend und spuckend setzte er sich auf. Nackt und aschfahl fuhr er aus dem Bett, stürzte sich mit einem Hechtsprung auf seine Frau, packte sie um die Taille, und beide gingen zu Boden. Cholly zog sie hoch und schlug sie mit dem Handrücken nieder. Sie landete im Sitzen, mit dem Rücken an Sammys Bettgestell. Die Spülschüssel hielt sie immer noch fest und fing nun an, damit auf Chollys Beine und seinen Unterleib einzudreschen. Er trat ihr gegen die Brust, und sie ließ die Schüssel fallen. Er wiederum fiel auf die Knie und schlug ihr mehrmals ins Gesicht, und vielleicht hätte sie ja vorzeitig klein beigegeben, wenn er sich nicht die Hand am eisernen Bettgestell angehauen hätte, als seine Frau sich duckte. Mrs. Breedlove nutzte das kurzfristige Ausbleiben der Prügel, um sich außer Reichweite zu bringen. Plötzlich hieb Sammy, der sich das Ringen bis dahin stumm von seinem Bett aus angesehen hatte, mit beiden Fäusten auf seinen Vater ein und brüllte «Du nackter Wichser!», immer und immer wieder. Mrs. Breedlove hatte sich inzwischen den flachen, runden Ofendeckel gegriffen, schlich auf Zehenspitzen zu Cholly hin, der sich gerade wieder von den Knien hochrappelte, verpasste ihm zwei Schläge und beförderte ihn damit in den bewusstlosen Zustand zurück, aus dem sie ihn zuvor gereizt hatte. Keuchend warf sie eine Bettdecke über ihn und ließ ihn liegen.

«Bring ihn um! Bring ihn um!», brüllte Sammy.

Mrs. Breedlove musterte ihn erstaunt. «Mach doch nicht so 'n Lärm, Junge.» Sie brachte den Ofendeckel an seinen Platz zurück und ging zur Küche. In der Tür blieb sie noch einmal gerade so lange stehen, um zu ihrem Sohn zu sagen: «Und jetzt steh mal endlich auf. Ich brauch Kohlen.»

Pecola wagte jetzt wieder normal zu atmen und zog sich die Decke über den Kopf. Die Übelkeit, die sie hatte vermeiden wollen, indem sie den Bauch einzog, kam schnell, trotz aller Vorsichtsmaßnahmen. Der Drang, sich zu erbrechen, wallte in ihr auf, aber sie wusste schon, sie würde es wie immer nicht zulassen.

«Bitte, lieber Gott», flüsterte sie in ihre Handfläche. «Bitte mach, dass ich verschwinde.» Sie kniff die Augen fest zu. Kleine Teile ihres Körpers lösten sich auf. Erst langsam, dann auf einen Schlag. Dann wieder langsam. Einer nach dem anderen machten ihre Finger sich davon; ihre Arme verschwanden bis zum Ellbogen. Jetzt die Füße. Ja, so war es gut. Beide Beine auf einen Schlag. Am schwierigsten war es oberhalb der Schenkel. Da musste sie wirklich ganz stillhalten und ziehen. Ihr Bauch wollte einfach nicht. Aber schließlich verschwand auch er. Dann die Brust, der Hals. Auch das Gesicht war schwierig. Fast geschafft, fast schon. Jetzt waren nur noch ihre fest, fest zugekniffenen Augen übrig. Die blieben immer übrig.

Sosehr sie sich auch anstrengte, ihre Augen brachte sie nie zum Verschwinden. Was nützte da der Rest? Sie waren schließlich alles. Alles war da, in ihnen. All die Bilder, all die Gesichter. Sie hatte sich längst von der Idee verabschiedet auszureißen, um neue Bilder, neue Gesichter zu sehen, wie Sammy es so oft getan hatte. Er nahm sie nie mit und überlegte sich auch nie im Voraus, wann er wegwollte, es ließ sich also nicht planen. Und hätte sowieso nicht funktioniert. Solange sie aussah, wie sie aussah, solange sie so hässlich war, musste sie bei diesen Leuten bleiben. Gehörte irgendwie zu ihnen. Stundenlang saß sie vor dem Spiegel und versuchte, hinter das Geheimnis dieser Hässlichkeit zu kommen, dieser Hässlichkeit, die dazu führte, dass sie in der Schule nicht beachtet und abgelehnt wurde, von Lehrkräften und Kindern gleichermaßen. Sie war die Einzige in ihrer Klasse, die allein an einem Zweierpult saß. Der Anfangsbuchstabe ihres Nachnamens verurteilte sie dazu, immer ganz vorn zu sitzen. Aber was war mit Marie Appolonaire? Marie saß noch vor ihr, teilte sich aber ein Pult mit Luke Angelino. So hatten die Lehrkräfte sie immer schon behandelt. Sie waren bemüht, nie zu ihr hinzusehen, und riefen sie nur auf, wenn wirklich alle etwas sagen mussten. Sie wusste auch, dass ein Mädchen, wenn es einen Jungen besonders kränken oder ihm eine unmittelbare Reaktion entlocken wollte, einfach nur zu rufen brauchte: «Bobby liebt Pecola Breedlove! Bobby liebt Pecola Breedlove!» Das löste jedes Mal Gelächter bei allen in Hörweite aus und gespielte Empörung beim Angeklagten.

Schon vor geraumer Zeit war Pecola zu dem Schluss

gekommen, wenn nur ihre Augen anders wären, diese Augen, die die Bilder gespeichert hatten und jeden Anblick kannten – wenn also diese Augen anders wären, genauer gesagt: schön, dann wäre auch sie selbst ganz anders. Sie hatte gute Zähne, und ihre Nase war zumindest nicht so groß und flach wie bei manchen, die als ach so niedlich galten. Wenn sie anders aussähe, wenn sie schön wäre, vielleicht wäre dann auch Cholly anders und Mrs. Breedlove ebenfalls. Vielleicht würden sie dann sagen: «Schaut euch nur Pecola an mit ihren schönen Augen. Vor solchen schönen Augen dürfen wir nicht so schlimme Dinge tun.»

Schöne Augen. Schöne blaue Augen. Große blaue schöne Augen. Lauf, Jip, lauf. Jip läuft, Alice läuft. Alice hat blaue Augen. Jerry hat blaue Augen. Jerry läuft. Alice läuft. Da laufen sie mit ihren blauen Augen. Vier blaue Augen. Vier schöne blaue Augen. Blau-wie-der-Himmel-Augen. Blau-wie-Mrs.-Forrests-blaue-Bluse-Augen. Trichterwindenblaue Augen. Alice-und-Jerry-blaue Märchenaugen.

Jeden Abend, ausnahmslos, betete sie um blaue Augen. Betete inbrünstig, schon seit einem Jahr. Sie war zwar leicht entmutigt, aber nicht ohne Hoffnung. Bis etwas so Wunderbares wirklich geschah, musste es ja lange, lange dauern.

Auf diese Weise in die bindende Gewissheit gestürzt, dass nur ein Wunder sie noch retten konnte, sollte sie die eigene Schönheit nie erkennen. Sie sollte nur sehen, was es zu sehen gab: die Augen der anderen.

Sie geht die Garden Avenue entlang, zu einem kleinen Lebensmittelladen, der billige Bonbons verkauft. In ihrem Schuh stecken drei Centstücke, sie rutschen zwischen Strumpf und Innensohle hin und her. Bei jedem Schritt spürt sie den schmerzhaften Druck der Münzen am Fuß. Ein süßes, erträgliches, sogar kostbares Ärgernis, voll Verheißung und zarter Gewissheit. Es bleibt noch Zeit genug, sich zu überlegen, was sie kaufen wird. Für den Moment geht sie nur eine Straße entlang, sanft aufgereizt von den vertrauten und daher geliebten Bildern. Am Fuß des Telefonmasts wächst Löwenzahn. Warum, fragt sie sich, sagen die Leute dazu eigentlich Unkraut? Sie hat die Blüten immer schön gefunden. Aber die Erwachsenen sagen: «Miss Dunion hält ihren Rasen immer so schön sauber. Nicht ein Löwenzahn.» Die Einwanderinnen aus Osteuropa mit ihren schwarzen Kopftüchern ziehen immer mit Körben auf die Felder, um Löwenzahn zu sammeln. Aber die gelben Blüten wollen sie nicht – nur die gezackten Blätter. Daraus machen sie Löwenzahnsuppe. Löwenzahnwein. Die Löwenzahnblüten hat niemand lieb. Vielleicht ja, weil sie so viele sind, so kräftig und so früh dran.

Da war der Riss im Gehweg, der wie ein Y aussah, und der andere, wo sich der Asphalt vom erdigen Untergrund hob. Über den war sie mit ihrem schlurfenden Gang schon oft gestolpert. Auf diesem Gehweg wären Rollschuhe gut – so alt und glatt, wie er war, da liefen die Rollen ganz geschmeidig, mit sanftem Surren. Die frisch asphaltierten Wege waren holprig und ungemütlich, und die Räder der Rollschuhe machten auf neuen Wegen ein knirschendes Geräusch.

Diese und noch weitere leblose Dinge sah und erlebte sie. Für sie waren diese Dinge real. Sie kannte sie. Es waren die Chiffren und Maßstäbe ihrer Welt, sie ließen sich übersetzen, besitzen. Dieser Riss, der sie zum Stolpern brachte, gehörte ihr; ihr gehörten auch die Büschel Löwenzahn, deren weiße Köpfe sie letzten Herbst weggepustet hatte und auf deren gelbe Köpfe sie diesen Herbst blickte. Und weil ihr das alles gehörte, wurde sie ein Teil der Welt und die Welt ein Teil von ihr.

Sie steigt die vier Holzstufen hinauf, bis zum Eingang des Ladens, Yacobowski's Fresh Veg. Meat and Sundries Store. Als sie die Tür öffnet, klimpert ein Glöckchen. Sie stellt sich vor die Theke, betrachtet die bunten Bonbonsorten. Nur Mary-Janes, beschließt sie. Drei für einen Cent. Die beharrlich süße Hülle, die schließlich doch aufbricht und die Erdnussbutter freigibt – das Fettig-Salzige als Gegengewicht zum süßen Reiz des Karamellgeschmacks. Perlende Vorfreude versetzt ihren Magen in Aufruhr.

Sie zieht den Schuh aus und holt die drei Münzen heraus. Hinter der Theke ragt Mr. Yacobowskis grauer Kopf empor. Er zwingt seinen Blick von seinen Gedanken weg, um ihrem zu begegnen. Blaue Augen. Abwesend-trüb. So langsam, wie der Indian Summer sich unmerklich Richtung Herbst bewegt, sieht er zu ihr hin. Irgendwo zwischen Netzhaut und Ziel, zwischen Sehkraft und Sichten, zieht sich sein Blick zurück, zögert und schwankt. Ein Fixpunkt in Zeit und Raum lässt ihn spüren, dass echtes Hinsehen vergeudete Mühe wäre. Er sieht sie nicht, denn für ihn gibt es da nichts zu sehen. Wie sollte ein zweiundfünfzigjähriger weißer Einwanderer und Ladeninhaber, im Mund noch den Geschmack von Kartoffeln und Bier, alle Gedanken fest auf die rehäugige Jungfrau Maria gerichtet, aller Feinsinn abgestumpft vom ständigen Verlustgefühl, auch ein kleines Schwarzes Mädchen *sehen*? Nichts in seinem Leben hat ihn darauf vorbereitet, dass ein solches Kunststück überhaupt möglich wäre, geschweige denn wünschenswert oder notwendig.

«Ja?»

Sie schaut zu ihm hoch, sieht das Vakuum dort, wo eigentlich Neugier wohnen müsste. Und noch mehr. Das völlige Fehlen zwischenmenschlichen Erkennens – die glasige Distanz. Sie weiß nicht, was seinen Blick so bremst. Vielleicht ist es ja, weil er erwachsen ist, weil er ein Mann ist und sie ein kleines Mädchen. Aber sie hat auch bereits Interesse, Abscheu, sogar Zorn in den Augen erwachsener Männer gesehen. Trotzdem ist ihr dieses Vakuum nicht neu. Es hat einen leichten Stich; irgendwo unten auf dem Boden des Einmachglases sitzt der Ekel. Den sieht sie in den Augen aller Weißen lauern. Also. Dann muss der Ekel wohl ihr gelten, ihrem Schwarzsein. In ihr ist alles Fluss und Erwartung. Aber ihr Schwarzsein ist Stillstand und Furcht. Und dieses Schwarzsein bedingt, erschafft erst das Vakuum mit einem Stich von Ekel in weißen Augen.

Sie zeigt mit dem Finger auf die Mary-Janes – ein kleiner Schwarzer Fingerpfeil, dessen Spitze sich an die Scheibe der Theke drückt. Der stille, harmlose Versuch eines Schwarzen Kindes, sich zu behaupten und mit einem weißen Erwachsenen in Kontakt zu treten.

«Die.» Ein Wort, mehr Seufzen als Sinn.

«Welche? Die da? Die?» Schleim und Gereiztheit mischen sich in seiner Stimme.

Sie schüttelt den Kopf, die Fingerspitze fest an der Stelle, die, zumindest aus ihrem Blickwinkel, klar die Mary-Janes identifiziert. Aber er kann ihren Blickwinkel nicht einnehmen – seine eigene Perspektive und der Winkel ihres Fingers machen es für ihn unverständlich. Seine massige rote Hand hopst in der Glasvitrine umher wie ein aufgeregter Hühnerkopf, der sich darüber empört, seinen Körper eingebüßt zu haben.

«Herrgott. Kannst du nicht reden?»

Seine Finger streifen die Mary-Janes.

Sie nickt.

«Na, sag das doch gleich. Wie viele? Eins?»

Pecola öffnet die Faust, zeigt ihm die drei Münzen. Er schubst drei Mary-Janes zu ihr hin – in jeder Packung drei gelbe Rechtecke. Sie hält ihm das Geld hin. Er zögert, will ihre Hand nicht berühren. Sie weiß nicht, wie sie den Finger ihrer Rechten wieder von der Scheibe weg oder das Geld aus ihrer linken Hand bekommen soll. Schließlich greift er über die Theke und nimmt ihr die Münzen aus der Hand. Seine Fingernägel streifen ihre feuchte Handfläche.

Draußen spürt Pecola, wie die unerklärliche Scham wieder verebbt.

Löwenzahn. Ein Strahl der Zuneigung schießt aus ihr heraus zu den Pflanzen hin. Aber sie schauen sie nicht an, schicken keine Liebe zu ihr zurück. Sie denkt: «Sie sind doch hässlich. Sie sind doch Unkraut.» Noch ganz vertieft in diese Erkenntnis stolpert sie über den Riss im Gehweg. Wut erwacht, regt sich in ihr; sie öffnet ihr Maul und leckt, wie ein kleiner Hund, mit heißer Zunge die Reste ihrer Scham weg.

Wut ist besser. Wut birgt ein Gefühl von Sein. Eine Wirklichkeit und eine Gegenwart. Ein Bewusstsein von Wert. Ein wunderbares Wogen. Ihre Gedanken landen wieder bei Mr. Yacobowskis Augen, seiner verschleimten Stimme. Die Wut hält sich nicht; viel zu schnell ist das Hündchen gesättigt. Mit viel zu rasch gestilltem Durst schläft es ein. Wieder sprudelt die Scham, und ihre schlammigen Rinnsale fließen ihr in die Augen. Was tun, bevor die Tränen kommen. Die Mary-Janes fallen ihr ein.

Auf jedem der hellgelben Papierchen ist ein Bild. Ein Bild der kleinen Mary Jane, nach der die Bonbons benannt sind. Ein lächelndes, weißes Gesicht. Blondes, sanft zerzaustes Haar, blaue Augen, die ihr aus einer sauberen, behaglichen Welt entgegenblicken. Es sind boshafte, schelmische Augen. Pecola findet sie einfach nur schön. Sie isst die Bonbons, die Süße tut gut. Und mit den Bonbons isst sie irgendwie auch diese Augen, isst Mary Jane. Liebt Mary Jane. Wird Mary Jane.

Für drei Cent hat sie sich neun wunderbare Orgasmen mit Mary Jane erkauft. Der reizenden Mary Jane, nach der ein Bonbon benannt ist.

In der Wohnung über dem Ladenlokal der Breedloves lebten drei Huren. China, Poland und Miss Marie. Pecola liebte die drei, besuchte sie oft und machte Besorgungen für sie. Sie wiederum verabscheuten sie nicht.

An einem Morgen im Oktober, dem Morgen, an dem der Ofendeckel triumphierte, stieg Pecola die Stufen zu ihrer Wohnung hinauf.

Noch ehe die Tür auf ihr Klopfen hin geöffnet wurde, hörte sie Poland singen – ihre Stimme klang so süß und hart wie die ersten Erdbeeren:

I got blues in my mealbarrel
Blues up on the shelf
I got blues in my mealbarrel
Blues up on the shelf
Blues in my bedroom
'Cause I'm sleepin' by myself

«Na, Klöpschen? Wo hast du denn deine Strümpfe?» Marie rief Pecola selten zwei Mal beim gleichen Namen, aber die Bezeichnungen waren immer liebevoll aus den Speisen und Leckereien gewählt, an die sie fortwährend dachte.

«Hallo, Miss Marie. Hallo, Miss China. Hallo, Miss Poland.»

«Hast du nicht gehört? Wo sind deine Strümpfe? Läufst hier so nacktbeinig rum wie ein Straßenköter.»

«Ich hab keine gefunden.»

«Keine gefunden? Da sitzt wohl was bei euch in der Wohnung, das Strümpfe liebt.»

China kicherte. Wann immer etwas verloren ging, schob Marie sein Verschwinden darauf, «dass was in der Wohnung sitzt, das es liebt». «Da sitzt wohl was bei uns in der Wohnung, das BHs liebt», verkündete sie dann etwa.

Poland und China waren dabei, sich für den Abend zurechtzumachen. Poland, immer am Bügeln, immer am Singen. China auf einem hellgrünen Küchenstuhl, immer und immer dabei, sich die Haare aufzudrehen. Marie machte sich nie zurecht.

Die Frauen waren freundlich, aber Gespräche kamen nur langsam in Gang. Pecola versuchte es immer bei Marie, die, wenn sie einmal redete, nur schwer wieder zu stoppen war.

«Warum sind Sie mit so vielen jungen Männern befreundet, Miss Marie?»

«Junge Männer? Junge Männer? Zuckerschötchen, ich hab seit neunzehnhundertsiebenundzwanzig keinen jungen Mann mehr zu Gesicht gekriegt.»

«Hast du auch damals nicht.» China tunkte die erhitzten Lockenwickler in eine Dose Nu-Nile-Pomade. Das Fett zischte am heißen Metall.

«Aber warum, Miss Marie?», beharrte Pecola.

«Warum was? Warum ich seit neunzehnhundertsiebenundzwanzig keinen jungen Mann mehr gesehen hab? Weil's seit damals keine Jungen mehr gibt. Da hat es aufgehört. Da haben die Leute angefangen, alt zur Welt zu kommen.»

«Du meinst, da hast *du* angefangen, alt zu werden», sagte China.

«Ich bin nicht alt geworden. Nur fett.»

«Kommt aufs Gleiche raus.»

«Und du meinst, dich halten alle für jung, nur weil du dünn bist? Bei deinem Anblick kauft sich doch jedes Skelett gleich ein Korsett.»

«Und du siehst aus wie 'n dicker Pferdearsch.»

«Ich weiß nur eins, deine O-Beine sind haargenau so alt wie meine.»

«Mach dir um meine O-Beine mal keine Sorgen. Die machen sich immer als Erstes breit.»

Alle drei Frauen lachten los. Marie warf den Kopf in den Nacken. Ihr Lachen entsprang tief im Innern, es rauschte wie mehrere Flüsse, frei, tief und sumpfig, unterwegs in die Weite des offenen Meeres. China kicherte krampfhaft. Jedes Keuchen klang, als zöge eine unsichtbare Hand es an einer unsichtbaren Schnur aus ihr heraus. Poland, die nur wenig sagte, wenn sie nicht gerade betrunken war, lachte tonlos. War sie nüchtern, summte sie die meiste Zeit oder sang Blues-Songs, von denen sie zahllose kannte.

Pecola befingerte einen Schal, der über die Rückenlehne des Sofas gebreitet lag. «Ich weiß niemanden, der so viele junge Männer kennt wie Sie, Miss Marie. Warum lieben die Sie bloß alle so?»

Marie köpfte eine Flasche Root Beer. «Was bleibt ihnen anderes übrig? Die wissen, ich bin reich und seh gut aus. Da wollen sie sich eben meine Locken um die Zehen drehen und mir das Geld aus der Tasche ziehen.»

«Sind Sie reich, Miss Marie?»

«Ich hab massig Geld, Rübchen.»

«Und wo haben Sie das her? Sie arbeiten doch gar nicht.»

«Ja», sagte China, «wo hast du's her?»

«Hat J. Edgar Hoover mir geschenkt. Dem hab ich nämlich mal einen Gefallen getan für sein Eff Bie Ei.»

«Und was haben Sie da gemacht?»

«Ihm einen Gefallen getan. Die wollten damals einen Gauner schnappen. Johnny hieß er. Ein hundsgemeiner Kerl, wie es schlimmer nicht geht ...»

«Als ob wir das nicht wüssten.» China schob eine Locke zurecht.

«... und die vom Eff Bie Ei wollten ihn unbedingt schnappen. An dem sind mehr Leute gestorben als an der Schwindsucht. Und wenn du ihn mal verärgert hast? Oh, Jesus! Gejagt hat er dich, so weit, wie du laufen kannst. Na, jedenfalls, ich war damals noch schlank und niedlich. Vierzig Kilo, wenn's hoch kommt.»

«Als ob bei dir je was hochkommt», sagte China.

«Du schluckst ja nicht mal was. Und jetzt halt die Klappe. Ich erzähl's dir, Törtchen. Die Wahrheit ist nämlich, außer mir konnte keiner mit ihm umgehen. Der ging raus, hat eine Bank ausgeraubt, paar Leute umgebracht, und ich sag zu ihm, ganz sanft: ‹Johnny, das sollst du doch nicht.› Und er antwortet, er will mir doch nur paar schöne Sachen schenken. Spitzenhöschen und so was. Und jeden Sonntag haben wir uns eine Kiste Bier geholt und Fisch gebraten. Paniert mit Ei und Mehl, und wenn dann alles schön braun und knusprig war – aber nicht zu trocken –, dann haben wir ein kaltes Bier aufgemacht ...» Maries Blick wurde weich, gefesselt von der Erinnerung an ein solches Essen, irgendwo, irgendwann. Ihre Geschichten brachen immer ab, sobald es ums Essen ging. Pecola sah Maries Zähne vor sich, wie sie sich in ein knuspriges Stück Seebarsch gruben; sah ihre speckigen Finger, wie sie die Krümel des heißen, weißen Fleischs zurück in den Mund stopften, die ihren Lippen entkommen waren; sie hörte den Verschluss der Bierflasche ploppen; roch die Bitterkeit im ersten Schwall Schaum, spürte, wie der kalte Biergeschmack auf die Zunge traf. Sie war lange vor Marie mit dem Tagtraum fertig.

«Aber was ist jetzt mit dem Geld?», fragte sie.

China johlte. «Die führt sich auf, als wär sie die Frau in Rot, die Dillinger verraten hat. Dabei wär Dillinger dir nie so nah gekommen, außer, er hätte dich in Afrika auf Safari als Nilpferd abgeknallt.»

«Na, dieses Nilpferd hat's in Chicago jedenfalls krachen lassen. Oh, Jesus, neunundneunzig!»

«Warum sagen Sie immer ‹Oh, Jesus› und dann eine Zahl?» Das wollte Pecola schon lange wissen.

«Weil meine Mama mir beigebracht hat, nicht zu fluchen.»

«Hat sie dir nicht auch beigebracht, dein Höschen anzulassen?», fragte China.

«Ich hatte keins», erwiderte Marie. «Mein erstes Höschen hab ich mit fünfzehn gesehen, als ich aus Jackson weg und in Cincinnati in Dienst gegangen bin. Die weiße Lady, bei der ich war, hat mir ein altes von sich gegeben. Ich dachte, das ist eine Art Mütze. Hab's mir zum Staubwischen auf den Kopf gesetzt. Sie hat sich kaputtgelacht, als sie mich sah.»

«Du musst ja ganz schön blöd gewesen sein.» China zündete sich eine Zigarette an und ließ ihre Wickler auskühlen.

«Woher hätt ich's denn wissen sollen?» Marie schwieg kurz. «Und wozu ist das auch gut, was anzuziehen, was du sowieso ständig ausziehen musst? Dewey hat mich die Dinger nie so lange tragen lassen, dass ich mich dran gewöhnt hätte.»

«Was für ein Dewey?» Der Name war Pecola neu.

«Was für ein Dewey? Hühnchen! Hast du mich denn noch nie von *Dewey* reden hören?» Marie war entsetzt über ihr Versäumnis.

«Nein, Ma'am.»

«Ach, Honigmäulchen, da hast du ja das halbe Leben verpasst. Oh, Jesus, eins-neun-fünf! Charmant ist gar kein Ausdruck! Getroffen hab ich ihn, da war ich vierzehn. Wir sind durchgebrannt, drei Jahre haben wir zusammengelebt wie 'n Ehepaar. Die ganzen Blindgänger, die immer zu uns raufkommen? Fünfzig von denen auf einen Haufen sind nicht so viel wert wie ein Knöchelchen von Dewey Prince. Oh, Lord! Was hat der Mann mich geliebt!»

China schob sich ein paar Strähnen als Pony in die Stirn. «Und warum hat er dich dann anschaffen geschickt?»

«Ach, *girl*, als ich gemerkt hab, dass so was geht – dass Leute bares Geld dafür hinlegen, da war ich selber richtig baff.»

Poland fing an zu lachen. Tonlos. «Ich auch. Meine Tante hat mir ordentlich eine gewischt, als ich ihr beim ersten Mal erzählt hab, ich hätte kein Geld dafür gekriegt. ‹Geld?›, sag ich. ‹Wofür denn? Der schuldet mir doch nichts.› Und sie sagt: ‹Von wegen!›»

Alle zerflossen in Gelächter.

Drei fröhliche Drachen. Drei fröhliche alte Schachteln. Erheitert durch lang zurückliegende Ahnungslosigkeit.

Sie gehörten nicht zu den Generationen von Freuden-
mädchen, wie die Romane sie erschaffen haben, mit großen, freigiebigen Herzen und der Leidenschaft, befeuert
von schrecklichen Lebensumständen, den Männern ihr
glückloses, karges Dasein zu versüßen und sich nur ganz
nebenbei und voll Demut für ihr «Verständnis» bezahlen
zu lassen. Und sie zählten auch nicht zu der Art empfind-
samer junger Frauen, denen das Schicksal so übel mitge-
spielt hat, dass sie sich gezwungen sehen, sich eine spröde
Hülle zuzulegen, um den Frühling ihres Lebens vor weiteren Erschütterungen zu schützen, wenn auch stets in
dem Wissen, dass ihnen Besseres gebührt und sie den richtigen Mann sehr glücklich machen könnten. Sie waren
auch keine nachlässigen, unfähigen Huren, die sich, weil
sie allein nicht über die Runden kommen, dem Drogen-
konsum und Drogenhandel hingeben oder sich Zuhälter
suchen, um ihren Plan, sich selbst zu zerstören, zu voll-
enden, und die dem Selbstmord nur deshalb entsagen,
weil sie das Andenken eines abwesenden Vaters entehren
oder das Unglück einer schweigsamen Mutter verlängern
wollen. Mit Ausnahme von Maries legendärer Liebe zu
Dewey hassten diese drei Frauen Männer, alle Männer,
ohne Scham, ohne Reue, ohne Unterschied. Ihre Besucher
beschimpften sie mit vom vielen Gebrauch schon mecha-
nisch gewordener Geringschätzung. Schwarze Männer,
weiße Männer, Puerto-Ricaner, Mexikaner, Juden, Polen,
wer auch immer – alle waren sie unfähig und schwach,
traten ihnen unter die gelblich verfärbten Augen und setzten sich ihrem unbeteiligten Zorn aus. Sie machten sich
einen Spaß daraus, die Männer zu hintergehen. Bei einer

Gelegenheit, von der inzwischen die ganze Stadt wusste, hatten sie einen Juden zu sich hinaufgelockt, sich dann alle drei auf ihn gestürzt, ihn an den Fersen hochgehalten, ihm alles aus den Taschen geschüttelt, was darin war, und ihn anschließend aus dem Fenster geworfen.

Sie hielten auch nicht viel von Frauen, die, obwohl sie streng genommen keine Kolleginnen waren, ihre Männer trotzdem betrogen – ob nun regelmäßig oder nur hin und wieder, spielte dabei keine Rolle. «Huren im Schafspelz», nannten sie die und hatten keinerlei Drang, mit ihnen zu tauschen. Respekt hatten sie nur vor denen, die sie als *good Christian colored women* bezeichneten. Frauen mit untadeligem Ruf, die sich um ihre Familien kümmerten, nicht tranken, rauchten oder es wild trieben. Solchen Frauen galt ihre unsterbliche, wenn auch heimliche Zuneigung. Sie schliefen mit ihren Männern und nahmen ihr Geld, aber stets mit Todesverachtung.

Und sie waren auch nicht darauf bedacht, jugendliche Unschuld zu schonen. Auf ihre eigene Jugend blickten sie als Ära der Ahnungslosigkeit zurück und bedauerten, dass sie nicht mehr daraus gemacht hatten. Sie waren keine jungen Mädchen im Hurengewand oder Huren, die ihrer verlorenen Unschuld nachtrauerten. Sie waren Huren im Hurengewand, Huren, die niemals jung gewesen waren und kein Wort für Unschuld hatten. Vor Pecola benahmen sie sich genauso frei wie voreinander. Marie dachte sich Geschichten für sie aus, weil sie ja ein Kind war, aber es waren immer heitere, handfeste Geschichten. Hätte Pecola die Absicht geäußert, das gleiche Leben zu führen wie die drei, sie hätten nicht versucht, sie davon abzubringen, und sich auch kein bisschen bestürzt gezeigt.

«Hatten Sie Kinder mit Dewey Prince, Miss Marie?»

«Ja. Ja. Wir hatten welche.» Marie wand sich ein wenig. Sie zog sich eine Klammer aus den Haaren und stocherte damit zwischen ihren Zähnen herum. Das hieß, dass sie nicht weiterreden wollte.

Pecola ging zum Fenster und schaute auf die leere Straße hinunter. Ein Büschel Gras hatte sich den Weg durch einen Riss im Asphalt gebahnt, nur um auf rauen Oktoberwind zu treffen. Sie dachte an Dewey Prince und wie sehr er Miss Marie geliebt hatte. Wie sich Liebe wohl anfühlt?, überlegte sie. Was machen Erwachsene, wenn sie sich lieben? Essen sie Fisch zusammen? Ein Bild trat ihr in die Augen, Cholly und Mrs. Breedlove im Bett. Er gab Laute von sich, als hätte er Schmerzen, als hätte ihn etwas an der Kehle gepackt und ließe nicht mehr los. Aber so schrecklich seine Laute auch waren, sie waren längst nicht so schlimm wie der Nicht-ein-Laut ihrer Mutter. Es war, als wäre sie gar nicht dabei. Vielleicht war ja das Liebe. Erstickte Laute und Stille.

Pecola wandte die Augen vom Fenster ab und schaute zu den Frauen hin.

China hatte sich gegen den Pony entschieden und band sich gerade einen kleinen, aber kräftigen Dutt. Sie beherrschte alle möglichen Frisuren, sah aber mit jeder verhärmt und hager aus. Dann schminkte sie sich umso stärker. Jetzt malte sie sich erstaunte Augenbrauen und einen kleinen, herzförmigen Mund. Später würde sie zu starken Brauen und einem bösen, breiten Mund wechseln.

Poland stimmte mit ihrer erdbeersüßen Stimme einen neuen Blues an:

I know a boy who is sky-soft brown
I know a boy who is sky-soft brown
The dirt leaps for joy when his feet touch the ground.
    His strut is a peacock
    His eye is burning brass
    His smile is sorghum syrup drippin' slow-sweet to the last
I know a boy who is sky-soft brown

Marie schälte Erdnüsse und steckte sie sich in den Mund. Pecola schaute und schaute die Frauen an. Waren sie wirklich? Marie rülpste, sanft, schnurrend, liebevoll.

WINTER

Daddys Gesicht ist ein Studierstück. Der Winter zieht dort ein und führt den Vorsitz. Seine Augen werden Steilküsten aus Schnee, die als Lawine abzugehen drohen; seine Brauen biegen sich wie die schwarzen Glieder blattloser Bäume. Seine Haut nimmt das blasse, freudlose Gelb der Wintersonne an; als Kinnpartie hat er die stoppeligen Ränder eines verschneiten Feldes; seine hohe Stirn ist die vereiste Fläche des Eriesees, verbirgt die Unterströme eisiger Gedanken, die sich im Dunkeln zu Strudeln formen. Wolfstöter und Habichtjäger in einem, schuftet er Tag und Nacht, um Ersteren von der Türschwelle und Letzteren von den Fensterbrettern fernzuhalten. Als Gott Vulkan, der über das Feuer wacht, weist er uns an, welche Türen offen oder geschlossen zu halten sind, damit die Wärme sich auch richtig verteilt, hält Holzspäne bereit, erörtert die Qualität von Kohle und bringt uns bei, wie wir das Feuer schüren, füttern und anfachen sollen. Und bis zum Frühjahr kommt sein Mund mit keinem Rasiermesser in Kontakt.

Der Winter spannte ein Band aus Kälte um unsere Köpfe und ließ unsere Augen schmelzen. Wir stopften Pfeffer vorn in die Zehen unserer Strümpfe, schmierten uns Vaseline ins Gesicht und blickten durch den dunklen Eisschrankmorgen auf vier Backpflaumen, glitschige Haferbreiklumpen und Kakao mit hausdachdicker Haut.

Hauptsächlich aber warteten wir auf den Frühling, wenn es wieder Gärten gab.

Der Winter hatte sich längst zu einem abscheulichen Knoten versteift, den nichts mehr lösen konnte, als ihn auf einmal doch etwas löste oder vielmehr jemand. Eine Person, die den Knoten zu silbernen Fäden zerspringen ließ, in denen wir uns verfingen, denen wir ins Netz gingen, bis wir uns nach dem stumpfen Scheuern der früheren Langeweile zurücksehnten.

Diese Zerrütterin der Jahreszeiten war eine neue Mitschülerin namens Maureen Peal. Ein Traumkind mit heller Haut und langem, braunem Haar, das ihr zu zwei Lynchstricken geflochten über den Rücken hing. Sie war reich, zumindest nach unseren Maßstäben, so reich wie die reichsten unter den weißen Mädchen, umsorgt und umhegt von Behaglichkeit. Die Qualität ihrer Kleider drohte Frieda und mich ganz aus dem Gleis zu bringen. Lacklederschuhe mit Schnallen dran, wie wir sie nur zu Ostern in billig bekamen und Ende Mai schon wieder verschlissen hatten. Flauschige Pullover in der Farbe von Zitronendrops und dazu Röcke mit so ordentlichen Falten, dass wir nur staunen konnten. Leuchtend bunte Kniestrümpfe mit weißem Rand, ein brauner Samtmantel mit einem Besatz aus weißem Kaninchenfell und passendem Muff. Ein Hauch von Frühling in ihren Schlehenaugen, etwas Sommer in ihrem Teint und die üppige Reife des Herbstes in ihrem Gang.

Sie verzauberte die ganze Schule. Die Lehrkräfte lächelten ermunternd, wenn sie sie aufriefen. Die Schwarzen Jungs stellten ihr auf dem Flur kein Bein; die weißen

Jungs warfen nicht mit Steinen nach ihr, die weißen Mädchen schnalzten nicht missbilligend, wenn sie ihnen bei der Gruppenarbeit als Partnerin zugewiesen wurde; die Schwarzen Mädchen machten ihr Platz, wenn sie auf der Toilette ans Waschbecken wollte, und ihr Blick beugte unter sinkenden Lidern das Knie. Beim Essen in der Cafeteria brauchte sie nie lang nach Begleitung zu suchen – alle scharten sich um den Tisch ihrer Wahl, wo sie dann ihr aufwändiges Pausenbrot auspackte und unsere marmeladenbeschmierten Brotscheiben mit in vier zierliche Stückchen geschnittenen Eiersalat-Sandwiches, Cupcakes mit rosa Zuckerglasur, einem Vorrat an Sellerie- und Karottenschnitzen und stolzen, dunkelroten Äpfeln bloßstellte. Sogar milchweiße Milch kaufte sie sich und trank sie gern.

Frieda und mich verwirrte, ärgerte und faszinierte sie. Um selbst wieder ins Gleichgewicht zu kommen, suchten wir angestrengt nach ihren Fehlern, mussten uns aber zunächst damit begnügen, ihren Namen zu verderben und aus Maureen Peal Mottenstiel zu machen. Später entdeckten wir freudig, dass ihr einer Eckzahn zu lang war – sehr niedlich zwar, aber doch zu lang. Und als wir erfuhren, dass sie mit sechs Fingern an jeder Hand zur Welt gekommen war und dort, wo die überzähligen Finger entfernt worden waren, je einen kleinen Knubbel zurückbehalten hatte, da lächelten wir. Kleine Triumphe, aber wir nahmen, was wir kriegen konnten – kicherten hinter ihrem Rücken über sie und nannten sie Sechsfinger-Langzahn-Mottenstiel. Aber nur unter uns, denn von den anderen Mädchen war keines bereit, sich unserer Feindseligkeit anzuschließen. Sie lagen ihr alle zu Füßen.

Als sie den Spind neben meinem bekam, konnte ich meinem Neid gleich vier Mal am Tag frönen. Meine Schwester und ich hatten beide den Verdacht, dass wir insgeheim bereit wären, uns mit ihr anzufreunden, wenn sie uns nur ließe, aber mir war klar, dass es eine gefährliche Freundschaft wäre, denn wenn ich meinen Blick über die weißgemusterten Ränder dieser knallgrünen Kniestrümpfe streifen ließ und dabei das Rutschen und Schlackern meiner eigenen braunen Strümpfe spürte, hätte ich am liebsten nach ihr getreten. Und wenn ich den unverdienten Hochmut in ihren Augen sah, schmiedete ich Pläne, wie aus Versehen ihre Spindtür zuzuschlagen, die ihr die Hand einquetschen würde.

Trotzdem lernten wir uns als Spindkameradinnen ein bisschen näher kennen, und ich schaffte es sogar, ein normales Gespräch mit ihr zu führen, ohne mir auszumalen, wie sie von einem Abhang stürzte, oder mich kichernd zu einer aus meiner Sicht besonders geistreichen Beleidigung vorzuarbeiten.

Als ich eines Tages vor meinem Spind auf Frieda wartete, stellte sie sich neben mich.

«Hi.»

«Hi.»

«Wartest du auf deine Schwester?»

«M-hm.»

«Wie lauft ihr denn immer nach Hause?»

«Die Twenty-first Street runter zum Broadway.»

«Warum geht ihr nicht über die Twenty-second?»

«Weil wir an der Twenty-first wohnen.»

«Ach so. Ich kann da auch langgehen, glaub ich. Zumindest ein Stück.»

«Ist ein freies Land.»

Frieda kam auf uns zu, ihre braunen Strümpfe spannten über den Knien, weil sie sie an den Zehen umgeklappt hatte, um ein Loch in der Ferse zu verstecken.

«Maureen geht ein Stück mit uns mit.»

Frieda und ich wechselten einen Blick, ihre Augen flehten mich an, mich zu beherrschen, meine versprachen ihr nichts.

Es war ein trügerischer Frühlingstag, der den Panzer dieses betäubenden Winters genauso durchstoßen hatte wie Maureen. Überall Pfützen, Schlamm und eine einladende Wärme, die uns in die Irre führte. Die Art von Tag, an dem wir uns den Mantel über den Kopf hängten, unsere Regenschuhe in der Schule ließen und am nächsten Tag mit Krupphusten flachlagen. Wir reagierten immer auf die kleinste Veränderung des Wetters, die winzigste Verschiebung des Tageslichts. Lange bevor die Saat sich auch nur rührte, scharrten und stocherten Frieda und ich schon in der Erde, sogen gierig die Luft ein, tranken den Regen ...

Als wir mit Maureen aus der Schule traten, fingen wir umgehend an, uns zu häuten. Wir stopften die Kopftücher in die Manteltaschen und hängten uns die Mäntel über den Kopf. Ich überlegte gerade, wie ich Maureens Pelzmuff in den Rinnstein befördern könnte, da wurden wir von Radau auf dem Schulhof abgelenkt. Ein Grüppchen Jungs umkreiste und reizte ein Opfer in ihrer Mitte: Pecola Breedlove.

Bay Boy, Woodrow Cain, Buddy Wilson, Junie Bug –
sie alle umgaben sie wie eine Kette aus Halbedelsteinen.
Berauscht vom eigenen Moschusduft, erregt von der
mühelosen Macht ihrer Überzahl, drangsalierten sie sie
fröhlich.

«*Black e mo. Black e mo. Yadaddsleepnekked. Black e mo
black e mo ya dadd sleeps nekked. Black e mo …*»

So improvisierten sie ihren Spottvers aus zwei Ge-
gebenheiten, auf die das Opfer selbst keinen Einfluss
hatte: die Farbe ihrer Haut sowie Mutmaßungen über
die Schlafgewohnheiten eines Erwachsenen, was in seiner
Ungereimtheit einen wilden Sinn ergab. Dass sie selbst
ebenfalls Schwarz waren und ihre Väter ähnlich lässige
Gewohnheiten pflegten, tat nichts zur Sache. Die Verachtung, die sie für ihr eigenes Schwarzsein hegten, gab der
ersten Beleidigung ihren Biss. Sie mussten all ihr sorgsam
kultiviertes Unwissen, ihren erstklassig verinnerlichten
Selbsthass, ihre aufwändig gestaltete Hoffnungslosigkeit
genommen und durch einen feurigen Trichter aus Spott
gesogen haben, der in den Höhlungen ihres Geistes noch
lange weiterloderte und schließlich – abgekühlt – von
wutentbrannten Lippen nach draußen floss und alles
verschluckte, was ihm in die Quere kam. Sie vollführ-
ten ein makabres Ballett rund um ihr Opfer, vollauf bereit, es um ihrer selbst willen dem flammenden Schlund
darzubringen.

Black e mo Black e mo Ya daddy sleeps nekked.
Stch ta ta stch ta ta
stch ta ta ta ta

Pecola wand sich weinend in ihrem Kreis. Sie hatte ihr Schreibheft fallen lassen und hielt sich mit beiden Händen die Augen zu.

Wir sahen uns das an, voller Angst, sie könnten uns bemerken und ihre Energien auf uns umlenken. Dann pflückte sich Frieda, mit entschlossenem Mund und Mamas Blick, den Mantel vom Kopf und warf ihn zu Boden. Sie rannte hinüber und zog Woodrow Cain ihre Schulbücher über den Kopf. Der Kreis brach auf. Woodrow Cain hielt sich den Kopf.

«Ey, *girl*!»

«Ihr hört jetzt sofort damit auf, klar?» Nie hatte ich Friedas Stimme so laut und klar gehört.

Vielleicht war es, weil Frieda größer war als er, vielleicht auch, weil sie ihre Augen sah, weil ihn das Spiel ohnehin nicht mehr interessierte oder weil er in Frieda verknallt war, jedenfalls schaute Woodrow exakt so lange verängstigt, dass sie noch mehr Mut fasste.

«Lasst sie in Ruhe, sonst erzähl ich allen, was du gemacht hast!»

Woodrow sagte nichts; er vermauerte nur seine Augen.

Jetzt meldete sich Bay Boy zu Wort: «Komm schon, *gal*! Dir tut doch keiner was!»

«Halt die Klappe, Eierkopf!» Ich hatte die Sprache wiedergefunden.

«Wen nennst du hier Eierkopf?»

«Dich nenn ich Eierkopf, Eierkopf!»

Frieda nahm Pecola bei der Hand. «Komm mit.»

«Willst wohl ne dicke Lippe?» Bay Boy ballte die Faust in meine Richtung.

«Klar. Gib mir eine von deinen.»

«Du kriegst selber eine.»

Da trat Maureen neben mich, und die Jungs zauderten offenbar, vor ihren interessiert geweiteten Frühlingsaugen weiterzumachen. Verwirrt knickten sie ein, nicht bereit, unter ihrem wachsamen Blick drei Mädchen zu verprügeln. Und so gehorchten sie dem aufkeimenden männlichen Instinkt, der ihnen auftrug, so zu tun, als wären wir ihrer Aufmerksamkeit gar nicht weiter wert.

«Los, komm, Mann.»

«Ja. Komm. Wir haben keine Zeit, uns mit denen abzugeben.»

Sie brummelten noch ein paar halbherzige Schimpfnamen und zogen ab.

Ich hob Pecolas Heft und Friedas Mantel auf, und alle vier gingen wir vom Schulhof.

«Der alte Eierkopf, immer hackt er auf den Mädchen rum.»

Frieda pflichtete mir bei. «Miss Forrester sagt, bei ihm ist Topfen und Malz verloren.»

«Echt?» Ich wusste nicht, was das heißen sollte, aber es klang mir unheilvoll genug, um auf Bay Boy zuzutreffen.

Während Frieda und ich noch darüber schwatzten, dass wir uns fast geprügelt hätten, hakte sich Maureen, plötzlich bestens aufgelegt, mit ihrem samtumhüllten Arm bei Pecola ein und führte sich auf, als wären sie die besten Freundinnen.

«Ich bin gerade hergezogen. Ich heiße Maureen Peal. Und du?»

«Pecola.»

«Pecola? Heißt so nicht das Mädchen aus *Imitation of Life*?»

«Keine Ahnung. Was ist das?»

«Dieser Kinofilm, du weißt schon. Wo das *mulatto*-Mädchen seine Mutter hasst, weil die so Schwarz und hässlich ist, aber bei der Beerdigung dann doch weint. Der ganze Film war so traurig. Alle weinen da. Sogar Claudette Colbert.»

«Oh.» Pecolas Stimme war bloß ein Seufzen.

«Jedenfalls hat die auch Pecola geheißen. Sie war richtig hübsch. Wenn der Film noch mal läuft, schau ich ihn mir wieder an. Meine Mutter hat ihn vier Mal gesehen.»

Frieda und ich blieben hinter ihnen, verblüfft, dass Maureen so nett zu Pecola war, aber auch erfreut. Vielleicht war sie ja doch ganz in Ordnung. Frieda hatte sich ihren Mantel wieder über den Kopf gehängt, und so verhüllt trabten wir nebeneinanderher und genossen den milden Wind und Friedas Heldentat.

«Du hast doch mit mir zusammen Turnen, oder?», fragte Maureen Pecola.

«Ja.»

«Miss Erkmeister hat richtige O-Beine. Ich wette, die findet sie selber ganz toll. Oder warum sonst darf sie kurze Shorts tragen und wir diese gammligen Pluderhosen? Ich würde jedes Mal am liebsten sterben, wenn ich die anziehen muss.»

Pecola lächelte, schaute Maureen dabei aber nicht an.

«Hey.» Maureen blieb stehen. «Da vorn ist ein Isaley's. Wie wär's mit einem Eis? Ich hab Geld.»

Sie zog einen versteckten Reißverschluss in ihrem Muff

auf und holte einen mehrfach gefalteten Dollarschein heraus. Ich verzieh ihr die Kniestrümpfe.

«Mein Onkel hat Isaley's mal verklagt», erzählte Maureen uns dreien. «Die Filiale in Akron. Weil die ihm nämlich ungehöriges Benehmen unterstellt haben und ihn deswegen nicht bedienen wollten, aber dann kam ein Freund von ihm rein, der Polizist ist, der hat das dann gezeugt, und darum war der Prozess erfolgreich.»

«Was ist denn ein Prozess?»

«Das heißt, dass man Leute verprügeln kann, wann man will, und keiner kann was dagegen machen. In meiner Familie machen wir das dauernd. Wir glauben an Prozesse.»

Vor dem Isaley's drehte Maureen sich zu Frieda und mir um und fragte: «Holt ihr euch auch ein Eis?»

Wir sahen uns an. «Nein», sagte Frieda.

Maureen verschwand mit Pecola im Laden.

Frieda schaute seelenruhig die Straße entlang; ich machte den Mund auf, schloss ihn aber gleich wieder. Es war ausnehmend wichtig, die Welt nicht wissen zu lassen, dass ich fest damit gerechnet hatte, Maureen würde auch uns ein Eis kaufen, dass ich die zurückliegenden 120 Sekunden schon damit verbracht hatte, mir die Sorte zu überlegen, dass ich sogar drauf und dran gewesen war, Maureen zu mögen, und dass weder Frieda noch ich auch nur einen Cent besaßen.

Wir nahmen an, dass Maureen wegen der Jungs so nett zu Pecola war, und wir schämten uns – selbst voreinander –, bei dem Gedanken ertappt zu werden, sie würde uns einladen und wir hätten das genauso sehr verdient wie Pecola.

Die Mädchen kamen wieder nach draußen. Pecola mit zwei Kugeln Orange-Ananas, Maureen mit schwarzer Himbeere.

«Ihr hättet euch auch eins holen sollen», sagte sie. «Die haben alle möglichen Sorten. Die Spitze von der Waffel isst du besser nicht», riet sie Pecola.

«Warum nicht?»

«Weil da eine Fliege drin ist.»

«Woher weißt du das?»

«Nein, nicht in echt. Aber mir hat ein Mädchen erzählt, sie hätte mal unten in ihrer Waffel eine entdeckt, und seitdem schmeißt sie die Spitze immer weg.»

«Oh.»

Wir kamen am Kino vorbei, dem Dreamland Theater, und Betty Grable lächelte auf uns herab.

«Ist sie nicht toll?», fragte Maureen.

«M-hm», sagte Pecola.

Ich war anderer Meinung. «Hedy Lamarr ist besser.»

Maureen pflichtete mir bei. «Ooooo ja. Meine Mutter hat mir von einem Mädchen erzählt, Audrey heißt sie, die ist da, wo wir früher gewohnt haben, zur Friseurin gegangen und hat ihr gesagt, sie soll ihr die Haare so machen, wie Hedy Lamarr sie hat, und da hat die Friseurin gesagt: ‹Klar, aber vorher lässt du dir besser Haare wachsen, wie Hedy Lamarr sie hat.›» Ihr Lachen war lang und süß.

«Klingt verrückt», sagte Frieda.

«Das ist sie aber auch. Könnt ihr euch vorstellen, dass sie sechzehn ist und noch nicht ihre Ministration hat. Habt ihr sie schon?»

«Ja.» Pecola blickte kurz zu uns hin.

«Ich auch.» Maureen versuchte nicht einmal, ihren Stolz zu verbergen. «Bei mir hat's vorletzten Monat angefangen. Meine Freundin aus Toledo, wo wir früher gewohnt haben, sagt, sie hätte eine Heidenangst gekriegt, als es bei ihr angefangen hat. Sie hat gedacht, jetzt hat sie sich umgebracht.»

«Weißt du, wofür das gut ist?» So, wie Pecola die Frage stellte, hoffte sie wohl, sie selbst beantworten zu dürfen.

«Für die Babys.» Maureen zog über diese überflüssige Frage ihre beiden bleistiftstrichdünnen Brauen hoch. «Babys brauchen Blut, wenn man sie im Bauch hat, darum ministriert man nicht, wenn man eins kriegt. Aber wenn man keins kriegt, braucht man das Blut nicht aufzubewahren, darum kommt es raus.»

«Und wie kommen die Babys an das Blut?», fragte Pecola.

«Durch das Nabelrohr. Ihr wisst schon. Da, wo man seinen Bauchnabel hat. Da wächst dann so ein Rohr raus, und das pumpt das Blut zum Baby.»

«Aber wenn der Bauchnabel dazu da ist, dass ein Rohr rauswächst, damit die Babys Blut kriegen, und nur Mädchen Babys bekommen können, warum haben Jungs dann auch einen Bauchnabel?»

Maureen zögerte. «Weiß ich nicht», gab sie schließlich zu. «Aber Jungs haben ja alles Mögliche, was sie nicht brauchen.» Irgendwie war ihr perlendes Lachen stärker als unser ängstliches. Sie rollte die Zunge um den Rand ihrer Waffel und schleckte einen Klecks Lila weg, der mir das Wasser in den Augen zusammenlaufen ließ. Wir warteten darauf, dass die Ampel grün wurde. Immer wieder schleckte Maureen das Eis mit der Zunge vom Rand der Waffel weg; sie biss nicht in den Rand, wie ich es gemacht hätte. Ihre Zunge umkreiste die Waffel. Pecola war längst mit ihrem fertig; Maureen gefiel es anscheinend, lange etwas von den Dingen zu haben. Während ich noch an ihr Eis dachte, musste sie wohl über ihre letzte Bemerkung sinniert haben, denn jetzt fragte sie Pecola: «Hast du schon mal einen nackten Mann gesehen?»

Pecola stutzte und wandte den Blick ab. «Nein. Wo soll ich denn nackte Männer sehen?»

«Weiß nicht. Ich frag ja nur.»

«Und wenn ich einen sähe, dann würd ich gar nicht hinschauen. Das ist unanständig. Wer will schon einen nackten Mann sehen?» Pecola war ganz aufgebracht. «Kein Vater würde nackt vor seiner eigenen Tochter rumlaufen. Außer, er ist selber unanständig.»

«Ich hab auch nichts von ‹Vater› gesagt. Ich hab nur ‹nackter Mann› gesagt.»

«Na ja …»

«Wie kommst du denn auf ‹Vater›?», wollte Maureen wissen.

«Wen soll sie sonst schon sehen, Langzahn?» Ich war froh über die Möglichkeit, meine Wut zu zeigen. Nicht nur wegen dem Eis, sondern weil wir unseren Vater auch schon nackt gesehen hatten und nicht viel davon hielten, daran erinnert zu werden und wieder die Scham zu spüren, die das Fehlen jeglicher Scham hervorrief. Er war vom Bad durch den Flur ins Schlafzimmer gegangen und dabei an der offenen Tür unseres Zimmers vorbeigekommen. Wir lagen mit weit aufgerissenen Augen da. Er blieb stehen und schaute zu uns herein, versuchte, im dunklen Zimmer zu erkennen, ob wir auch wirklich schliefen – oder ob er sich einbildete, dass ihm geöffnete Augen entgegenblickten? Anscheinend kam er dann zu dem Schluss, dass wir schliefen. Er entfernte sich wieder, in der sicheren Überzeugung, dass seine beiden kleinen Mädchen nicht so mit offenen Augen daliegen und ihn anstarren, anstarren würden. Als er weiterging, verschluckte die Dunkelheit nur ihn, nicht aber seine Nacktheit. Die blieb bei uns im Zimmer. Ganz freundlich.

«Mit dir red ich doch gar nicht», sagte Maureen. «Außerdem ist mir egal, ob sie ihren Vater nackt sieht. Soll sie ihn doch den ganzen Tag anschauen, wenn sie Lust hat. Wen interessiert das?»

«Dich», sagte Frieda. «Du redest ja von nichts anderem.»

«Tu ich nicht.»

«Tust du wohl. Jungs, Babys und nackte Väter. Du bist wohl ganz verrückt nach Jungs.»

«Und du bist mal besser still.»

«Und wer in aller Welt soll mich dazu bringen?» Frieda stemmte die Hand in die Hüfte und reckte das Kinn zu Maureen hin.

«Hat deine Mutter doch schon gemacht. Dich zur Welt gebracht.»

«Sag nichts über meine Mutter.»

«Dann sag du nichts über meinen Vater.»

«Wer hat denn ein Wort über deinen ollen Vater gesagt?»

«Du.»

«Aber du hast angefangen.»

«Ich hab gar nicht mit dir geredet. Nur mit Pecola.»

«Genau. Darüber, dass sie ihren Vater nackt gesehen hat.»

«Und was ist dabei, wenn sie ihn gesehen hat?»

Pecola brüllte los: «Ich hab meinen Vater nie nackt gesehen. Nie.»

«Hast du wohl», fauchte Maureen. «Hat Bay Boy doch gesagt.»

«Hab ich nicht.»

«Hast du wohl.»

«Hab ich nicht.»

«Wohl. Deinen eigenen Vater!»

Pecola zog den Kopf ein – eine komische, traurige, hilflose Bewegung. Sie zog die Schultern hoch, senkte das Kinn, als wollte sie die Ohren verschließen.

«Hör endlich auf, über ihren Vater zu reden», sagte ich.

«Was geht mich ihr oller Schwarzer Vater an?», fragte Maureen.

«Schwarz? Wen nennst du hier Schwarz?»

«Dich!»

«Und du glaubst, du bist so was von süß!» Ich holte aus, schlug aber an ihr vorbei und traf Pecola im Gesicht. Stinkwütend über meine Ungeschicktheit warf ich mein Buch nach Maureen, aber das erwischte sie nur noch unten am Samtmantelrücken, denn sie hatte sich längst umgedreht und rannte zwischen den fahrenden Autos hindurch auf die andere Straßenseite.

Sicher drüben angekommen, brüllte sie zu uns herüber: «Ich bin ja auch süß! Und ihr seid hässlich! Schwarz und hässlich, *black e mos*. Ich bin süß!»

Sie rannte die Straße hinunter, und durch die grünen Kniestrümpfe sahen ihre Beine aus wie Stängel von wildem Löwenzahn, die den Kopf verloren hatten. Die Schwere ihrer Äußerung machte uns benommen, und es dauerte ein, zwei Sekunden, bis Frieda und ich uns wieder so weit gesammelt hatten, um ihr nachzurufen: «Sechsfinger-Langzahn-Mottenstiel!» Diese wirkmächtigste Beschimpfung aus unserem Arsenal skandierten wir so lange, bis wir die grünen Stängel und das Kaninchenfell nicht mehr sehen konnten.

Stirnrunzelnd musterten erwachsene Passanten die drei kleinen Mädchen am Straßenrand, die Mäntel, die sich zwei von ihnen so über den Kopf gehängt hatten, dass sich der Kragen wie ein Nonnenschleier um ihre Brauen schloss, die hervorblitzenden schwarzen Strumpfhalter, festgebissen an braunen Strümpfen, die ihnen kaum bis zu den Knien reichten, die wütenden Gesichter, knotig wie dunkler Blumenkohl.

Pecola stand ein wenig abseits von uns, ihre Augen hingen noch dort fest, wohin Maureen davongerannt war. Sie sah aus, als würde sie sich innerlich einklappen, wie ein gefältelter Flügel. Ihr Schmerz machte mich feindselig. Ich wollte sie aufreißen, dass sich die Ränder kräuselten, ihr einen Stock ins gebeugte, geduckte Rückgrat rammen, sie zwingen, aufrecht zu stehen und ihr ganzes Unglück auf die Straße zu spucken. Aber sie hielt es genau da fest, wo es ihr bis in die Augen schwappen konnte.

Frieda zog sich den Mantel vom Kopf. «Los, komm, Claudia. Bis dann, Pecola.»

Erst liefen wir schnell, dann wurden wir langsamer,

blieben immer wieder stehen, um einen Strumpfhalter festzumachen, uns die Schuhe zuzubinden, uns zu kratzen oder alte Narben zu untersuchen. Allmählich sackten wir unter der Weisheit, Treffsicherheit und Bedeutsamkeit von Maureens letzter Äußerung zusammen. Wenn sie süß war – und wenn man eines glauben konnte, dann das –, waren wir es nicht. Was also hieß das? Wir waren weniger wert. Netter, schlauer, aber trotzdem weniger wert. Puppen konnten wir kaputt machen, nicht aber den honigsüßen Ton in den Stimmen von Eltern und Tanten, den Gehorsam in den Augen unserer Mitschüler, den glitschigen Glanz in den Augen unserer Lehrkräfte, wenn sie auf die Maureen Peals dieser Welt trafen. Was war das Geheimnis? Was fehlte uns? Was war daran so wichtig? Und was machte es schon? Arglos und ohne jede Eitelkeit waren wir damals noch ganz verliebt in uns selbst. Wir fühlten uns wohl in unserer Haut, genossen all das Neue, das unsere Sinne auf uns losließen, bewunderten unseren Dreck, hegten unsere Narben und konnten nicht begreifen, was daran wertlos sein sollte. Neid begriffen wir und hielten ihn für natürlich – den Wunsch, zu haben, was jemand anders hatte; aber Missgunst war ein fremdes, neues Gefühl für uns. Und dabei wussten wir die ganze Zeit, dass Maureen Peal nicht der Feind und diesen heftigen Hass gar nicht wert war. Zu fürchten galt es *Etwas*, und zwar jenes *Etwas*, das *sie* schön machte und nicht uns.

Es war still im Haus, als wir hereinkamen. Das beißende Aroma köchelnder Kohlrüben trieb uns säuerlichen Speichel in die Wangen.

«Mama!»

Es kam keine Antwort, dafür waren Schritte zu hören. Mr. Henry kam die halbe Treppe heruntergeschlurft. Aus seinem Bademantel reckte sich ein dickes, haarloses Bein.

«Na, hallo, Greta Garbo, hallo, Ginger Rogers.»

Wir schenkten ihm das Kichern, das er von uns gewohnt war. «Hallo, Mr. Henry. Wo ist Mama?»

«Sie ist bei eurer Großmutter. Ich soll euch sagen, ihr sollt die Rüben abdrehen und ein paar Grahamkekse essen, bis sie wieder da ist. Die liegen in der Küche.»

Schweigend setzten wir uns an den Küchentisch und zerkrümelten die Kekse zu kleinen Ameisenhaufen. Nach einiger Zeit kam Mr. Henry wieder die Treppe herunter. Jetzt hatte er unter dem Bademantel eine Hose an.

«Sagt mal. Habt ihr nicht Lust auf ein Eis?»

«O ja, Sir.»

«Hier. Da habt ihr einen Vierteldollar. Lauft rüber zum Isaley's und holt euch eins. Ihr seid doch brav gewesen, stimmt's?»

Seine lindgrünen Worte brachten wieder Farbe in den Tag. «Ja, Sir. Danke, Mr. Henry. Sagen Sie Mama Bescheid, wenn sie wiederkommt?»

«Klar. Aber sie wird noch ein Weilchen weg sein.»

Ohne Mäntel rannten wir aus dem Haus und waren schon fast an der Ecke, da sagte Frieda: «Ich will gar nicht zum Isaley's.»

«Was?»

«Ich hab keine Lust auf Eis. Ich will lieber Kartoffelchips.»

«Die gibt's auch beim Isaley's.»

«Weiß ich, aber was sollen wir den ganzen weiten Weg laufen? Miss Bertha hat auch Kartoffelchips.»

«Aber ich will Eis.»

«Willst du nicht, Claudia.»

«Doch.»

«Na, dann geh halt zum Isaley's. Ich gehe zu Miss Bertha.»

«Aber du hast den Vierteldollar, und außerdem hab ich keine Lust, den ganzen Weg allein zu laufen.»

«Dann gehen wir jetzt zu Miss Bertha. Du magst doch ihre Süßigkeiten.»

«Die schmecken immer alt, und meistens hat sie auch nicht mehr alles.»

«Aber heute ist Freitag. Freitags bekommt sie frische Ware.»

«Außerdem wohnt da der alte verrückte Soaphead Church.»

«Na und? Wir sind zu zweit. Wenn er uns was tun will, laufen wir einfach weg.»

«Ich hab aber Angst vor ihm.»

«Na, ich will jedenfalls nicht zum Isaley's. Stell dir vor, der Mottenstiel hängt da rum. Hast du da vielleicht Lust drauf, Claudia?»

«Na gut, Frieda. Ich nehm die Süßigkeiten.»

Miss Bertha hatte einen kleinen Laden für Süßigkeiten, Schnupf- und andere Tabakwaren. Ein kleiner Raum, aus Backstein gemauert, bei ihr im Vorgarten. Man musste zuerst einen Blick durch die Tür werfen, und wenn sie nicht da war, klopfte man hinten an ihre Haustür. Heute saß sie in einem Kreis aus Sonnenlicht hinter ihrer Ladentheke und las in der Bibel.

Frieda kaufte Kartoffelchips, und wir nahmen noch drei Powerhouse-Riegel für zehn Cent und behielten einen Zehner übrig. Rasch rannten wir zurück nach Hause, um uns unter die Fliederbüsche neben dem Haus zu setzen. Dort führten wir immer unseren Candy Dance auf, damit Rosemary uns sehen und neidisch werden würde. Der Candy Dance war ein Gemisch aus Trällern, Hüpfen, Füßewackeln, Essen und Schmatzen und kam jedes Mal über uns, wenn wir Süßigkeiten futterten. Als wir uns zwischen den Büschen und der seitlichen Hauswand hindurchschlichen, hörten wir Stimmen und Gelächter. Wir schauten durch das Wohnzimmerfenster und rechneten damit, Mama zu sehen. Stattdessen sahen wir Mr. Henry mit zwei Frauen. Spielerisch, so wie es Großmütter oft bei Babys tun, lutschte er der einen Frau an den Fingern, und ihr Lachen füllte ein kleines Stück Raum gleich über seinem Kopf. Die andere Frau knöpfte gerade ihren Mantel zu. Wir erkannten sie gleich und bekamen Gänsehaut. Die eine war China, die andere wurde überall nur «die Maginot-Linie» genannt. Mein Nacken juckte. Diese aufgetakelten Weiber mit den dunkelrot lackierten Nägeln, die Mama und Big Mama nicht ausstehen konnten. Bei uns im Haus.

China war weniger schlimm, zumindest in unserer Vorstellung. Sie war dünn, nicht mehr jung, zerstreut und handzahm. Aber die Maginot-Linie! Das war die, von der unsere Mutter immer sagte, sie würde sie «nie von ihren Tellern essen lassen». Die von den Kirchgängerinnen nie auch nur eines Blickes gewürdigt wurde. Die, die Menschen umgebracht, angezündet, vergiftet, in Lauge gekocht hatte. Und obwohl ich immer fand, dass das Gesicht der Maginot-Linie versteckt unter all dem Fett eigentlich ganz reizend war, hatte ich viel zu viel Schwarzes und Rotes über sie sagen hören, zu viele Münder gesehen, die sich zum Dreieck zogen, sobald bloß ihr Name fiel, um mir noch groß Gedanken darüber zu machen, was vielleicht für sie sprach.

China ließ ihre braunen Zähne sehen und hatte offenbar echte Freude an Mr. Henry. Ihn an ihren Fingern lutschen zu sehen weckte Erinnerungen an die Zeitschriften mit den nackten Mädchen in seinem Zimmer. Irgendwo in mir blies ein kalter Wind, störte kleine Blätter aus Angst und dunkler Sehnsucht auf. Ich glaubte, einen Anflug von Einsamkeit über das Gesicht der Maginot-Linie ziehen zu sehen. Vielleicht sah ich aber auch nur mein eigenes Bild in ihren Nasenlöchern, die sich jetzt langsam blähten, in ihren Augen, die mich an die Wasserfälle in den Filmen über Hawaii erinnerten.

Die Maginot-Linie gähnte und sagte: «Komm schon, China. Wir können hier nicht den ganzen Tag verplempern. Die Leute kommen sicher bald zurück.» Sie bewegte sich Richtung Tür.

Frieda und ich duckten uns wieder zu Boden und wechselten einen wilden Blick. Als die Frauen weit genug weg waren, gingen wir ins Haus. Mr. Henry stand in der Küche und machte sich gerade eine Flasche Limo auf.

«Schon wieder da?»

«Ja, Sir.»

«Und das ganze Eis ist schon weg?» Seine kleinen Zähne sahen so freundlich und hilflos aus. War das wirklich unser Mr. Henry gewesen, mit Chinas Fingern?

«Wir haben stattdessen Süßigkeiten gekauft.»

«So, so. Greta Garbo, du altes Schleckermaul.»

Er wischte die schwitzende Flasche ab und hob sie an die Lippen – dass mir ganz unbehaglich wurde.

«Wer waren denn die Frauen, Mr. Henry?»

Er verschluckte sich an seiner Limo und sah Frieda an. «Was hast du gesagt?»

«Diese Frauen», wiederholte sie, «die eben weg sind. Wer waren die?»

«Ach.» Er lachte das Gleich-wird-gelogen-Erwachsenenlachen. Wir kannten es nur zu gut, dieses Hihihi. «Das waren zwei aus meinem Bibelkreis. Wir lesen immer die Frohe Botschaft zusammen, und heute waren sie zum Lesen hier bei mir.»

«Oh», sagte Frieda. Ich schaute auf seine Pantoffeln, um nicht mitansehen zu müssen, wie seine freundlichen Zähne die Lüge umrahmten. Er ging zur Treppe, drehte sich dann aber noch einmal zu uns um.

«Aber erzählt das mal besser nicht eurer Mutter. Sie hält nichts von so viel Bibellesen und mag's auch nicht, wenn ich Besuch kriege, nicht mal von guten Christenmenschen.»

«Nein, Mr. Henry, Sir. Wir sagen nichts.»

Rasch verschwand er die Treppe hoch.

«Sollen wir?», fragte ich. «Mama davon erzählen?»

Frieda seufzte. Sie hatte weder ihren Powerhouse-Riegel noch die Chipstüte aufgemacht, jetzt fuhr sie die

Buchstaben auf dem Schokoladenpapier mit dem Finger nach. Dann hob sie plötzlich den Kopf und sah sich in der Küche um.

«Nein. Glaub nicht. Es steht ja kein Teller draußen.»

«Teller? Wie meinst du denn das jetzt?»

«Es steht kein Teller draußen. Die Maginot-Linie hat nicht von Mamas Tellern gegessen. Außerdem zetert Mama nur wieder den ganzen Tag rum, wenn wir's ihr erzählen.»

Wir setzten uns an den Tisch und betrachteten die Ameisenhaufen aus Grahamkekskrümeln, die wir gemacht hatten.

«Wir schalten mal lieber die Rüben aus. Sonst brennen sie noch an, und Mama versohlt uns», sagte sie.

«Stimmt.»

«Aber wenn wir sie anbrennen lassen, müssen wir sie auch nicht essen.»

«Hey, das ist ja mal eine richtig gute Idee», dachte ich.

«Also, was willst du lieber? Versohlt werden und keine Rüben oder Rüben und nicht versohlt werden?»

«Weiß nicht. Vielleicht lassen wir sie nur ein klein bisschen anbrennen, dann können Mama und Daddy sie noch essen, und wir können sagen, wir kriegen sie nicht runter.»

«Okay.»

Ich baute meinen Ameisenhaufen zum Vulkan um.

«Frieda?»

«Ja?»

«Was hat Woodrow eigentlich getan, was du erzählen wolltest?»

«Er macht ins Bett. Mrs. Cain hat Mama erzählt, er hört einfach nicht damit auf.»

«Das alte Ferkel.»

Am Himmel wurde es dunkel; ich schaute aus dem Fenster und sah, dass es schneite. Ich bohrte den Finger in den Krater meines Vulkans, und er fiel in sich zusammen, die goldenen Krümel verstreuten sich zu kleinen Wirbeln. Im Topf prasselten die Rüben.

DA IST DIE KATZE SIE MACHT MIAU
KOMM SPIELEN KOMM SPIEL MIT JANE
DAS KÄTZCHEN MAG NICHT SPIELEN
SPIELEN SPIELEN SPIE

Sie kommen aus Mobile. Aus Aiken. Aus Newport News.
Aus Marietta. Aus Meridian. Und der Klang dieser Namen in ihrem Mund lässt an Liebe denken. Wenn man
sie fragt, wo sie her sind, legen sie den Kopf schief und
sagen «Mobile», und man meint, man würde geküsst. Sie
sagen «Aiken», und man sieht einen weißen Schmetter-
ling mit zerfetztem Flügel vom Zaun wegflattern. Sie
sagen «Nagadoches», und am liebsten würde man antworten: «Ja, ich will.» Man weiß nicht, wie diese Orte
wirklich sind, doch es ist so wunderbar, wie sich die Luft
verändert, wenn sie die Lippen öffnen und ihre Namen
daraus entlassen.

Meridian. Bei diesem Klang tun sich die Fenster eines
Zimmers auf wie bei den ersten vier Noten eines Kirchen-
lieds. Nur wenige Menschen sind in der Lage, den Namen ihres Zuhauses mit solch verschmitzter Zuneigung
auszusprechen. Vielleicht ja, weil sie kein Zuhause haben,
nur einen Ort, an dem sie geboren wurden. Frauen wie
diese hingegen haben die Säfte ihres Zuhauses in sich
aufgesogen, und es bleibt ihnen ewig erhalten. Schlanke
Frauen mit brauner Haut, lang versunken in den Anblick der Malven in den Gärten von Meridian, Mobile,
Aiken und Baton Rouge. Und wie die Malven sind auch
sie schmal, lang und still. Sie wurzeln tief, ihre Stängel
sind stark, nur die oberste Blüte nickt leicht im Wind.

Sie haben die Augen von Menschen, die an der Farbe des Himmels erkennen, wie spät es ist. Frauen wie sie leben in ruhigen Schwarzenvierteln, wo alle erwerbstätig sind. Wo auf jeder Veranda eine Schaukel an Ketten hängt. Wo das Gras noch mit der Sense gemäht wird, wo Hahnenkamm und Sonnenblumen im Garten wachsen und Töpfe mit Tränendem Herz, Efeu und Schwiegermutterzunge die Stufen und Fensterbänke zieren. Frauen wie sie kaufen Wassermelone und Zuckerschoten am Obst- und Gemüsekarren. Direkt am Fenster haben sie das Pappschild stehen, das in drei Ecken mit Gewichtsangaben bedruckt ist – zehn Pfund, 25 Pfund, 50 Pfund – und in der vierten mit den Worten KEIN EIS. Diese ganz speziellen Frauen aus Mobile und Aiken sind nicht so wie einige ihrer Schwestern. Sie sind weder reizbar noch nervös oder laut; sie haben keine hübschen Schwarzen Hälse, die sich wie aus einem unsichtbaren Halsband recken; ihre Augen beißen nicht. Diese zuckerbraunen Frauen aus Mobile gehen ohne großes Aufsehen durch die Straßen. Sie sind so süß und schlicht wie Butterkuchen. Schlanke Fesseln; lange, schmale Füße. Sie waschen sich mit orangefarbener Lifebuoy-Seife, pudern sich mit Cashmere Bouquet ein, putzen sich mit etwas Salz auf einem Lumpen die Zähne, sorgen mit Jergens-Lotion für weiche Haut. Sie duften nach Holz, Druckerschwärze und Vanille. Das Haar glätten sie sich mit Dixie Peach und ziehen einen Seitenscheitel. Nachts machen sie sich Lockenwickler aus den Schnipseln brauner Papiertüten, schlingen sich ein buntes Tuch um den Kopf und schlafen mit über dem Bauch gefalteten Händen. Sie trinken nicht, rauchen nicht, fluchen nicht und bezeichnen Sex immer noch als «Kuscheln». Im Chor singen sie Mezzosopran, und obwohl sie klare, sichere Stimmen haben, werden sie doch nie als Solistin ausgewählt. Sie stehen in zweiter Reihe, die weißen Blusen gestärkt, die blauen Röcke schon fast lila vom vielen Bügeln.

Sie besuchen Land-Grant Colleges und Normal Schools und verfeinern so ihre Fähigkeiten, für die Weißen zu arbeiten: mit Hauswirtschaft, um ihnen das Essen zuzubereiten, Pädagogik, um Schwarzen Kindern Gehorsam beizubringen, und Musik, um den müden Master zu erquicken und seine abgestumpfte Seele zu erfreuen. Hier lernen sie den Rest der Lektion, die in jenen sanften Häusern mit der Schaukel auf der Veranda und dem Tränenden Herz auf der Treppe begonnen wurde: wie sie sich zu benehmen haben. Wie sie sich sorgsam zu Sparsamkeit, Geduld, Sittlichkeit und guten Manieren erziehen. Kurzum: wie sie ihre Funkyness loswerden. Diese grauenvolle Funkyness ihrer Leidenschaften, die Funkyness ihrer Natürlichkeit, die Funkyness des ganzen breiten Spektrums menschlicher Gefühle.

Wann immer sie doch durchbricht, diese Funkyness, wischen sie sie weg; wo sie Krusten bildet, lösen sie sie auf; wo immer sie tröpfelt, erblüht oder sich festkrallt, finden sie sie und bekämpfen sie, bis sie tot ist. Sie führen diesen Kampf den ganzen Weg bis ins Grab. Das etwas zu laute Lachen; die etwas zu kehlige Aussprache; die etwas zu ausladende Geste. Sie spannen den Hintern an, aus Angst, er könnte zu frei schwingen; wenn sie Lippenstift tragen, ziehen sie nie den ganzen Mund nach, aus Angst, die Lippen könnten zu dick wirken, und sie sind immerzu in Sorge, Sorge, Sorge um ihren Haaransatz.

Feste Freunde haben sie scheinbar nie, trotzdem heiraten sie unweigerlich. Eine bestimmte Sorte Mann hat sie im Blick, ohne sich das anmerken zu lassen, und weiß, dass er mit einer solchen Frau im Haus immer auf kochweißen Laken schlafen wird, die auf den Wacholderbüschen getrocknet und mit einem schweren Bügeleisen geglättet wurden. Vor dem Bild seiner Mutter werden immer hübsche Papierblumen stehen, im Wohnzimmer wird eine große Bibel liegen. Er fühlt sich geborgen. Er weiß, seine Arbeitskleidung wird am Montagmorgen geflickt, gewaschen und gebügelt bereitliegen, seine Sonntagshemden werden sich weiß und frisch gestärkt auf Bügeln am Türstock bauschen. Wenn er ihre Hände sieht, weiß er, was sie mit dem Teig für die Biscuits anstellen wird; er riecht schon den Kaffee und den Schinkenbraten, sieht die weiße, geräucherte Grütze mit einem Klecks Butter obendrauf. Ihr Becken garantiert ihm, dass sie leicht und schmerzfrei Kinder gebären wird. Und damit hat er recht.

Männer wie er wissen allerdings nicht, dass diese schlichte Frau mit der braunen Haut sich Zweig für Zweig ihr Nest bauen, es zu ihrer ganz eigenen, unantastbaren Welt machen und jede Pflanze, jedes Unkraut und jedes Zierdeckchen darin beschützen wird, sogar vor ihm. Schweigend stellt sie die Lampe wieder dahin zurück, wo sie sie ursprünglich platziert hatte; räumt die Teller vom Tisch, sobald der letzte Bissen verzehrt ist; wischt den Türknauf ab, wenn eine fettige Hand daran gefasst hat. Ein Seitenblick genügt, um ihm zu sagen, dass er zum

Rauchen hinters Haus muss. Kinder spüren sofort, dass sie bei ihr nicht einfach so in den Garten können, um sich ihren Ball wiederzuholen. Ein Mann aber weiß so etwas nicht. Er weiß auch nicht, dass sie ihren Körper nur sparsam und wohldosiert verschenkt. Er muss verstohlen in sie eindringen, darf den Saum ihres Nachthemds bloß hoch bis zum Nabel schieben. Wenn sie dann miteinander schlafen, muss er sich mit seinem ganzen Gewicht auf die Ellbogen stützen, angeblich, um ihre Brüste zu schonen, tatsächlich aber, damit sie nicht zu viel von ihm berühren oder spüren muss.

Und während er sich in ihr bewegt, überlegt sie, warum diese notwendigen, aber doch so intimen Körperteile nicht an einer praktischeren Stelle angebracht sind – in der Achselhöhle zum Beispiel oder auf der Handfläche. Irgendwo jedenfalls, wo sie rasch und problemlos zu erreichen sind, ohne Ausziehen. Sie erstarrt, weil sie spürt, wie sich einer ihrer Papierlockenwickler durch diese Liebesübung lockert; prägt sich genau ein, welcher, damit sie ihn schnell wieder befestigen kann, wenn ihr Mann fertig ist. Sie kann nur hoffen, dass er nicht schwitzt – sonst gerät ihr von der Nässe noch etwas in die Haare – und dass sie selbst zwischen den Beinen trocken bleibt – sie kann diese Schmatzlaute nicht ausstehen, die zu hören sind, wenn sie feucht wird. Als sie spürt, wie erste Zuckungen über ihn kommen, fängt sie an, das Becken schneller zu bewegen, krallt ihm die Fingernägel in den Rücken, keucht auf und tut, als hätte sie einen Orgasmus. Vielleicht fragt sie sich dabei zum sechshundertsten Mal, wie es wohl wäre, dieses ganz spezielle Gefühl zu erleben, wenn der Penis ihres Mannes in ihr ist. Am nächsten dran war sie, als ihr einmal unterwegs die Binde halb aus dem Bindengürtel gerutscht ist. Die rieb sich dann beim Weitergehen ganz sanft zwischen ihren Beinen. Sanft, ach so sanft. Und in ihrem Unterleib verdichtete sich ein leises und ausgesprochen köstliches Empfinden. Als der Genuss immer mehr anwuchs, musste sie mitten auf der Straße stehen bleiben und die Schenkel zusammenpressen, um ihm Einhalt zu gebieten. So muss das wohl sein, denkt sie, doch es passiert nie, wenn er in ihr ist. Sobald er sich zurückgezogen hat, zieht sie das Nachthemd wieder herunter, schlüpft aus dem Bett und verschwindet erleichtert im Bad.

Hin und wieder weckt auch ein Lebewesen ihre Zuneigung. Eine Katze etwa, ein Kater, der ihre Ordnung, ihre Genauigkeit und ihre Beständigkeit zu schätzen weiß, der genauso still und sauber ist wie sie. Dieser Kater lässt sich still auf der Fensterbank nieder und liebkost sie mit seinem Blick. Sie kann ihn auf den Arm nehmen, wo seine Hinterpfoten an ihren Brüsten Halt suchen, während die Vorderpfoten sich in ihre Schulter graben. Sie kann sein glattes Fell streicheln und das nachgiebige Fleisch darunter spüren. Schon bei der zartesten Berührung von ihr wirft er sich in Pose, streckt sich und öffnet das Maul. Und sie überlässt sich dem seltsam wohligen Empfinden, das sich einstellt, wenn er sich unter ihrer Hand räkelt und genussvoll die Augen zukneift. Steht sie am Küchentisch, streicht er ihr um die Waden, und das Flirren seines Fells kreiselt ihr die Beine empor bis in die Schenkel, sodass ihre Finger im Kuchenteig ein wenig zittern.

Oder aber sie hat sich hingesetzt, liest die Rubrik «Uplifting Thoughts» im *Liberty Magazine*, und der Kater springt ihr auf den Schoß. Dann liebkost sie diesen weichen Hügel aus Haar und erlaubt der Körperwärme des Tieres, in das zutiefst intime Gelände ihres Schoßes hinüber- und hineinzusickern. Manchmal sinkt dann die Zeitschrift herab, sie macht die Beine ein klein wenig breiter, und beide sind miteinander still, bewegen sich manchmal ein bisschen, dösen gemeinsam ein bisschen, bis es vier Uhr ist und der Eindringling von der Arbeit nach Hause kommt, erfüllt von der unbestimmt bangen Frage, was es zum Abendessen gibt.

Der Kater wird sich immer sicher sein, dass er in ihrer Zuneigung an erster Stelle steht. Auch noch, nachdem sie ein Kind bekommen hat. Denn natürlich bekommt sie ein Kind – leicht und schmerzfrei. Aber nur eines. Einen Sohn. Mit Namen Junior.

Eine solche Frau aus Mobile oder auch aus Meridian oder Aiken, die weder unter den Achseln noch zwischen den Beinen schwitzte, nach Holz und Vanille duftete und im Fachbereich Hauswirtschaftslehre Soufflés zubereitet hatte, zog mit ihrem Mann Louis nach Lorain, Ohio. Sie hieß Geraldine. Und dort baute sie sich ihr Nest, bügelte Hemden, pflanzte Tränende Herzen, spielte mit ihrem Kater und gebar Louis Junior.

Geraldine gestatte ihrem Baby, Junior, nie, zu weinen. Sofern seine Bedürfnisse körperlicher Natur waren – Sättigung und Komfort –, erfüllte sie sie. Stets war er gut gekämmt, gebadet, eingeölt und beschuht. Geraldine redete nicht mit ihm, schäkerte nicht mit ihm und überschüttete ihn auch nicht mit Küssen, doch sie sorgte dafür, dass ihm jeder andere Wunsch erfüllt wurde. Es dauerte nicht lange, da fiel dem Jungen auf, wie unterschiedlich seine Mutter ihn und den Kater behandelte. Je älter er wurde, desto besser lernte er, seinen Hass auf seine Mutter auf den Kater umzulenken, und er verbrachte ein paar glückliche Momente damit, das Tier leiden zu sehen. Der Kater blieb am Leben, denn Geraldine war selten außer Haus und konnte ihn jederzeit beruhigen, wenn Junior ihn gequält hatte.

Geraldine, Louis, Junior und der Kater wohnten gleich neben dem Schulhof der Washington Irving School. Junior betrachtete diesen Schulhof als seinen Privatspielplatz, und die anderen Schulkinder neideten ihm die Freiheit, länger zu schlafen, zum Mittagessen nach Hause zu gehen und nach Schulschluss auf dem Hof das Regiment zu führen. Er konnte es nicht leiden, Schaukeln, Rutsche, Wippe und Klettergerüst leer zu sehen, und versuchte ständig, andere Kinder zu überreden, so lange wie möglich zu bleiben. Weiße Kinder; seine Mutter wollte nicht, dass er mit den *nigger*-Kindern spielte. Sie hatte ihm den Unterschied zwischen *colored* und *nigger* erklärt. Es ließ sich ganz leicht auseinanderhalten. Menschen, die *colored* waren, verhielten sich ruhig und ordentlich; *niggers* waren dreckig und laut. Er selbst gehörte zu ersterer Gruppe: Er trug weiße Hemden und blaue Hosen; sein Haar war stets so kurz geschoren, wie es ging, um nie auch nur den Eindruck des Wolligen zu erwecken, und der Barbier zog ihm eigenhändig einen Scheitel. Im Winter rieb seine Mutter ihm das Gesicht mit Jergens-Lotion ein, damit seine Haut nur ja nicht aschig aussah. Das war auch bei so heller Haut wie seiner jederzeit möglich. Die Grenze zwischen *colored* und *nigger* war nicht immer klar zu ziehen; sie lief jederzeit Gefahr, von feinen, verräterischen Zeichen untergraben zu werden, darum war ständige Wachsamkeit geboten.

Früher wollte Junior unbedingt mit den Schwarzen Jungs spielen. Mehr als alles andere auf der Welt sehnte er sich danach, bei *King of the Mountain* mitzuspielen, von ihnen vom Erdhügel geschubst zu werden, mit ihnen gemeinsam nach unten zu kugeln. Er wollte ihre Härte am Körper spüren, wollte ihr wildes Schwarzsein riechen, genauso herrlich beiläufig «*Fuck you*» sagen wie sie. Er wollte mit ihnen auf dem Bordstein hocken und ausprobieren, wessen Klappmesser schärfer war, wer weiter und in höherem Bogen spucken konnte. Auf der Toilette wollte er sich die Lorbeeren für den längsten, weitreichendsten Pinkelstrahl mit ihnen teilen. Eine Zeit lang waren Bay Boy und P.L. seine Idole gewesen. Nach und nach schloss er sich aber der Ansicht seiner Mutter an, dass weder Bay Boy noch P.L. gut genug für ihn waren. Er spielte nur mit Ralph Nisensky, der zwei Jahre jünger war als er, eine Brille trug und nie auch nur irgendetwas anstellen wollte. Junior fand zunehmend Spaß daran, Mädchen zu schikanieren. Sie waren so leicht dazu zu bringen, kreischend wegzurennen. Wie er lachen musste, wenn sie hinfielen und er ihre Unterhosen sehen konnte. Wenn sie sich dann mit roten, knittrigen Gesichtern wieder hochrappelten, gab ihm das ein gutes Gefühl. Die *nigger*-Mädchen ärgerte er selten. Sie waren meist im Rudel unterwegs, und als er einmal einen Stein nach einem Grüppchen geworfen hatte, hatten sie ihn gejagt, geschnappt und windelweich geprügelt. Vor seiner Mutter schwindelte er und sagte, es wäre Bay Boy gewesen. Seine Mutter war ganz außer sich. Sein Vater las einfach weiter die Tageszeitung von Lorain.

Wann immer ihn die Stimmung anwandelte, rief er ein Kind, das gerade zufällig vorbeikam, zu den Schaukeln oder der Wippe hin, um mit ihm zu spielen. Wenn das Kind nicht wollte oder wenn es kam und dann zu früh wieder ging, warf Junior Schottersteinchen nach ihm. Mit der Zeit wurde er immer treffsicherer.

Weil er sich zu Hause entweder langweilte oder fürchtete, war der Schulhof seine ganze Freude. Eines Tages, als ihm besonders öde zumute war, sah er, wie ein sehr Schwarzes Mädchen die Abkürzung über den Schulhof nahm. Sie hielt beim Gehen den Kopf gesenkt. Er hatte sie schon ziemlich oft gesehen, wenn sie in der Pause abseitsstand, allein, immer allein. Niemand wollte mit ihr spielen. Wahrscheinlich, dachte er, weil sie so hässlich war.

Jetzt rief Junior zu ihr hinüber. «Hey! Was läufst du denn hier über meinen Hof?»

Das Mädchen blieb stehen.

«Niemand kommt über diesen Hof, wenn ich das nicht erlaube.»

«Das ist nicht dein Hof. Das ist der Schulhof.»

«Aber ich bin dafür zuständig.»

Das Mädchen machte Anstalten, weiterzugehen.

«Warte.» Junior ging zu ihr hin. «Du darfst schon hier spielen, wenn du willst. Wie heißt du?»

«Pecola. Aber ich will gar nicht spielen.»

«Komm schon. Ich tu dir nichts.»

«Ich muss nach Hause.»

«Soll ich dir was zeigen? Ich hab da was, das musst du sehen.»

«Nein. Was denn?»

«Komm mit ins Haus. Ich wohne gleich da drüben, siehst du? Komm mit. Dann zeig ich's dir.»

«Was zeigst du mir?»

«Kätzchen. Wir haben kleine Kätzchen. Wenn du willst, kriegst du auch eins.»

«Echte Kätzchen?»

«Klar. Komm mit.»

Er zog sie leicht am Kleid. Pecola ging auf das Haus zu. Ihrer Einwilligung sicher rannte Junior aufgeregt voraus und blieb nur stehen, um zu ihr zurückzurufen, sie solle mitkommen. Er hielt ihr die Tür auf, lächelte ermunternd. Pecola stieg die Stufen zur Veranda hoch und blieb dort zögernd stehen, hatte Angst, ihm zu folgen. Das Haus sah dunkel aus. Junior sagte: «Ist keiner da. Ma ist unterwegs, und mein Vater ist arbeiten. Willst du die Kätzchen denn nicht sehen?»

Er machte Licht. Und Pecola trat durch die Tür.

Wie schön, dachte sie. Was für ein schönes Haus. Auf dem Tisch im Esszimmer lag eine große Bibel in Rot und Gold. Und überall kleine Spitzendeckchen – auf den Arm- und Rückenlehnen der Sessel, in der Mitte des großen Esstischs, auf den Beistelltischchen. Topfpflanzen standen auf allen Fensterbänken. An der Wand hing ein buntes Bild von Jesus Christus, und am Rahmen waren die hübschesten Papierblumen befestigt. Doch Junior rief immer weiter: «Hey, du. Komm mit. Komm mit.» Er zog sie ins nächste Zimmer, das sogar noch schöner war als das erste. Noch mehr Spitzendeckchen, eine große Lampe mit grüngoldenem Fuß und weißem Schirm. Sogar ein Teppich lag hier auf dem Boden, mit riesigen dunkelroten Blumen drauf. Sie war ganz ins Bewundern der Blumen versunken, da rief Junior: «Da!» Pecola drehte sich um. «Da hast du dein Kätzchen!», kreischte er. Und schleuderte ihr eine große schwarze Katze direkt ins Gesicht. Vor Angst und Überraschung holte Pecola Luft und spürte Fell im Mund. Die Katze krallte sich ihr in Gesicht und Brust, um das Gleichgewicht wiederzufinden, und sprang dann leichtfüßig zu Boden.

Junior rannte lachend im Zimmer herum und hielt sich den Bauch vor Vergnügen. Pecola betastete die Kratzer in ihrem Gesicht und fühlte die Tränen kommen. Als sie zur Tür wollte, sprang Junior vor sie hin.

«Du kommst nicht raus. Du bist meine Gefangene», sagte er. Sein Blick war schelmisch, aber hart.

«Lass mich gehen.»

«Nein!» Er schubste sie weg, rannte durch die Tür, die beide Zimmer verband, und hielt sie mit beiden Händen zu. Pecolas Hämmern an der Tür steigerte nur noch sein atemloses, gellendes Lachen.

Schnell kamen die Tränen, und sie hielt sich mit beiden Händen das Gesicht. Als ihr etwas Weiches, Felliges um die Knöchel strich, fuhr sie zusammen, dann sah sie, dass es der Kater war. Er wand sich zwischen ihren Beinen hindurch, daran entlang. Für den Moment vergaß sie ihre Angst und hockte sich hin, um ihn anzufassen, die Hände noch nass von Tränen. Der Kater schmiegte sich an ihr Knie. Er war am ganzen Körper schwarz, ein tiefes, seidiges Schwarz, und seine Augen, auf einer Linie mit seiner Schnauze, waren bläulich grün. Das Licht ließ sie schimmern wie blaues Eis. Pecola streichelte den Kopf des Katers; er maunzte, und seine Zunge zuckte vor Wonne. Die blauen Augen in dem schwarzen Gesicht fesselten sie.

Neugierig, weil er sie nicht mehr schluchzen hörte, öffnete Junior die Tür und sah sie dort hocken und dem Kater den Rücken kraulen. Er sah, wie der Kater den Kopf vorreckte, die Augen zukniff. Diese Miene hatte er schon so oft gesehen, wenn das Tier auf die Berührung seiner Mutter reagierte.

«Gib meine Katze her!» Ihm brach die Stimme. Mit einer zugleich linkischen und entschiedenen Bewegung packte er das Tier an einem Hinterbein und schwang es über dem Kopf im Kreis herum.

«Hör auf!» Pecola fing an zu schreien. Die freien Pfoten der Katze waren stocksteif, bereit, nach allem zu krallen, um bloß wieder aufrecht zu stehen, das Maul weit aufgesperrt, die Augen blaue Kleckse des Entsetzens.

Immer noch schreiend reckte sich Pecola nach Juniors Hand. Sie hörte, wie ihr Kleid unter der Achsel riss. Junior wollte sie wegschubsen, doch sie bekam den Arm zu fassen, mit dem er die Katze schwang. Sie fielen beide hin, und im Fallen ließ Junior die Katze mitten in der Bewegung los, sodass sie mit voller Wucht gegen die Fensterscheibe geschleudert wurde. Sie rutschte daran herab und fiel auf den Heizkörper hinter dem Sofa. Bis auf ein leichtes Zucken rührte sie sich nicht mehr. Man roch einen Hauch von versengtem Fell.

Geraldine kam zur Tür herein.

«Was ist denn hier los?» Ihre Stimme klang sanft, als ob sie eine ganz vernünftige Frage stellte. «Was ist das für ein Mädchen?»

«Sie hat unsere Katze umgebracht», sagte Junior. «Da.» Er zeigte auf den Heizkörper, wo die Katze lag; die blauen Augen waren geschlossen, zurück blieb nur ein leeres, schwarzes, hilfloses Gesicht.

Geraldine ging zum Heizkörper und hob den Kater auf. Schlaff hing er ihr in den Armen, doch sie rieb das Gesicht an seinem Fell. Sie schaute Pecola an. Bemerkte das dreckige, zerrissene Kleid, die Zöpfe, die ihr vom Kopf abstanden, das plattgedrückte Haar dort, wo die Zöpfe sich gelöst hatten, die matschverschmierten Schuhe und das Stück Kaugummi, mit dem die billige Sohle festgeklebt war, die verschmutzten Strümpfe, deren einer im Schuh bis zur Ferse heruntergetreten war. Sie bemerkte die Sicherheitsnadel, die den Saum des Kleides hielt. Über den gewölbten Rücken des Katers hinweg schaute sie Pecola an. Sie sah dieses kleine Mädchen schon ihr Leben lang. Wie es sich weit aus den Fenstern über den Saloons in Mobile beugte, auf den Veranden der Shotgunhäuser am Ortsrand herumkrauchte, mit Papiertüten in der Hand an Bushaltestellen saß und einer Mutter etwas vorheulte, die immer nur «Klappe!» fauchte. Das ungekämmte Haar, das halb verschlissene Kleid, die Schuhe, mit offenen Schnürsenkeln und dreckverklebt. Und jedes hatte sie angestarrt, mit großen, verständnislosen Augen.

Augen, die nichts infrage stellten und doch alles fragten. Ungerührt und unverfroren starrten sie zu ihr hinauf. In diesen Augen lag das Ende der Welt, ihr Anfang und die ganze Vergeudung dazwischen.

Überall waren sie. Sie schliefen zu sechst in einem Bett, und nachts floss ihr Pipi ineinander, wenn sie, jedes in den eigenen Traum von Süßigkeiten und Kartoffelchips versunken, ins Bett machten. Die langen, heißen Tage vertrödelten sie, knibbelten den Putz von den Wänden und bohrten mit Ästen in der Erde herum. Sie saßen in kleinen Reihen auf den Bordsteinen, drängten sich in den Kirchenbänken und nahmen den netten, manierlichen Kindern, die *colored* waren, den Platz weg; sie kasperten auf den Schulhöfen herum, machten die Ware in den Billigläden kaputt, rannten einem auf der Straße in den Weg, und im Winter machten sie die abschüssigen Gehwege zur Schlitterbahn. Die Mädchen wuchsen auf, ohne je etwas von Miedern zu erfahren, die Jungen markierten ihre Männlichkeit, indem sie sich die Schirmmützen falsch herum aufsetzten. Wo sie wohnten, wuchs kein Gras mehr. Blumen verdorrten. Jalousien wurden herabgelassen. Wo sie wohnten, erblühten Konservendosen und alte Autoreifen. Sie lebten von kalten Kuhbohnen und Orangenlimo. Sie schwirrten herum wie die Fliegen; ließen sich nieder wie die Fliegen. Und dieses hier hatte sich in ihrem Haus niedergelassen. Über den Rücken des Katers hinweg schaute sie Pecola an.

«Raus», sagte sie mit leiser Stimme. «Du kleines Schwarzes Scheusal. Raus aus meinem Haus.»

Der Kater erbebte und bewegte den Schwanz.

Pecola schob sich rückwärts aus dem Zimmer, den Blick starr auf diese hübsche, hellbraune Dame in dem hübschen, goldgrünen Haus gerichtet, die durch das Fell der Katze zu ihr sprach. Die Worte der hübschen Dame brachten das Fell der Katze in Bewegung; jedes Wort teilte es mit seinem Atem. Pecola drehte sich weg, um die Haustür zu suchen, und sah Jesus, der mit traurigen Augen kein bisschen überrascht auf sie herabblickte, das lange, braune Haar in der Mitte gescheitelt, die fröhlichen Papierblumen rund um sein Gesicht drapiert.

Draußen blies der Märzwind durch den Riss in ihrem Kleid. Sie hielt den Kopf gegen die Kälte gesenkt. Doch so tief konnte sie ihn gar nicht senken, dass sie nicht gesehen hätte, wie die Schneeflocken aufs Pflaster fielen und starben.

FRÜHLING

Die ersten Zweige sind dünn, grün und geschmeidig. Sie lassen sich komplett zum Kreis biegen, aber brechen wollen sie nicht. Die zarte, protzige Hoffnung, mit der sie aus den Forsythien und Fliederbüschen sprossen, brachte nichts als eine Änderung der Versohlmethode. Im Frühling schlugen sie uns anders. An die Stelle der winterlichen Riemen mit ihrem dumpfen Schmerz traten diese frischen, grünen Gerten, die noch brannten, wenn die Tracht Prügel längst vorbei war. Es lag eine nervöse Niedertracht in diesen langen Zweigen, die ein banges Sehnen nach dem stetigen Schlag eines Riemens oder dem entschlossenen, grundehrlichen Hieb einer Haarbürste in uns weckte. Bis heute ist der Frühling für mich durchsetzt vom erinnerten Schmerz dieser Gerten, und Forsythien freuen mich nicht.

An einem Samstag im Frühling, versunken im Gras eines leeren Grundstücks, spaltete ich Wolfsmilchstängel und sinnierte über Ameisen, Pfirsichkerne, den Tod und die Frage, wohin die Welt verschwand, wenn ich die Augen schloss. Ich muss wohl lange dort im Gras gelegen haben, denn als ich nach Hause ging, fehlte der Schatten, der auf dem Hinweg vor mir hergelaufen war. Als ich das Haus betrat, barst es vor beklommener Stille. Dann hörte ich meine Mutter von Zügen singen und von Arkansas. Sie kam mit einem Stapel gefalteter gelber Vorhänge zur Hintertür herein und legte sie auf den Küchentisch. Ich setzte mich auf den Boden, um mir die Geschichte des Liedes weiter anzuhören, und mir fiel auf, wie seltsam sie sich benahm. Sie hatte noch den Hut auf, und ihre Schuhe waren staubig, als wäre sie durch knöcheltiefen Dreck gegangen. Sie setzte Wasser auf und fegte die Veranda; dann wuchtete sie den Wäscheständer nach draußen, aber anstatt die nassen Vorhänge aufzuhängen, fegte sie die Veranda noch einmal. Und die ganze Zeit sang sie von Zügen und von Arkansas.

Als sie fertig war, machte ich mich auf die Suche nach Frieda. Ich fand sie oben auf unserem Bett liegen und weinen, ein erschöpftes, wimmerndes Weinen, wie es auf das erste, laute Wehklagen folgt – eigentlich nur noch ein Schluchzen und Zittern. Ich legte mich zu ihr aufs Bett und schaute mir die Sträußchen wilder Rosen an, mit denen ihr Kleid gespickt war. Vom vielen Waschen waren ihre Farben verblichen, die Ränder verwischt.

«Frieda, was ist passiert?»

Sie hob das verquollene Gesicht aus der Armbeuge. Immer noch zitternd setzte sie sich auf, ließ die dünnen Beine vom Bettrand baumeln. Ich kniete mich hin und lupfte den Saum meines eigenen Kleides, um ihr damit die laufende Nase zu wischen. Sonst mochte sie es gar nicht, sich an Kleidungsstücken die Nase zu putzen, aber jetzt ließ sie mich. So machte Mama es auch immer mit ihrer Schürze.

«Bist du versohlt worden?»

Sie schüttelte den Kopf.

«Warum weinst du dann?»

«Wegen.»

«Wegen was?»

«Wegen Mr. Henry.»

«Was hat er gemacht?»

«Daddy hat ihn verprügelt.»

«Wieso das denn? Wegen der Maginot-Linie? Hat er das mit der Maginot-Linie rausgekriegt?»

«Nein.»

«Ja, was dann? Komm schon, Frieda. Warum darf ich das denn nicht wissen?»

«Er ... hat mir was tun wollen.»

«Tun? So wie Soaphead Church?»

«So ähnlich.»

«Hat er dir sein Ding gezeigt?»

«Naa-iiin. Er hat mich angefasst.»

«Wo?»

«Da und da.» Sie zeigte auf die kleinen Brüste, die wie zwei abgefallene Eicheln ein paar der verwaschenen Rosen auf ihrem Kleid zerstreuten.

«Echt? Wie hat es sich angefühlt?»

«Ach, Claudia.» Sie klang empört. Ich hatte wohl nicht die richtige Frage gestellt. «Es hat sich gar nicht angefühlt.»

«Aber soll es das denn nicht? Also, sich gut anfühlen?»

Frieda schnalzte abfällig.

«Was genau hat er denn gemacht? Ist er einfach zu dir gekommen und hat drangetatscht?»

Sie seufzte. «Erst hat er mir gesagt, wie hübsch ich bin. Dann hat er mich am Arm gepackt und mich angefasst.»

«Und wo waren Mama und Daddy?»

«Drüben im Garten, Unkraut jäten.»

«Was hast du gesagt, als er's gemacht hat?»

«Nichts. Ich bin nur aus der Küche gerannt und rüber zum Garten.»

«Mama hat doch gesagt, wir dürfen nicht allein über die Gleise.»

«Was hättest du denn gemacht? Einfach sitzen bleiben und dich betatschen lassen?»

Ich schaute auf meine Brust herunter. «Ich hab ja nichts zum Betatschen. Und werd auch nie was haben.»

«Ach, Claudia, du bist wirklich auf alles neidisch. Willst du vielleicht, dass er's auch bei dir macht?»

«Nein, ich bin's nur leid, immer bei allem die Letzte zu sein.»

«Stimmt doch gar nicht. Denk an den Scharlach. Den hattest du als Erste.»

«Ja, aber der war dann wieder weg. Aber egal, was war denn nun im Garten?»

«Ich hab's Mama erzählt, und sie hat es Daddy erzählt, und dann sind wir alle zurück, und er war weg, also haben wir auf ihn gewartet, und als Daddy ihn zur Veranda hochkommen sah, hat er ihm unser altes Dreirad an den Kopf geknallt und ihn von der Veranda geschubst.»

«Ist er tot?»

«Nee. Er ist aufgestanden und hat angefangen zu singen, ‹Nearer My God to Thee›. Da ist Mama mit dem Besenstiel auf ihn los und hat gesagt, er soll sich unterstehen, den Namen des Herrn in den Mund zu nehmen, aber er hat nicht aufgehört, und Daddy hat ihn beschimpft, und es gab ein Riesengeschrei.»

«Ach, Mist, immer verpass ich alles.»

«Und dann kam Mr. Buford mit seinem Gewehr angelaufen, und Mama meinte, er soll verschwinden und sich irgendwo hinsetzen, aber Daddy sagte, nein, er soll ihm das Gewehr geben, das hat Mr. Buford dann auch gemacht, und Mama hat geschrien, und Mr. Henry war endlich still und wollte weglaufen, dann hat Daddy auf ihn geschossen, und Mr. Henry ist aus seinen Schuhen gesprungen und auf Strümpfen weitergerannt. Und dann kam noch Rosemary raus und meinte, Daddy kommt jetzt ins Gefängnis, und da hab ich sie gehauen.»

«Richtig fest?»

«Richtig fest.»

«Und hat Mama dich dann versohlt?»

«Sie hat mich nicht versohlt, sag ich dir doch.»

«Aber warum weinst du dann?»

«Als alle wieder still waren, ist Miss Dunion reingekommen, und Mama und Daddy haben darüber gestritten, wer Mr. Henry eigentlich ins Haus geholt hat, und da meinte sie, Mama soll mit mir zum Arzt, weil ich vielleicht geschändet bin, und da hat Mama gleich wieder angefangen, rumzuschreien.»

«Wegen dir?»

«Nein. Wegen Miss Dunion.»

«Aber warum weinst du denn dann?»

«Ich will nicht *geschändet* sein!»

«Was heißt denn geschändet?»

«Weißt schon. Wie die Maginot-Linie. Die ist ein Schandfleck. Hat Mama selbst gesagt.» Die Tränen kamen wieder.

Ein Bild stand mir vor Augen: Frieda, dick und fett.

Die dünnen Beine geschwollen, das Gesicht eingefasst von vielen Schichten rougeverschmierter Haut. Ich spürte selbst schon Tränen.

«Aber Frieda, du kannst dich doch einfach viel bewegen und nichts mehr essen.»

Sie zuckte nur mit den Schultern.

«Und außerdem, was ist mit China und Poland? Die sind auch Schandflecken, oder nicht? Aber sie sind nicht fett.»

«Weil sie Whiskey trinken. Mama sagt, der Whiskey hat sie aufgezehrt.»

«Dann musst du auch Whiskey trinken.»

«Wo krieg ich denn Whiskey her?»

Darüber mussten wir nachdenken. Verkaufen würde uns niemand welchen, außerdem hatten wir sowieso kein Geld. Und bei uns zu Hause gab es keinen. Wer könnte welchen haben?

«Pecola», sagte ich. «Ihr Vater ist die ganze Zeit betrunken. Sie kann uns welchen besorgen.»

«Meinst du?»

«Klar. Cholly ist doch ständig betrunken. Komm, wir fragen sie. Brauchen ihr ja nicht sagen, wofür.»

«Jetzt?»

«Klar jetzt.»

«Und was sagen wir Mama?»

«Nichts. Wir schleichen uns hinten raus. Nacheinander. Dann merkt sie nichts.»

«Okay. Du zuerst, Claudia.»

Wir öffneten das Törchen hinten im Gartenzaun und liefen durch die Gasse.

Pecola wohnte auf der anderen Seite vom Broadway. Wir waren noch nie bei ihr gewesen, wussten aber, welches ihr Haus war. Ein zweistöckiges graues Gebäude, in dem unten früher ein Laden gewesen war und oben noch eine Wohnung lag.

Als wir vorne klopften, machte uns niemand auf, darum gingen wir um das Haus herum zur Seitentür. Fast dort, hörten wir ein Radio spielen und schauten uns um, um zu sehen, wo es herkam. Direkt über uns befand sich der Balkon vom ersten Stock mit einer windschiefen, morschen Holzbrüstung, und dort auf dem Balkon saß die Maginot-Linie höchstpersönlich. Wir starrten zu ihr hoch und fassten uns automatisch an den Händen. Ein regelrechter Fleischberg, lag sie mehr in ihrem Schaukelstuhl, als dass sie saß. Sie hatte keine Schuhe an, und jeder Fuß schaute zwischen zwei Brüstungsstreben durch: winzige Babyzehen an aufgedunsenen Füßen; geschwollene Knöchel unter glatter, gespannter Haut; gewaltige Beine wie Baumstämme, weit gespreizte Knie und darüber zwei Landstraßen aus weichen, wabbeligen Oberschenkeln, die einander tief im Schatten ihres Kleides küssten und wieder vereinten. Aus ihrer Hand mit den tiefen Grübchen ragte eine dunkelbraune Flasche Root Beer empor wie ein versengter Körperteil. Durch die Brüstung blickte sie auf uns herab und ließ ein langes, tiefes Rülpsen hören. Ihre Augen waren rein wie Regen, und ich musste wieder an die Wasserfälle denken. Wir brachten kein Wort heraus. Beide glaubten wir zu sehen, was einmal aus Frieda werden würde. Die Maginot-Linie lächelte uns an.

«Sucht ihr wen?»

Ich musste meine Zunge regelrecht vom Gaumen weg-
zerren, um zu antworten: «Pecola – wohnt die hier?»

«M-hm, ist aber grad nicht da. Sie ist zu dem Haus, wo
ihre Mutter arbeitet, die Wäsche holen.»

«Ach so, Ma'am. Kommt sie denn wieder?»

«M-hm. Muss ja die Kleider aufhängen, solang noch
Sonne ist.»

«Oh.»

«Ihr könnt auf sie warten. Wollt ihr raufkommen und
hier warten?»

Wir sahen uns an. Ich schaute wieder hoch zu den beiden breiten Zimtstraßen, die sich im Schatten ihres Kleides trafen.

Frieda sagte: «Nein, Ma'am.»

«Tja …» Die Maginot-Linie wirkte recht interessiert
an unserem Problem. «Ihr könnt auch zu dem Haus gehen, wo ihre Mutter arbeitet, aber das ist ganz hinten am
See.»

«Wo denn am See?»

«Das große weiße Haus mit der Schubkarre voller
Blumen.»

Wir kannten das Haus, hatten die große weiße Schubkarre, die nach vorn geneigt auf ihren Speichenrädern
stand und der Jahreszeit entsprechend mit Blumen be-
pflanzt war, schon oft bewundert.

«Ist euch das nicht zu weit?»

Frieda kratzte sich am Knie.

«Wartet doch einfach hier auf sie. Ihr könnt raufkommen. Wollt ihr eine Limo?» Die regengetränkten Augen

leuchteten, und sie lächelte breit, nicht so verkniffen und zurückgenommen, wie andere Erwachsene lächelten.

Ich wollte schon zur Treppe, aber Frieda sagte: «Nein, Ma'am, wir dürfen nicht.»

Ich war baff über ihren Mut und verängstigt, wie keck sie war. Das Lächeln der Maginot-Linie kippte weg. «Ihr dürft nicht?»

«Nein, Ma'am.»

«Was dürft ihr nicht?»

«Zu Ihnen hoch.»

«Ach was?» Die Wasserfälle versiegten. «Und wieso nicht?»

«Weil unsere Mutter das gesagt hat. Unsere Mutter sagt, Sie sind ein Schandfleck.»

Die Wasserfälle kamen wieder in Gang. Sie setzte die Root-Beer-Flasche an die Lippen und leerte sie. Dann warf sie, mit einer eleganten Handbewegung, so klein und schnell, dass wir sie kaum wahrnahmen, uns erst hinterher daran erinnerten, die Flasche über die Brüstung nach uns. Sie zerschellte vor unseren Füßen, und bevor wir hätten ausweichen können, sprenkelten braune Glassplitter unsere Beine. Die Maginot-Linie legte ihre dicke Hand auf einen der Wülste an ihrem Bauch und lachte. Erst war es nur ein tiefes Brummen mit geschlossenem Mund, dann wurde ein größerer, wärmerer Laut daraus. Ein Lachen, zugleich schön und furchterregend. Sie ließ den Kopf zur Seite sinken, schloss die Augen und schüttelte ihren mächtigen Rumpf, schüttete das Lachen auf uns herab wie einen Schwall roter Blätter. Seine Krümel und Kringel folgten uns noch, als wir längst wegrannten. Die Luft sackte uns im selben Moment weg wie die Beine. Nachdem wir an einen Baum gelehnt verschnauft hatten, sagte ich: «Gehen wir wieder heim.»

Frieda war immer noch wütend – sie kämpfte, wie sie glaubte, um ihr Leben. «Nein, jetzt müssen wir ihn uns holen.»

«Aber wir können nicht bis zum See laufen.»

«Klar können wir. Los, komm.»

«Mama wird's merken.»

«Nein, wird sie nicht. Und wenn doch, kann sie uns auch nur versohlen.»

Das stimmte allerdings. Sie würde uns nicht umbringen, kein fürchterliches Lachen lachen und auch keine Flasche nach uns werfen.

Wir gingen durch baumbestandene Straßen mit sanften, grauen Häusern, gebeugt wie ermüdete Damen. ... Die Straßen veränderten sich; die Häuser wirkten standhafter, ihr Anstrich frischer, die Verandapfeiler gerader, die Gärten tiefer. Dann kamen die Backsteinhäuser, ein ganzes Stück von der Straße zurückgesetzt und mit Vorgärten, deren Büsche zu glatten Kegeln und samtig grünen Kugeln gestutzt waren.

Am schönsten waren die Häuser am Seeufer. Gartenmöbel, Verzierungen, Fenster wie blanke Brillengläser und nirgendwo ein Funken Leben. Die Gärten dieser Häuser reichten über grüne Hänge bis zu einem Stück Sandstrand hinunter, und dahinter der blaue Eriesee, der den ganzen Weg bis nach Kanada schwappte. Der orange gefleckte Himmel über dem Stahlwerk erstreckte sich nicht bis zu diesem Viertel. Der Himmel hier war immer blau.

Wir kamen an den Lake Shore Park, ein städtischer Park mit knospenden Rosen, Brunnen, Bowling Greens und Picknicktischen. Jetzt war er leer, harrte aber schon in freudiger Erwartung der sauberen, wohlerzogenen, weißen Kinder und Eltern, die im Sommer dort über dem See spielen würden, bevor sie, halb rennend, halb stolpernd, den Hang hinab zum wartenden Wasser eilten. Schwarze durften den Park nicht betreten, also waren unsere Träume voll von ihm.

Kurz vor dem Parkeingang stand das große, weiße Haus mit der Schubkarre voller Blumen. Die kurzen Blätter der Krokusse ummantelten die lila und weißen Herzen, die so dringend unter den Ersten sein wollten, dass sie dem Regen und der Kälte des frühen Frühlings trotzten. Die Platten auf dem Weg waren in durchdachter Unordnung verlegt, um die ausgeklügelte Symmetrie zu verbergen. Nur die Angst, entdeckt zu werden, und das Wissen, dass wir nicht hierhergehörten, hielten uns davon ab, länger dort zu verweilen. Wir umrundeten das stolze Haus und gingen zur Hintertür.

Dort, auf der kleinen, mit einem Geländer versehenen Treppe, saß Pecola in einem hellroten Pullover und einem blauen Baumwollkleid. Neben ihr stand ein kleiner Handkarren. Sie freute sich anscheinend, uns zu sehen.

«Hi.»

«Hi.»

«Was macht ihr denn hier?» Sie lächelte, und weil man das bei ihr so selten sah, war ich ganz erstaunt, wie sehr es mich freute.

«Wir wollten zu dir.»

«Wer hat euch gesagt, dass ich hier bin?»

«Die Maginot-Linie.»

«Wer ist das?»

«Diese dicke, fette Frau. Die über euch wohnt.»

«Ach, Miss Marie meint ihr. Sie heißt Miss Marie.»

«Na, sonst sagen aber alle Miss Maginot-Linie. Hast du denn keine Angst?»

«Wovor?»

«Vor der Maginot-Linie.»

Pecola sah ehrlich verwirrt aus. «Wieso denn?»

«Lässt deine Mutter dich zu ihr in die Wohnung? Lässt sie sie von ihren Tellern essen?»

«Sie weiß nicht, dass ich hingehe. Aber Miss Marie ist wirklich nett. Sind sie alle.»

«Ach ja», sagte ich, «uns wollte sie umbringen.»

«Wer? Miss Marie? Die tut doch niemand was.»

«Und warum lässt deine Mutter dich dann nicht zu ihr in die Wohnung, wenn sie so nett ist?»

«Keine Ahnung. Sie meint, sie taugt nichts, aber die taugen alle was. Sie schenken mir immer Sachen.»

«Was denn für Sachen?»

«Ach, alles Mögliche, schöne Kleider und Schuhe. Ich hab mehr Schuhe, als ich anziehen kann. Und Schmuck und Süßigkeiten und Geld. Sie gehen mit mir ins Kino, und einmal waren wir auch beim Carnival. Irgendwann nimmt China mich mit nach Cleveland und zeigt mir den großen Platz, und Poland nimmt mich mit nach Chicago und zeigt mir das Loop-Viertel. Wir fahren überall zusammen hin.»

«Du lügst. Du hast gar keine schönen Kleider.»

«Hab ich wohl.»

«Ach, komm, Pecola, was erzählst du uns diesen ganzen Müll?», fragte Frieda.

«Das ist kein Müll.» Pecola war aufgestanden, vollauf bereit, ihre Worte zu verteidigen, da ging die Tür auf.

Mrs. Breedlove streckte den Kopf heraus und sagte: «Was ist denn hier los? Pecola, was sind das für Kinder?»

«Das sind Frieda und Claudia, Mrs. Breedlove.»

«Zu wem gehört ihr?» Sie kam jetzt ganz auf die Treppe hinaus. So adrett hatte ich sie noch nie gesehen, in ihrer weißen Uniform, die Haare zu einem kleinen Dutt aufgesteckt.

«Zu Mrs. MacTeer, Ma'am.»

«Ach ja. Aus der Twenty-first Street, stimmt's?»

«Ja, Ma'am.»

«Was macht ihr denn hier draußen?»

«Nur einen Spaziergang. Wir wollten Pecola besuchen.»

«Na, dann seht mal zu, dass ihr wieder zurückkommt. Ihr könnt mit Pecola mitgehen. Kommt solang rein, dann hol ich die Wäsche.»

Wir betraten die Küche, die groß und geräumig war. Im Widerschein des weißen Porzellans, des weißen Holzes und der blitzsauberen Schränke und glänzenden Kupfertöpfe schimmerte Mrs. Breedloves Haut wie Taft. In den Duft nach Fleisch, Gemüse und Frischgebackenem mischte sich der Geruch von Wäscheseife.

«Ich hol jetzt die Wäsche. Und ihr bleibt genau da stehen und rührt euch nicht vom Fleck und stellt nichts an.» Sie verschwand durch eine weiße Schwingtür, und wir hörten das ungleiche Klatschen ihrer Schritte auf den Stufen, als sie in den Keller hinunterging.

Eine andere Tür öffnete sich, und ein kleines Mädchen kam herein, kleiner und jünger als wir drei. Sie trug ein rosa Kleid, das hinten weit ausgeschnitten war, und rosafarbene Flauschpantoffeln mit je zwei Hasenohren vorn an der Spitze. Ihre Haare waren maisblond und mit einem breiten Haarband zusammengebunden. Als sie uns sah, tänzelte einen Moment lang Angst über ihr Gesicht. Sie sah sich beklommen in der Küche um.

«Wo ist Polly?», fragte sie.

Der vertraute Drang zur Gewalt stieg in mir hoch. Dass die Kleine da Mrs. Breedlove Polly nannte, während sogar Pecola «Mrs. Breedlove» zu ihrer Mutter sagte, schien mir Grund genug, ihr eine zu verpassen.

«Unten», sagte ich.

«Polly!», rief sie.

«Schaut mal», flüsterte Frieda, «schaut mal, da.» Auf der Anrichte, gleich neben dem Ofen, stand ein Beerenauflauf in einer tiefen, silbernen Backform. Hier und da barst dunkellila Saft durch die Kruste. Wir gingen näher ran.

«Noch warm», sagte Frieda.

Pecola streckte die Hand aus, um an die Backform zu fassen, ganz leicht nur, um zu sehen, ob sie noch warm war.

«Polly, komm rauf», rief das kleine Mädchen noch einmal.

Ob es nun Aufregung war oder Ungeschick, jedenfalls kippelte die Form unter Pecolas Händen, fiel herunter und besprenkelte alles mit schwärzlichen Blaubeeren. Der Großteil des Safts schwappte Pecola über die Beine, und es muss entsetzlich gebrannt haben, denn sie schrie auf und fing genau in dem Moment an, herumzuhüpfen, als Mrs. Breedlove mit der vollgepackten Wäschetasche wieder hereinkam. Im Galopp war sie bei Pecola und schlug sie mit dem Handrücken zu Boden. Pecola rutschte auf dem Blaubeersaft aus, ein Bein knickte unter ihr weg. Mrs. Breedlove zerrte sie am Arm wieder auf die Füße und schlug sie noch einmal, schimpfte mit vor Wut dünner Stimme auf Pecola ein und meinte Frieda und mich gleich mit.

«Bist wohl verrückt geworden, bescheuertes Blag ... mein Boden, so eine Schweinerei ... schau dir nur an, was ... nur Arbeit ... raus mit ... und jetzt noch ... bist wohl verrückt geworden ... mein Boden, mein Boden ... mein Boden.» Ihre Worte waren heißer und dunkler als der dampfende Beerensaft, und wir wichen verängstigt zurück.

Die Kleine in Rosa fing an zu weinen. Mrs. Breedlove drehte sich zu ihr um. «Ruhig, Baby, ruhig. Komm mal her. Oh, Lord, schau dir nur dein Kleid an. Nicht weinen. Polly macht's dir wieder sauber.» Sie ging zur Spüle, drehte den Hahn auf und hielt ein frisches Küchentuch darunter. Über die Schulter spuckte sie uns ein paar Worte hin wie faule Apfelstücke. «Nehmt die Wäsche und macht, dass ihr rauskommt, damit ich die Schweinerei hier aufwischen kann.»

Pecola griff sich die Wäschetasche, schwer von den nassen Kleidern, und wir verschwanden eilig durch die

Tür. Während Pecola die Tasche auf ihrem Handkarren verstaute, hörten wir, wie Mrs. Breedlove die Tränen des kleinen rosa-blonden Mädchens trocknete und tröstete.

«Wer waren die, Polly?»

«Mach dir keine Sorgen, Baby.»

«Machst du einen neuen Auflauf?»

«Aber klar.»

«Wer waren die, Polly?»

«Ruhig. Nur keine Sorge», säuselte sie, und die Honigsüße in ihrem Ton passte zum Sonnenuntergang, der sich jetzt über den See ergoss.

DAISTMUTTERMUTTERISTSEHRLIEB
SPIELSTDUMITJANEMUTTERMUTTER
LACHTLACHMUTTERLACHLA

Am einfachsten wäre es, alles dem Fuß zuzuschieben. Das war, was sie selber tat. Doch wer die Wahrheit darüber wissen will, wie Träume sterben, sollte nie die Träumenden beim Wort nehmen. Das Ende ihres wunderbaren Anfangs war wohl doch das Loch in ihrem einen Schneidezahn. Trotzdem dachte sie lieber an den Fuß. Als neuntes von elf Kindern auf einem Bergplateau aus rotem Lehm in Alabama, zehn Kilometer von der nächsten Straße weg, wurde Pauline Williams von der absoluten Gleichgültigkeit, auf die es stieß, als sich in ihrem zweiten Lebensjahr ein rostiger Nagel geradewegs durch ihren Fuß bohrte, wenigstens davor bewahrt, in völliger Anonymität zu versinken. Die Wunde bescherte ihr einen krummen, platten Fuß, der beim Gehen schlackerte – sie humpelte nicht, was womöglich irgendwann zu einer verkrümmten Wirbelsäule geführt hätte, hob aber den schlimmen Fuß stets so an, als müsste sie ihn aus einem kleinen Strudel ziehen, der ihn zu verschlingen drohte. So klein der Defekt auch sein mochte, erklärte er aus ihrer Sicht doch vieles, was ihr sonst unbegreiflich geblieben wäre: warum sie als einziges von allen Kindern keinen Spitznamen hatte; warum es keine Witze oder Anekdoten über die lustigen Dinge gab, die sie angestellt hatte; warum nie jemand ihre Vorlieben beim Essen zur Kenntnis nahm – für sie wurden weder Flügel noch Nacken aufbewahrt, keine Erbsen in einem Extratopf ohne Reis gekocht, weil sie keinen Reis mochte;

warum sie nie jemand neckte, warum sie sich nirgends je zu Hause, sich nirgends je zugehörig fühlte. Ihr generelles Gefühl, abseitszustehen und nichts wert zu sein, schob sie auf ihren Fuß. Als Kind, auf den Kokon beschränkt, den ihre Familie um sie gesponnen hatte, gab sie sich stillen, verschwiegenen Freuden hin. Am meisten gefiel es ihr, Dinge zu ordnen. Sie sorgfältig aufzureihen – die Gläser auf dem Regal zur Einmachzeit, die Pfirsichkerne draußen auf den Stufen, Zweige, Steine, Blätter –, und ihre ganze Familie ließ diese Anordnungen bestehen. Wenn einmal jemand aus Versehen eine ihrer Reihen zerstörte, nahm diese Person sich immer Zeit, sie wieder aufzusammeln, und Pauline war nicht einmal ärgerlich, denn das gab ihr die Möglichkeit, alles noch einmal neu anzuordnen. Was immer vielfach vorhanden und beweglich war, sortierte sie zu ordentlichen Reihen, nach Größe, Form oder Farbton. Nie hätte sie eine Kiefernnadel neben das Blatt einer Pappel gelegt, so wenig, wie sie die Einmachgläser mit den Tomaten neben die mit den grünen Bohnen gestellt hätte. Während der ganzen vier Jahre, die sie zur Schule ging, verzauberten Zahlen sie so sehr, wie Wörter sie bedrückten. Ihr fehlten – ohne dass sie gewusst hätte, was ihr fehlte – Tuschfarben und Buntstifte.

Um den Ausbruch des Ersten Weltkriegs herum erfuhr die Familie Williams von zurückgekehrten Nachbarn und Verwandten, dass es die Möglichkeit gab, anderswo besser zu leben. In Schichten, Schüben und Tranchen, vermengt mit anderen Familien, zogen sie über sechs Monate und vier Reisen hinweg nach Kentucky, wo es Bergwerke und Fabriken gab.

«Als wir alle von daheim weg sind und unten an der La-
gerhalle auf den Laster warteten, da war es dunkel. Und
überall schwirrten Leuchtkäfer herum. Manchmal haben
sie ein Blatt an einem Baum angeleuchtet, dann sah ich so
einen grünen Streifen. Das war das letzte Mal, dass ich echte
Leuchtkäfer gesehen hab. Die hier, das sind ja keine Leucht-
käfer. Die sind was anderes. Hier sagen sie Glühwürmchen
dazu. Das ist nicht das Gleiche wie daheim. Aber an die grü-
nen Streifen erinner ich mich. An die erinner ich mich gut.»

In Kentucky wohnten sie in einer richtigen Stadt, zehn,
fünfzehn Häuser in einer Straße, mit fließend Wasser direkt in der Küche. Ada und Fowler Williams fanden ein
Holzhaus mit fünf Zimmern für sich und ihre Kinder.
Der Garten war von einem ehemals weißen Zaun um-
spannt, an den Paulines Mutter Blumen pflanzte und in
dessen Grenzen sie ein paar Hühner hielten. Einige ihrer
Brüder gingen zum Militär, eine Schwester starb, zwei
weitere heirateten, vergrößerten so den Lebensraum und
verliehen der ganzen Kentucky-Unternehmung damit etwas Luxuriöses. Vor allem für Pauline, die alt genug war,
mit der Schule aufzuhören, erwies sich der Umzug als Se-
gen. Mrs. Williams nahm eine Stelle bei einem weißen
Pfarrer am anderen Ende der Stadt an, für den sie putzte
und kochte, und Pauline, jetzt die älteste Tochter im
Haus, kümmerte sich unterdessen dort um alles. Sie hielt
den Zaun in Schuss, zog an den spitzen Latten, bis sie
schnurgerade standen, und befestigte sie mit Draht, sie
sammelte die Eier ein, fegte, kochte, machte die Wäsche
und sorgte für die beiden jüngeren Kinder – ein Zwil-

lingspärchen, Chicken und Pie, die noch zur Schule gingen. Sie führte den Haushalt nicht nur gut, sie hatte auch Freude daran. Wenn ihre Eltern bei der Arbeit waren und die anderen Kinder in der Schule oder im Bergwerk, war es ganz still im Haus. Diese Stille und Abgeschiedenheit beruhigten und belebten sie gleichermaßen. Sie konnte ungestört ordnen und sauber machen, bis um zwei Chicken und Pie aus der Schule kamen.

Als der Krieg zu Ende ging und die Zwillinge zehn Jahre alt waren, gingen auch sie von der Schule ab, um zu arbeiten. Pauline war fünfzehn und besorgte immer noch den Haushalt, jetzt jedoch mit weniger Begeisterung. Tagträume von Männern, Liebe und Berührungen lenkten ihren Kopf und ihre Hände von der Arbeit weg. Wetterumschwünge setzten ihr genauso zu wie manches, was sie sah oder hörte. All diese Gefühle wandelten sich in ihr zu tiefster Schwermut. Sie dachte an den Tod alles Neugeborenen, an einsame Straßen und Fremde, die aus dem Nichts erschienen, nur um ihre Hand zu halten, an Wälder, in denen immerzu die Sonne unterging. Vor allem in der Kirche sprossen diese Träume. Die Lieder liebkosten sie, und während sie noch versuchte, ihre Gedanken auf der Sünde Sold zu richten, bebte ihr Körper nach Erlösung, Rettung, einer wundersamen Wiedergeburt, die einfach so geschehen würde, ohne jedes Zutun ihrerseits. In ihren Tagträumen war sie nie die treibende Kraft; meist saß sie müßig am Flussufer oder sammelte Beeren auf einem Feld, wenn plötzlich ein Jemand zu ihr trat, mit sanften, eindringlichen Augen, der – ohne ein Wort mit ihr zu wechseln – begriff; und unter dessen

Blick ihr Fuß gerade wurde und sie die Augen senkte. Dieser Jemand hatte kein Gesicht, keine Gestalt, keine Stimme, keinen Geruch. Er war bloße Gegenwart, eine alles umfassende Zärtlichkeit, voller Kraft und voll der Verheißung, ausruhen zu dürfen. Dass sie nicht wusste, was sie mit dieser Gegenwart anfangen, zu ihr sagen sollte, spielte keine Rolle – nach dem wortlosen Wissen und der tonlosen Berührung zerfiel ihr Traum. Doch der Jemand wusste immer, was zu tun war. Sie selbst brauchte bloß den Kopf an seine Brust zu legen, und er führte sie fort, ans Meer, in die Stadt, in den Wald … für immer.

Es gab da eine Frau namens Ivy, deren Mund alle Töne von Paulines Seele zu beherbergen schien. Ivy stand ein wenig abseits vom Chor und sang von der dunklen Süße, die Pauline nicht benennen konnte; sie sang von dem todesverachtenden Tod, nach dem Pauline sich sehnte, sang von dem *wissenden* Fremden …

Precious Lord, take my hand
Lead me on, let me stand
I am tired, I am weak, I am worn.
Through the storms, through the night
Lead me on to the light
Take my hand, precious Lord, lead me on.

When my way grows drear
Precious Lord, linger near,
When my life is almost gone.
Hear my cry, hear my call

Hold my hand lest I fall
Take my hand, precious Lord, lead me on.

So kam es, dass Pauline, als der Fremde, der Jemand, tatsächlich aus dem Nichts auftauchte, zwar dankbar war, doch kein bisschen überrascht.

Geradewegs aus der Sonne von Kentucky kam er heranstolziert, am heißesten Tag des Jahres. Groß kam er, stark kam er, mit gelben Augen und geblähten Nüstern, und er kam mit seiner eigenen Musik.

Pauline lehnte müßig am Zaun, die Arme auf die Querstrebe zwischen den Latten gestützt. Sie hatte gerade den Teig für die Biscuits geknetet und pulte sich das Mehl unter den Fingernägeln heraus. Hinter sich, in einiger Entfernung, hörte sie Pfeifen. Eine schnelle, helle Tonfolge, wie Schwarze Jungs sie oft erfinden, wenn sie fegen, schaufeln oder einfach nur ihrer Wege gehen. Eine Melodie wie aus den Großstadtstraßen, wo das Lachen jede Angst Lügen straft und die Freude so schmal und scharf ist wie die Klinge eines Klappmessers. Aufmerksam lauschte sie der Musik, ließ sich von ihr ein Lächeln auf die Lippen ziehen. Das Pfeifen wurde lauter, und sie drehte sich immer noch nicht um, denn sie wollte, dass es andauerte. Und während sie noch in sich hineinlächelte und diesen Bruch in ihren trübsinnigen Gedanken ganz fest hielt, spürte sie ein Kitzeln am Fuß. Da lachte sie laut auf und drehte sich um, wollte sehen. Der Pfeifer hatte sich gebückt, kitzelte ihren kaputten Fuß und küsste ihr Bein. Sie konnte ihr Lachen nicht bremsen – bis er zu ihr aufschaute und sie sah, wie die Sonne von Kentucky gelbe Augen mit schweren Lidern tränkte, die Augen von Cholly Breedlove.

«Als ich Cholly zum ersten Mal sah, das war, müsst ihr mir glauben, wie die vielen Farben früher daheim, das eine Mal, als wir Kinder nach einer Beerdigung Beeren pflücken gegangen waren und ich mir welche in die Taschen vom Sonntagskleid gesteckt hab, die sind dann zerdrückt, und ich hatte Flecken an der Hüfte. Mein ganzes Kleid war lila verfleckt, das ist nie mehr rausgegangen. Aus dem Kleid nicht und auch nicht aus mir. Ich konnte das Lila tief in mir spüren. Und diese Limonade, die Mama immer machte, wenn Pap von den Feldern zurückgekommen ist. Kühl und hellgelb war die, und unten am Boden schwammen Kerne drin. Und dann noch der Streifen Grün von den Leuchtkäfern in den Bäumen, damals in der Nacht, als wir von daheim weg sind. Diese ganzen Farben waren in mir. Haben da gewartet. Und als Cholly kam und mich am Fuß gekitzelt hat, das war wie die Beeren, die Limonade und die grünen Leuchtkäferstreifen zusammen. Cholly war damals noch dünn mit ganz hellen Augen. Er hat immer gepfiffen, und wenn ich das hörte, dann hatte ich ein Schaudern auf der Haut.»

Pauline und Cholly liebten sich. Er genoss das Zusammensein mit ihr offenbar und hatte sogar Freude daran, dass sie so ländlich war und kaum etwas von städtischen Belangen wusste. Er ließ sie von ihrem Fuß erzählen, und wenn sie durch den Ort oder über die Felder spazierten, fragte er sie, ob sie müde sei. Anstatt ihr Gebrechen zu übergehen, so zu tun, als wäre es gar nicht da, gab er ihm den Anschein von etwas Besonderem, Liebenswertem. Zum ersten Mal hatte Pauline das Gefühl, dass ihr schlimmer Fuß ein Gewinn war.

Und er fasste sie auch an, fest und doch zärtlich, so wie in ihren Träumen. Nur ohne die Düsternis der Sonnenuntergänge und einsamen Flussufer. Sie fühlte sich geborgen und dankbar; er war fröhlich und lebhaft. Sie hatte bis dahin nicht gewusst, dass so viel Lachen in der Welt war.

Sie beschlossen, zu heiraten und fortzugehen nach Norden, wo die Stahlwerke, wie Cholly sagte, händeringend Arbeiter suchten. Jung, verliebt und voller Tatendrang kamen sie nach Lorain, Ohio. Cholly fand gleich Arbeit im Stahlwerk, und Pauline machte sich an den Haushalt.

Und dann verlor sie ihren Schneidezahn. Vorher aber musste doch schon ein Fleckchen da gewesen sein, ein bräunlicher Fleck, der leicht mit einem Essensrest zu verwechseln war, aber nicht mehr wegging, der monatelang auf dem Zahnschmelz saß und wuchs, bis er sich durch die Oberfläche gefressen hatte, hinein bis an den braunen Kitt darunter und schließlich bis an die Wurzel, jedoch unter Aussparung der Nerven, sodass er sich nicht bemerkbar machte, nicht einmal Unbehagen bereitete. Bis die geschwächte Wurzel, längst an das Gift gewöhnt, eines Tages auf starken Druck reagierte und der Zahn herausbrach und nur einen schartigen Stummel hinterließ. Und bereits vor dem kleinen braunen Fleck musste es die Veranlagung gegeben haben, die Bedingungen, die ihm das Dasein überhaupt ermöglichten.

In dieser jungen, aufstrebenden Stadt in Ohio, in der

sogar die Nebenstraßen mit Beton gepflastert waren, die am Ufer eines ruhigen, blauen Sees lag und sich mit ihrer Nähe zum gut zwanzig Kilometer entfernten Oberlin brüstete, dem wichtigen Knotenpunkt der Underground Railroad, in diesem Schmelztiegel am äußersten Rand Amerikas mit Blick auf das kalte und doch aufgeschlossene Kanada – was konnte da noch schiefgehen?

«Wir kamen gut aus damals, Cholly und ich. Wir gingen in den Norden, weil es hieß, da gibt's mehr Stellen und alles. Wir haben zwei Zimmer über einem Möbelladen bezogen, und ich hab den Haushalt gemacht. Cholly arbeitete im Stahlwerk, alles sah bestens aus. Ich weiß nicht, was dann passiert ist. Alles wurde anders. Es war schwer, hier oben wen kennenzulernen, und mir haben meine Leute gefehlt. Ich war nicht an so viele Weiße gewöhnt. Die paar, die ich vorher kannte, waren schlimm, aber sie ließen sich kaum blicken. Also, wir hatten einfach nicht viel zu tun mit denen. Hin und wieder mal auf dem Feld oder auf dem Amt. Aber sie waren nicht die ganze Zeit da. Hier im Norden waren sie überall – nebenan, untendrunter, die ganze Straße lang –, und Schwarze sah man nur wenige und selten. Und die waren hier im Norden auch anders. Aufgeblasen irgendwie. Und fast so garstig wie die Weißen. Die konnten einem genauso das Gefühl geben, man wär nichts wert, nur, dass ich's von denen halt nicht erwartet hätte. Das war die einsamste Zeit in meinem Leben. Ich weiß noch, wie ich um drei immer vorn zum Fenster rausgeschaut und gewartet hab, dass Cholly heimkommt. Nicht mal eine Katze hatte ich zum Reden.»

In ihrer Einsamkeit suchte sie bei ihrem Mann Bestätigung, Unterhaltung, alles, was es brauchte, um die Leerstellen zu füllen. Die Hausarbeit reichte nicht; es gab ja nur zwei Zimmer und keinen Garten, den sie versorgen, in dem sie ihre Zeit verbringen konnte. Die Frauen in der Stadt trugen Schuhe mit hohen Absätzen, und als Pauline das auch versuchte, verstärkte es ihr Schlurfen zu einem ausgeprägten Humpeln. Cholly war immer noch die Freundlichkeit selbst, fing aber an, sich ihrer totalen Abhängigkeit zu widersetzen. Nach und nach hatten sie sich immer weniger zu sagen. Ihm fiel es nicht weiter schwer, andere Menschen und andere Dinge zu finden, mit denen er sich beschäftigen konnte – ständig kamen irgendwelche Männer die Treppe hinauf und fragten nach ihm, und er war freudig bereit, sie zu begleiten, und ließ Pauline allein zurück.

Bei den wenigen Schwarzen Frauen, die sie kennenlernte, fühlte Pauline sich unbehaglich. Sie belächelten sie, weil sie sich nicht die Haare glättete. Als sie einmal versuchte, sich so zu schminken, wie die anderen es taten, ging das sehr daneben. Ihre abschätzigen Blicke, das heimliche Kichern darüber, wie sie redete (dass sie *chil'ren* statt *children* sagte) und sich anzog, ließen in ihr den Wunsch nach neuen Kleidern aufkommen. Als Cholly wegen des Geldes, das sie dafür brauchte, Streit anfing, beschloss sie, sich selbst Arbeit zu suchen. Dass sie sich als Haushaltshilfe verdingte, verhalf ihr zu den Kleidern und sogar zu ein paar Neuanschaffungen für die Wohnung, doch mit Cholly half es ihr kein bisschen. Er hielt nichts von den Sachen, die sie kaufte, und sagte ihr das auch immer häufiger. Ihre Ehe wurde von Streit zerfleddert. Sie war immer noch so jung, wartete weiterhin auf die feste Burg aus Glück, auf die Hand des Herrn, des *precious Lord*, der auch auf dunklen Wegen jederzeit zugegen wäre. Nur hatte sie jetzt ein klareres Bild von der Dunkelheit. Die Ausgaben wurden zum Gegenstand sämtlicher Auseinandersetzungen, ihre für Kleidung, seine fürs Trinken. Umso trauriger, dass sich Pauline im Grunde gar nichts aus Kleidern und Make-up machte. Ihr ging es nur um die anerkennenden Blicke der anderen Frauen.

Nach mehreren Monaten als Aushilfe in verschiedenen Häusern wurde sie fest angestellt bei einer Familie, die über ein kleines Vermögen und ein angespanntes, hochtrabendes Gehabe verfügte.

«Cholly wurde immer garstiger und garstiger und wollte die ganze Zeit nur prügeln. Ich hab's ihm mit gleicher Münze zurückgezahlt. Musste ich ja. Ich machte gar nichts anderes mehr als für diese Frau arbeiten und mich mit Cholly schlagen. Mühsam. Aber meine Stelle hab ich mir behalten, auch wenn das wahrhaftig kein Spaß war, für diese Frau zu arbeiten. Dass sie garstig war, fand ich gar nicht mal so schlimm, aber vor allem war sie einfach dumm. So war die ganze Familie. Die kamen alle kein bisschen miteinander aus. Man würd ja meinen, bei so einem schönen Haus und dem ganzen Geld, das sie zur Verfügung hatten, müssten sie auch Freude aneinander haben. Aber sie fing bei jeder Kleinigkeit an zu heulen und rannte weg. Wenn eine von ihren Freundinnen sie mal am Telefon abgewürgt hat, fing sie schon an zu heulen. Anstatt froh zu sein, dass sie ein Telefon hat. Ich hab

bis heute keins. Ich weiß noch, einmal, da hat ihr kleiner Bruder, dem sie die Zahnarztausbildung bezahlt hat, ein großes Fest geschmissen und sie nicht eingeladen. Was war das ein Aufstand! Alle hingen tagelang am Telefon. Haben gezetert und sich aufgeführt. Mich fragt sie: ‹Was würdest du tun, Pauline, wenn dein eigener Bruder ein Fest gibt und dich nicht einlädt?› Und ich sag, wenn ich wirklich zu dem Fest will, dann würd ich wahrscheinlich trotzdem gehen. Egal, was er will. Da hat sie nur leise geschnalzt und getan, als hätte ich richtig Blödsinn geredet. Während ich mir die ganze Zeit denk, wie blöd sie eigentlich ist. Wer hat ihr denn erzählt, ihr Bruder müsste ihr Freund sein? Man kann sich doch nicht nur deswegen mögen, weil man dieselbe Mutter hat. Ich hab ja versucht, diese Frau zu mögen. Sie hat mir immer Sachen geschenkt, das war nett von ihr, aber mögen konnt ich sie trotzdem nicht. Immer, wenn ich mich so weit hatte, dass es mir ganz gut mit ihr ging, hat sie wieder was Idiotisches gemacht und wollte mir erklären, wie ich putzen soll oder so. Dabei wär sie im Dreck ersoffen, wenn ich sie gelassen hätt. So viel wie hinter denen musste ich nicht mal hinter Chicken und Pie herräumen. Die wussten alle kaum, wie man sich den Hintern abwischt. Ich weiß, wovon ich rede, hab ja schließlich ihre Wäsche gemacht. Und richtig pinkeln konnten sie auch ums Verrecken nicht. Der Mann hat's nie hingekriegt, die Schüssel zu treffen. Widerliche Weiße sind wirklich das Widerlichste, was es gibt. Geblieben wär ich trotzdem, wenn Cholly nicht mal da angerückt wäre, als ich bei der Arbeit war, und sich nicht derart aufgeführt hätt. Besoffen war er, wollte Geld. Als die weiße Frau ihn gesehen hat, ist sie knallrot geworden. Hat versucht, sich stark zu

geben, aber sie hatte eine Heidenangst. Trotzdem hat sie zu
Cholly gesagt, er soll verschwinden, sonst ruft sie die Polizei.
Er hat sie beschimpft, und dann hat er an mir rumgezerrt.
Ich hätt ihm ja ein paar geknallt, aber ich wollte keinen
Ärger mit der Polizei. Also hab ich meine Sachen genommen
und bin gegangen. Später wollte ich wieder zurück, aber sie
wollte mich nicht mehr nehmen, wenn ich bei Cholly bleibe.
Sagte, wenn ich ihn verlasse, lässt sie mich bei sich wohnen.
Das habe ich mir überlegt. Aber später schien es mir dann
doch nicht so schlau, als Schwarze Frau seinen Schwarzen
Mann für eine Weiße zu verlassen. Und sie hat mir auch
nie die elf Dollar gezahlt, die sie mir noch schuldete. Das
hat richtig wehgetan. Der Gasmann musste uns das Gas ab-
drehen, und ich konnte nicht mehr kochen. Angefleht hab
ich die Frau um mein Geld. War sogar noch mal bei ihr.
Da wurde sie fuchsteufelswild. Hat mir ständig erklärt, ich
würd ihr Geld schulden für die Uniform und ein altes, halb
kaputtes Bett, das sie mir geschenkt hatte. Ich wusste nicht,
ob ich ihr wirklich was schulde, ich brauchte einfach mein
Geld. Aber sie hat kein Stück nachgegeben, auch nicht, als
ich ihr geschworen hab, dass Cholly nie wieder da auftaucht.
Am Ende war ich so verzweifelt, dass ich gefragt habe, ob
sie's mir borgt. Da war sie kurz still, dann hat sie gesagt, ich
dürfte mich von meinem Mann nicht so ausnutzen lassen.
Ich hätte mehr Respekt verdient, und mein Mann hätte die
Pflicht, die Rechnungen zu bezahlen, und wenn er das nicht
kann, soll ich ihn verlassen und Unterhalt verlangen. Solches
einfältiges Zeug. Wovon soll er mir denn Unterhalt bezahlen?
Mir war klar, sie kapiert nicht, dass ich wirklich nur meine
elf Dollar von ihr brauche, um den Gasmann zu bezahlen,

damit ich wieder kochen kann. Das ging einfach nicht in ihren Dickschädel. Sie hat nur immer wieder gefragt: ‹Verlässt du ihn, Pauline?› Da dachte ich, wenn ich sage, ich mach's, gibt sie mir vielleicht mein Geld, also sagte ich: ‹Ja, Ma'am.› ‹Gut›, sagt sie. ‹Verlass ihn, und dann kommst du wieder zur Arbeit, und wir lassen alles andere auf sich beruhen.› ‹Kann ich mein Geld nicht schon heute kriegen?›, fragte ich. ‹Nein›, sagt sie. ‹Erst, wenn du ihn verlassen hast. Ich denke dabei nur an dich und deine Zukunft. Wozu ist er noch gut, Pauline, wozu ist er noch gut für dich?› Was soll man da sagen, zu so einer Frau, die keine Ahnung hat, was ein guter Mann ist, und verlogen behauptet, sie denkt an meine Zukunft, mir aber nicht das Geld geben will, das mir zusteht, damit ich was anderes als Billigwurst zum Essen kaufen kann? Also sage ich: ‹Zu nichts, Ma'am. Er ist zu gar nichts gut. Trotzdem glaub ich, ich bleib mal lieber bei ihm.› Da ist sie aufgestanden, und ich bin gegangen. Als ich draußen war, tat's mir richtig weh im Schritt, weil ich die Beine so fest zugepresst hatte beim Versuch, mich der Frau begreiflich zu machen. Aber jetzt denke ich mir, sie konnte das gar nicht begreifen. Sie hatte ja einen Mann geheiratet, der statt einem Mund nur einen Schlitz im Gesicht hat. Wie soll sie das da verstehen?»

Eines Winters stellte Pauline fest, dass sie schwanger war. Als sie Cholly davon erzählte, freute er sich zu ihrer Überraschung. Er trank weniger und war wieder öfter zu Hause. Ganz leicht fanden sie zu einem Verhältnis zurück, das mehr dem aus der ersten Zeit ihrer Ehe glich, als er sie noch fragte, ob sie müde sei oder ob er ihr etwas aus dem Laden mitbringen solle. In diesem Zustand der Leichtigkeit ließ Pauline die Arbeit als Haushaltshilfe bleiben und wandte sich wieder dem eigenen Haushalt zu. Doch die Einsamkeit war nicht aus den zwei Zimmern verschwunden. Wenn die Wintersonne auf den bröckelnden grünen Anstrich der Küchenstühle fiel, das Räucherfleisch auf dem Herd kochte und sie nichts weiter hörte als den Lieferwagen, der unten die Möbel brachte, dachte sie wieder an daheim, wo sie auch die meiste Zeit allein gewesen war, aber dieses Alleinsein hier fühlte sich anders an. Schließlich hörte sie auf, immerzu die grünen Stühle und den Lieferwagen anzustarren; stattdessen ging sie ins Kino. Dort im Dunkeln kehrte die Erinnerung zurück, und sie gab sich wieder ihren einstigen Träumen hin. Und neben der Idee von romantischer Liebe lernte sie jetzt noch eine zweite kennen – die von der körperlichen Schönheit. Gewiss die zerstörerischsten Ideen in der Geschichte menschlichen Denkens. Beide wurzelten im Neid, erblühten in der Unsicherheit und endeten in Ernüchterung. Indem Pauline körperliche Schönheit mit Tugend gleichsetzte, entkleidete sie ihre Gedanken, fesselte sie und häufte bergeweise Selbstverachtung auf. Sie dachte nicht mehr an Begierde oder schlichte Zuneigung. Liebe betrachtete sie jetzt als besitzergreifenden Paarungsakt und Romantik als höchstes Ziel des Geistes. All das sollte für sie zur Quelle werden, aus der sie die zerstörerischsten Gefühle schöpfte, das Lieben verriet und das Geliebte einkerkern wollte und so die Freiheit in jeder Hinsicht beschnitt.

Nach dieser Unterweisung im Kino war sie nie mehr in

der Lage, ein Gesicht zu betrachten, ohne es auf der Skala absoluter Schönheit einzuordnen, und diese Skala hatte sie zur Gänze von der Leinwand übernommen. Hier waren sie endlich, die düsteren Wälder, die einsamen Straßen, die Flussufer, die sanften, wissenden Augen. Hier wurden die Schadhaften endlich ganz, die Erblindeten sehend, und die Lahmen und Gebrechlichen warfen ihre Krücken von sich. Hier war der Tod tot, und jede Bewegung war in eine Wolke aus Musik gehüllt. Hier setzten sich die schwarz-weißen Bilder zu einem prachtvollen Ganzen zusammen – abgebildet von einem Strahl aus Licht, der von hinten oben kam.

Es war im Grunde ein schlichtes Vergnügen, doch sie erfuhr dadurch von allem, was es zu lieben, und von allem, was es zu hassen gab.

«Die einzigste Zeit, wenn ich wirklich glücklich war, das war, wenn ich im Kino saß. Da ging ich hin, sooft ich konnte. Ich war immer schon früh da, bevor der Film anfing. Dann machten sie die Lichter aus, und alles war schwarz. Und wenn dann die Leinwand aufleuchtete, war ich gleich drin im Film. Weiße Männer, die sich so gut um ihre Frauen kümmerten, und alle schön angezogen, in großen, sauberen Häusern, wo die Badewanne im selben Zimmer mit der Toilette steht. Ich hatte so viel Freude an den Filmen, aber danach war es immer schwer, wieder heimzukommen, und auch schwer, Cholly anzuschauen. Ich weiß auch nicht. Einmal, daran erinnere ich mich, da hab ich Clark Gable und Jean Harlow gesehen. Ich hatte mir die Haare genauso gemacht, wie ich's bei ihr in einer Zeitschrift gesehen hatte. Seitenscheitel, kleine Locke auf der Stirn. Sah genauso aus wie bei ihr. Also, fast genauso. Jedenfalls saß ich mit dieser Frisur im Kino und hatte meine Freude. Ich dachte mir, den schau ich mir gleich noch mal an, und bin aufgestanden, um mir was Süßes zu holen. Dann hab ich mich wieder hingesetzt und ein großes Stück von dem Riegel abgebissen, und es zieht mir einen Zahn direkt aus dem Mund. Ich hätt heulen können. Ich hatte immer gute Zähne, nicht ein fauler dabei. Ich glaub, darüber bin ich nie mehr weggekommen. Da sitz ich, im fünften Monat schwanger, will aussehen wie Jean Harlow, und mir fällt ein Zahn aus. Ab da war alles hinüber. Nichts hat mich noch interessiert. Ich hab mich nicht mehr um meine Haare gekümmert, hab mir die Haare geflochten und mich damit abgefunden, dass ich nun mal hässlich bin. Ins Kino bin ich immer noch gegangen, aber ich wurde immer garstiger. Ich wollte meinen Zahn zurück. Cholly hat sich über mich lustig gemacht, und wir fingen wieder an, uns zu prügeln. Umbringen wollt ich ihn. Er hat mich nie sehr fest geschlagen, wahrscheinlich, weil ich schwanger war, aber als das einmal angefangen hatte mit dem Prügeln, da haben wir nicht mehr aufgehört. Er hat mich mehr wütend gemacht als alles, was ich bis dahin kannte, und ich konnte die Finger nicht von ihm lassen. Ja, und als das Baby da war – ein Junge –, wurde ich wieder schwanger mit einem zweiten. Aber es war überhaupt nicht so, wie ich mir das gedacht hatte. Sicher, ich hatte sie lieb und alles, aber vielleicht lag es daran, dass kein Geld da war, oder es lag an Cholly, jedenfalls hab ich mich halbtot um sie gesorgt. Manchmal hab ich mich dabei erwischt, wie ich mit ihnen rumbrüll und sie schlage, dann taten sie mir leid, aber ich konnte es einfach nicht lassen. Als das zweite kam, ein Mädchen, da hab ich mir vorgenommen, das weiß ich noch, sie auf jeden Fall lieb zu haben, egal, wie sie aussieht. Sie sah dann aus wie 'n schwarzes Haarknäuel. Beim ersten Mal kann ich mich nicht erinnern, dass ich versucht hab, schwanger zu werden. Aber beim zweiten Mal habe ich's richtig versucht. Vielleicht ja, weil ich schon eins hatte und nicht mehr so ängstlich war. Jedenfalls ging's mir gut, und ich dachte gar nicht groß an die Belastung, nur an das Baby. Ich hab mit ihm geredet, während es noch bei mir im Bauch war. Als wären wir richtig gute Freunde, wisst ihr? Wenn ich zum Beispiel Wäsche aufgehängt habe, ich wusste ja, schwer heben ist nicht gut. Dann hab ich zu ihm gesagt, gut festhalten, ich häng nur schnell die paar Sachen auf, brauchst gar nicht rumzuhampeln, ist gleich vorbei. Und dann hat es stillgehalten. Oder wenn ich in einer Schüssel was für das andere Kind anrührte, dann hab ich auch mit ihm geredet. Einfach freundliches Geplauder. Bis zum Schluss hab ich mich gut gefühlt mit diesem Baby. Als es dann so weit war, bin ich ins Krankenhaus gegangen. Um mich nicht sorgen zu müssen. Ich wollte es nicht daheim bekommen wie den Jungen. Sie haben mich in einen großen Saal gesteckt, mit jeder Menge Frauen. Die Wehen hatten schon angefangen, waren aber noch nicht so schlimm. Ein kleiner, alter Arzt kam mich untersuchen. Er hatte alles Mögliche dabei. Er zog sich einen Handschuh über die Hand, tat eine Art Gelee drauf und rammte sie mir zwischen die Beine. Als er fertig war, kamen noch mehr Ärzte. Ein alter und mehrere junge. Der Alte brachte den Jüngeren das mit den Babys bei. Hat ihnen gezeigt, wie's gemacht wird. Als er bei mir war, sagte er, mit solchen Frauen gibt es nie Schwierigkeiten. Die gebären schnell und ohne Schmerzen. Wie Pferde. Die Jüngeren grinsten ein bisschen. Sie sahen sich meinen Bauch an, schauten mir zwischen die Beine. Sagten kein Wort zu mir. Nur einer hat mich angeschaut. Also, mir ins Gesicht geschaut. Ich hab ganz direkt zurückgeschaut. Da hat er den Blick gesenkt und wurde rot. Ich glaube, er wusste, dass ich vielleicht doch kein Pferd bin, das ein Fohlen auf die Welt bringt. Aber die anderen. Die wussten das nicht. Sie gingen weiter. Ich sah, wie sie mit den weißen Frauen redeten: «Wie geht es Ihnen denn? Werden das Zwillinge?» Sicher, nur Gerede, aber nett. Nettes, freundliches Geplauder. Ich wurde wütend und war froh, als die Schmerzen stärker wurden. Froh, an was anderes denken zu können. Und was hab ich schrecklich gestöhnt. So schlimm, wie ich tat, waren die Schmerzen gar nicht, aber ich musste den Leuten ja zeigen, dass ein Baby kriegen was anderes ist als Stuhlgang. Bei mir tat's genauso weh wie bei den weißen Frauen. Nur, weil ich nicht die ganze Zeit brülle und greine, heißt das nicht, dass ich keine Schmerzen spüre. Was glaubten die denn? Dass es mir nicht genauso sehr im Rücken reißt und zieht wie ihnen, nur, weil ich weiß, wie man ohne viel Getue ein Baby kriegt? Außerdem hatte dieser Arzt auch keine Ahnung, wovon er redet. Der hat wohl noch nie eine Stute fohlen sehen. Wer behauptet denn, die hätten keine Schmerzen? Bloß, weil sie nicht brüllen? Glauben die, wenn sie's nicht sagen kann, dann ist da auch nichts? Wenn sie ihr bloß mal in die Augen sähen, wenn sie sähen, wie sich die Augen verdrehen, wie viel Leid darin liegt, dann wüssten sie Bescheid. Na, jedenfalls, das Baby kam. Groß und rund und gesund. Es sah ganz anders aus, als ich gedacht hatte. Ich *hatte wohl so viel mit ihm geredet, dass ich's mir innerlich schon vorgestellt hab. Als ich es dann sah, war das, wie wenn man ein Foto von der eigenen Mutter als kleinem Mädchen sieht. Man weiß, wer das ist, trotzdem sieht sie ganz anders aus. Sie gaben sie mir zum Stillen, und sie wollte mir gleich fast die Brustwarze abreißen. Sie hatte es schnell raus. Nicht wie Sammy, der war schrecklich schwer zu stillen. Aber bei Pecola sah es aus, als ob sie gleich wusste, was sie machen muss. Sie war ein richtig schlaues Baby. Ich hab ihr immer gerne zugeschaut. Wisst ihr, diese gierigen Geräusche, die sie dann machen? Und so sanfte, feuchte Augen. Eine Mischung aus Welpe und Sterbendem. Aber ich wusste gleich, sie war hässlich. Viel schönes Haar auf dem Kopf, aber, Lord, war sie hässlich.»*

Sammy und Pecola waren noch klein, als Pauline wieder arbeiten gehen musste. Sie war jetzt älter, hatte keine Zeit mehr für Träume und Filme. Sie musste sich daranmachen, die einzelnen Teile zusammenzufügen, Zusammenhänge zu schaffen, wo zuvor keine gewesen waren. Dieses Bedürfnis weckten die Kinder in ihr; sie selbst war kein Kind mehr. Und so begann sie zu werden, und dieses Werden vollzog sich wie bei fast allen von uns: Sie entwickelte einen Hass auf die Dinge, die sie vor Rätsel stellten oder ihr den Weg versperrten; legte sich Tugenden zu, an denen sich leicht festhalten ließ; gab sich selbst eine Rolle in dieser Weltordnung und fand Erfüllung, indem sie leichtere Tage wieder aufleben ließ.

Sie nahm alle Verantwortung und Würdigung der Hauptverdienerin auf sich und ging wieder in die Kirche. Zuallererst aber zog sie aus den beiden Zimmern in das geräumige Erdgeschoss eines Hauses, das ursprünglich als Ladenlokal gedacht gewesen war. Vor den Frauen, die sie verachtet hatten, behauptete sie sich, indem sie moralischer war als sie; Cholly zahlte sie es heim, indem sie ihn zwang, sich in genau den Schwächen zu suhlen, die sie verachtete. Sie schloss sich einer Gemeinde an, in der laute Glaubensäußerungen verpönt waren, übernahm Aufgaben im Kirchenvorstand und wurde Mitglied des führenden Ladies Circle. Im Gebetskreis klagte und jammerte sie über Chollys Schlechtigkeit und erhoffte sich Hilfe von Gott dabei, ihre Kinder vor den Sünden des Vaters zu bewahren. Sie sagte jetzt nicht mehr *chil'ren*, sondern *childring*. Sie ließ einen weiteren Zahn herausfallen und empörte sich über die angemalten Frauen, die nur Kleider und Männer im Kopf hatten. Sie hielt Cholly als leuchtendes Beispiel für Sünde und Versagen hoch, trug ihn wie eine Dornenkrone und ihre Kinder wie ein Kreuz.

Zu ihrem Glück fand sie eine feste Stelle im Haus einer gut betuchten Familie, deren Mitglieder herzlich, dankbar und großzügig waren. Sie sah, wie sie wohnten, roch an ihrer Bettwäsche, berührte ihre seidenen Vorhänge und fand das alles wunderbar. Das rosa Nachthemd des Kindes, die vielen weißen Kopfkissenbezüge mit den bestickten Rändern, die Laken, deren oberer Saum mit blauen Kornblumen verziert war. Sie wurde zur idealen Hausangestellten, denn diese Rolle erfüllte fast alle ihre Bedürfnisse. Wenn sie die kleine Tochter der Fishers badete, tat sie das in einer Porzellanwanne mit silbernen

Hähnen, aus denen in endlosen Mengen heißes, sauberes Wasser floss. Sie trocknete die Kleine mit weichen, weißen Badetüchern ab und steckte sie in kuschelige Nachthemden. Dann kämmte sie ihr das blonde Haar, genoss, wie glatt es ihr durch die Finger glitt. Keine Zinkwanne, keine Eimer mit Wasser, das auf dem Herd erhitzt worden war, keine harten, nicht mehr weißen Handtücher voller Flusen, die in der Küchenspüle gewaschen und im staubigen Hof getrocknet wurden, keine wirren, schwarzen Wollknäuel, die es auszukämmen galt. Bald hörte sie auf, ihr eigenes Heim in Ordnung zu halten. Die wenigen Dinge, die sie sich leisten konnte, hatten keinen Bestand, waren weder schön noch schick und gingen unter in dem schmuddeligen Ladenlokal. Mehr und mehr vernachlässigte sie ihre Wohnung, ihre Kinder, ihren Mann – sie glichen den Gedanken, die einem kurz vorm Einschlafen noch kommen, bildeten die frühmorgendlichen und spätabendlichen Ränder um ihre Tage, dunkle Ränder, die ihren Alltag bei den Fishers umso lichter, zarter, lieblicher erscheinen ließen. Hier konnte sie Dinge sortieren, säubern, ordentlich aufreihen. Hier schlug ihr Fuß nur auf dicke Teppichböden, und es gab kein ungleiches Geräusch. Hier fand sie Schönheit, Ordnung, Sauberkeit und Lob. «Ich glaube, ihren Blaubeerauflauf könnte ich leichter verkaufen als meine Immobilien», sagte Mr. Fisher. Sie herrschte über Schränke, in denen sich Essensvorräte stapelten, die für Wochen, sogar Monate reichen würden; sie war die Königin der kistenweise gekauften Gemüsekonserven, der besonders edlen Fondants und Bonbons, die in silbernen Schälchen ruhten. Händler und Handwerker, die sie niedermachten, wenn sie sie mit eigenen Anliegen aufsuchte, behandelten sie mit Respekt, waren sogar etwas eingeschüchtert, wenn sie für die Fishers sprach. Das Rindfleisch, das ein wenig dunkel und an den Rändern nicht sorgfältig genug beschnitten war, wies sie zurück. Den schon leicht riechenden Fisch, den sie für ihre eigene Familie klaglos genommen hätte, schleuderte sie dem Fischhändler förmlich ins Gesicht, wenn er ihn zu den Fishers lieferte. In diesem Haushalt gebührten ihr Macht, Lob und Luxus. Und sie bekam sogar, was sie nie im Leben gehabt hatte – einen Spitznamen: Polly. Es war ihr eine Freude, abends in ihrer Küche zu stehen und ihr Werk zu bewundern. Im Wissen, dass dutzendweise Seife und scheibenweise Speck vorrätig war, berauscht von den glänzenden Töpfen und Pfannen und dem frisch gewischten Boden. Und im Ohr: «Wir geben sie nie mehr her. Jemanden wie Polly finden wir kein zweites Mal. Nie geht sie aus der Küche, bevor nicht alles in bester Ordnung ist. Sie ist wirklich die ideale Hausangestellte.»

Pauline behielt diese Ordnung, diese Schönheit für sich, als ihre persönliche Welt, und übertrug nichts davon auf ihren Laden oder auf ihre Kinder. Die erzog sie auf Anstand hin und lehrte sie damit Angst: Angst, tollpatschig zu sein, Angst, wie ihr Vater zu werden, Angst, von Gott nicht geliebt zu werden, Angst, wahnsinnig zu werden wie Chollys Mutter. Ihrem Sohn prügelte sie den lauten Wunsch ein, wegzulaufen, ihrer Tochter eine Angst vor dem Erwachsenwerden, eine Angst vor anderen Menschen, eine Angst vor dem Leben.

Allen Sinn ihres eigenen Lebens fand sie in der Arbeit.

Denn ihre Tugenden blieben intakt. Sie war in ihrer Kirchengemeinde aktiv, trank, rauchte und schlemmte nicht, wehrte sich heftig gegen Cholly, erhob sich in jeder Hinsicht über ihn und meinte, ihre Mutterrolle gewissenhaft zu erfüllen, indem sie den beiden die Fehler des Vaters aufzeigte, damit sie nicht die gleichen entwickelten, oder sie bestrafte sie, wenn sie auch nur die kleinste Schlamperei begingen, während sie selbst zwölf bis sechzehn Stunden am Tag schuftete, um sie zu ernähren. Und die Welt war ganz ihrer Meinung.

Nur manchmal, manchmal und auch dann nur selten, dachte sie an die alten Zeiten zurück oder auch daran, was aus ihrem Leben geworden war. Es waren bloße Grübeleien, müßige Gedanken, oft noch von der alten Verträumtheit erfüllt, jedoch nichts, womit sie gewillt war sich länger zu befassen.

«Einmal war ich drauf und dran, ihn zu verlassen, aber dann kam was dazwischen. Einmal, nachdem er versucht hatte, das Haus anzuzünden, war ich im Kopf fest entschlossen zu gehen. Ich weiß schon gar nicht mehr, was mich abgehalten hat. Ein besonderes Leben hat er mir schließlich nicht geboten. Aber es war auch nicht alles nur schlecht. Manchmal war es wirklich gar nicht schlecht. Manchmal hat er sich zu mir ins Bett gelegt und war nicht so betrunken. Ich hab dann getan, als ob ich schlafe, weil es schon spät war und er mir am Morgen drei Dollar aus dem Portemonnaie geklaut hat oder so was. Ich höre ihn atmen, dreh mich aber nicht um. Vor meinem inneren Auge seh ich seine Schwarzen Arme, die er über den Kopf gestreckt hat, seine Muskeln wie

große, glatt polierte Pfirsichkerne, die Adern, die sich wie kleine, randvolle Flüsse über die Arme ziehen. Ohne ihn anzufassen, spür ich diese Stränge vorn an meinen Fingern. Ich sehe seine Handflächen mit den granitharten Schwielen und die langen Finger, eingerollt jetzt und still. Ich denke an die dichten, knotigen Haare auf seiner Brust und an die zwei großen Wölbungen, die seine Brustmuskeln machen. Ich will die Wange fest an seiner Brust reiben und spüren, wie mir die Haare da an der Haut scheuern. Ich weiß genau, wo der Haarwuchs nachlässt – direkt über dem Nabel – und wie er dann wieder anfängt und breiter wird. Vielleicht bewegt er sich dann ja ein bisschen, und sein Bein berührt meins, oder ich spür, wie seine Flanke ganz leicht meinen Hintern streift. Auch jetzt bewege ich mich noch nicht. Dann hebt er den Kopf, dreht sich um und legt mir die Hand auf die Taille. Wenn ich stillhalte, schiebt er die Hand rüber und zieht und knetet meinen Bauch. Ganz sachte und langsam. Ich rühre mich immer noch nicht, weil ich nicht will, dass er aufhört. Ich stelle mich schlafend, und er soll mir weiter den Bauch reiben. Aber dann senkt er den Kopf und beißt mir in die Brust. Und ich will nicht mehr, dass er mir den Bauch reibt. Ich will, dass er mir die Hand zwischen die Beine schiebt. Ich tu, als würd ich aufwachen, und dreh mich zu ihm um, halte die Beine aber noch zusammen. Ich will, dass er sie auseinanderschiebt. Das macht er, und ich bin weich und feucht an seinen starken, harten Fingern. Weicher, als ich je gewesen bin. Meine ganze Kraft ist in seiner Hand. Mein Denken rollt sich ein wie welke Blätter. Meine Hände fühlen sich komisch leer an. Ich will etwas festhalten, also halte ich seinen Kopf. Sein Mund unter meinem Kinn. Dann will ich seine Hand nicht mehr zwischen den Beinen haben, weil ich glaube, dass ich sonst wegschmelze. Ich mache die Beine ganz weit, und er liegt auf mir. Zu schwer, um ihn zu halten, und zu leicht, um es nicht zu tun. Er steckt sein Ding in mich. In mich. In mich. Ich schlinge die Füße um seinen Rücken, damit er nicht wegkann. Sein Gesicht liegt neben meinem. Die Bettfedern hören sich an wie die Grillen damals daheim. Er verschränkt die Finger mit meinen, und wir strecken beide die Arme nach außen weg wie Jesus am Kreuz. Ich halte mich fest. Mit den Fingern und den Füßen halte ich mich fest, denn alles andere vergeht, vergeht. Ich weiß, er will, dass ich zuerst komme. Aber das kann ich nicht. Erst, wenn er kommt. Erst, wenn ich spüre, dass er mich liebt. Nur mich. Dass er in mich reinsinkt. Erst, wenn ich weiß, dass er nichts mehr im Kopf hat, außer mein Fleisch. Dass er nicht mehr aufhören kann, selbst, wenn er müsste. Dass er lieber sterben würde, als sein Ding wieder aus mir zu ziehen. Aus mir. Erst, wenn er alles loslässt, was er hat, und es mir gibt. Mir. Mir. Macht er das, dann fühle ich Macht. Dann bin ich stark, dann bin ich schön, dann bin ich jung. Und dann warte ich. Er zittert und wirft den Kopf zurück. Jetzt bin ich stark genug, schön genug und jung genug, damit er mich kommen lassen kann. Ich zieh die Finger aus seinen und leg ihm die Hände auf den Hintern. Meine Beine sinken zurück aufs Bett. Ich mache keinen Laut, damit die Kinder nichts hören. Dann spür ich allmählich, wie kleine Stückchen Farbe in mir aufsteigen – tief in mir. Der Streifen Grün aus Leuchtkäferlicht, das Lila von den Beeren sickert mir die Schenkel entlang, Mamas Limonadengelb durchläuft mich süß. Dann fühlt es sich an wie Lachen zwischen den Beinen, und dieses

Lachen mischt sich in all die Farben, und ich habe Angst, dass ich komme, und Angst, dass ich nicht komme. Aber ich weiß, ich werde. Und dann komme ich. Und es ist ein ganzer Regenbogen in mir. Und es dauert, dauert, dauert. Ich will mich bei ihm bedanken, aber ich weiß nicht, wie, darum tätschle ich ihn einfach, wie ein Baby. Er fragt mich, ob's mir gut geht. Ich sage ja. Er rollt von mir runter, legt sich hin und schläft. Ich will noch was sagen, mach's aber nicht. Ich will meine Gedanken nicht von dem Regenbogen ablenken. Eigentlich müsst ich aufstehen und zur Toilette gehen, mach's aber nicht. Außerdem ist Cholly mit einem Bein auf mir eingeschlafen. Ich kann mich nicht rühren und will's auch gar nicht.

Aber so ist das nicht mehr. Jetzt fuhrwerkt er meistens schon in mir rum, bevor ich wach bin, und wenn ich's bin, ist er längst durch. Den Rest der Zeit ertrag ich seinen stinkenden Trinkerkörper kaum neben mir. Aber das kümmert mich nicht mehr. Mein Schöpfer wird für mich sorgen. Ich weiß, er wird. Ich weiß, er wird. Außerdem ist das hier auf dieser alten Erde sowieso egal. Einmal kommt ganz sicher die Herrlichkeit. Nur manchmal vermiss ich den Regenbogen. Aber wie gesagt, oft denk ich nicht mehr dran.»

DAISTVATERERISTGROSSUNDSTARK
SPIELSTDUMITJANEVATER
VATERLÄCHELTLÄCHLEVATER
LÄCHLELÄCHLE

Als Cholly vier Tage alt war, wickelte seine Mutter ihn in zwei Decken und eine Zeitung und legte ihn auf den Müllhaufen bei den Gleisen. Seine Großtante Jimmy, die gesehen hatte, wie ihre Nichte mit dem Bündel durch die Hintertür verschwand, holte ihn zurück. Sie verdrosch seine Mutter mit dem Streichriemen und ließ sie nicht mehr in die Nähe des Säuglings. Aunt Jimmy zog Cholly allein auf, und manchmal hatte sie ihre Freude daran, ihm zu erzählen, wie sie ihn gerettet hatte. Von ihr erfuhr er, dass seine Mutter nicht ganz richtig im Kopf war. Doch er bekam nie die Möglichkeit, sich selbst ein Bild zu machen, denn kurz nach der Sache mit dem Streichriemen lief sie fort, und niemand hörte je wieder von ihr.

Cholly war dankbar, gerettet worden zu sein. Nur manchmal nicht. Manchmal, wenn er Aunt Jimmy den Kohl mit den Fingern essen sah, sie an ihren vier Goldzähnen zuzeln hörte oder das Säckchen mit dem Teufelsdreck roch, das sie manchmal um den Hals trug, oder wenn sie ihn im Winter neben sich schlafen ließ, um es wärmer zu haben, und er ihre alten, runzligen Brüste unter dem Nachthemd hängen sah – dann dachte er sich, er hätte ebenso gut dort sterben können. In der Felge eines alten Autoreifens unter dem sanften, schwarzen Himmel von Georgia.

Er war schon vier Jahre zur Schule gegangen, ehe er

den Mut aufbrachte, seine Tante zu fragen, wer sein Vater war und wo er steckte.

«Dieser junge Fuller war's, würd ich mal vermuten», sagte seine Tante. «Der trieb sich damals ständig hier rum, aber als du dann kamst, hat er sich ziemlich plötzlich aus dem Staub gemacht. Nach Macon ist er gegangen, glaub ich. Entweder er oder sein Bruder. Vielleicht auch beide. Hab den alten Fuller mal davon erzählen hören.»

«Und wie heißt er?», fragte Cholly.

«Fuller, Holzkopf.»

«Nein, ich mein, wie ist sein Taufname?»

«Oh.» Zum Nachdenken machte sie die Augen zu und seufzte. «Mir fällt auch gar nichts mehr ein. Sam vielleicht? Ja. Samuel. Nein. Nein, das stimmt nicht. Samson war's. Samson Fuller.»

«Warum habt ihr mich dann nicht Samson genannt?» Chollys Stimme war leise.

«Wozu denn? Als du kamst, war er ja schon nicht mehr da. Deine Mama hat dir keinen Namen gegeben. Die neun Tage waren noch nicht rum, da hat sie dich schon auf den Müll geworfen. Und als ich dich gekriegt hab, da hab ich dich am neunten Tag selbst getauft. Du heißt nach meinem toten Bruder. Charles Breedlove. Ein guter Mann. Und mit keinem Samson hat's je ein gutes Ende genommen.»

Cholly fragte nicht weiter.

Zwei Jahre später ging er von der Schule ab, um bei Tyson's Feed and Grain Store zu arbeiten. Er fegte, machte Botengänge, wog die Säcke ab und hievte sie aufs Fuhrwerk. Manchmal ließen sie ihn beim Kutscher mitfahren.

Ein netter, alter Bursche mit Namen Blue Jack. Blue erzählte ihm alte Geschichten von damals, als die Emanzipationsproklamation endlich kam. Wie die Schwarzen johlten, weinten und sangen. Und Geistergeschichten von einem Weißen, der seiner Frau den Kopf abgeschnitten und sie im Sumpf versenkt hatte, doch dann kam ihr kopfloser Körper nachts heraus, stolperte im Hof herum, warf alles um, weil er ja nichts sehen konnte, und greinte die ganze Zeit nach einem Kamm. Sie redeten auch von den Frauen, die Blue gehabt hatte, und von den Schlägereien, in die er in jüngeren Jahren verwickelt gewesen war, davon, wie er sich einmal vom Gelynchtwerden freigequatscht hatte und wie das anderen nicht gelungen war.

Cholly liebte Blue. Noch als er längst ein Mann war, erinnerte er sich daran, wie schön sie es immer gehabt hatten. An das eine Mal, als an einem 4. Juli beim Picknick vor der Kirche eine Familie eine Wassermelone zerschmetterte. Mehrere Kinder hatten sich versammelt, um zuzuschauen. Blue stand am Rand des Kreises, das Gesicht weich von einem leisen, erwartungsvollen Lächeln. Der Familienvater hob die Melone hoch über den Kopf – für Cholly ragten seine langen Arme höher empor als die Bäume, und die Melone löschte die Sonne aus. Groß, mit vorgerecktem Kopf, den Blick auf einen Stein geheftet, die Arme höher als die Kiefern, in den Händen eine Melone, die größer war als die Sonne, so hielt er einen Augenblick lang inne, um sich zu sammeln und sein Ziel ins Auge zu fassen. Als Cholly diese Gestalt sah, die sich da vor dem hellen, blauen Himmel abhob, spürte er Gänsehaut an Hals und Armen. Er überlegte, ob so wohl Gott aussah. Nein. Gott war ein netter alter weißer Mann, mit langem weißem Haar, einem wallenden weißen Bart und kleinen blauen Äuglein, die traurig schauten, wenn jemand starb, und böse, wenn jemand sich schlecht benahm. Wer so aussah, musste wohl der Teufel sein – die Welt in Händen, drauf und dran, sie zu Boden zu schleudern, sodass ihre roten Eingeweide herausquollen, damit alle Schwarzen ihr süßes, warmes Innenleben verspeisen konnten. Wenn der Teufel tatsächlich so aussah, dann war er Cholly lieber. Beim Gedanken an Gott hatte er nie etwas empfunden, doch die bloße Idee vom Teufel begeisterte ihn. Und nun löschte dieser starke, Schwarze Teufel hier die Sonne aus und machte sich bereit, die Welt in Stücke zu schlagen.

Weit weg spielte jemand Mundharmonika; die Klänge schlängelten sich über die Zuckerrohrfelder hinein in den Pinienwald; sie wanden sich um die Stämme und mischten sich in den Kieferndurft, bis Cholly nicht mehr zwischen Tönen und Geruch unterscheiden konnte, was beides über den Köpfen der Leute hing.

Der Mann ließ die Melone auf den Steinrand niedergehen. Ein leiser Aufschrei der Enttäuschung begleitete das Geräusch der platzenden Frucht. Es war ein schlechter Schlag gewesen. Die Melone war schartig, Bröckchen aus Schale und rotem Fleisch landeten ringsherum im Gras.

Blue sprang auf. «Ooooooch», klagte er, «da liegt das Herz.» Seine Stimme klang traurig und freudig zugleich. Alle schauten hin und sahen den großen roten Klumpen aus der Mitte der Melone, ganz ohne Schale und nahezu ohne Kerne, der Blue fast vor die Füße gekollert war. Er bückte sich danach. Blutrot, die glatten Flächen matt und stumpf vor lauter Süße, die Ränder starr von Saft. Zu aufdringlich, beinahe schamlos in dem Genuss, den er versprach.

«Na, nimm schon, Blue», sagte der Vater lachend. «Kannst es haben.»

Blue entfernte sich lächelnd. Die Kinder sammelten die Stückchen vom Boden auf. Die Frauen klaubten für die Kleinsten die Kerne heraus und brachen sich selbst kleine Stückchen Fruchtfleisch ab. Blues Blick fing den von Cholly auf. Er winkte ihn heran. «Komm, Junge. Wir zwei essen das Herz.»

Und der alte Mann und der Junge setzten sich gemeinsam ins Gras und teilten sich das Herz der Wassermelone. Die widerlich-süßen Eingeweide der Erde.

Es war Frühling, ein ausgesprochen kalter Frühling, als Aunt Jimmy am Pfirsichauflauf starb. Gleich nach einem Platzregen war sie zum Freiluftgottesdienst gegangen, und die feuchten Holzbänke hatten ihr nicht gutgetan. Danach war sie vier, fünf Tage hinfällig. Ihre Freundinnen kamen, um nach ihr zu sehen. Manche brühten Kamillentee für sie auf; andere rieben sie mit Tinkturen ein. Miss Alice, ihre engste Freundin, las ihr aus der Bibel vor. Dennoch ging es weiter mit ihr bergab. Die Ratschläge waren so zahlreich wie widersprüchlich.

«Iss kein Eiweiß.»

«Trink viel frische Milch.»

«Kau diese Wurzel hier.»

Aunt Jimmy hielt sich an nichts davon, bis auf Miss

Alice' Bibellesungen. In schläfriger Wertschätzung nickte sie zu den Worten des Ersten Briefes an die Korinther, die über sie hinwegleierten. Ein ums andere Mal kam ihr ein süßes Amen über die Lippen, während sie für all ihre Sünden gescholten wurde. Doch ihr Körper reagierte nicht.

Schließlich wurde beschlossen, M'Dear zu holen. M'Dear war eine stille Frau, die eine Hütte am Waldrand bewohnte. Sie war eine fähige Hebamme und entschieden in ihren Diagnosen. Nur wenige konnten sich an Zeiten erinnern, in denen M'Dear nicht da gewesen wäre. Bei allen Erkrankungen, denen mit den üblichen Mitteln – erprobten Arzneien, Gespür und Durchhaltevermögen – nicht beizukommen war, hieß es jedes Mal: «Holen wir M'Dear.»

Als sie bei Aunt Jimmy eintraf, versetzte ihr Anblick Cholly in Staunen. Er hatte sie sich immer gebeugt und hutzelig vorgestellt, denn er wusste ja, dass sie sehr, sehr alt war. Doch M'Dear überragte sogar den Prediger, der sie begleitete. Sie musste über eins achtzig groß sein. Vier dicke weiße Haarknoten verliehen ihrem weichen, Schwarzen Gesicht Macht und Autorität. Schnurgerade stand sie da, und ihren Hickorystab brauchte sie wohl weniger zur Stütze als vielmehr zur Verständigung. Sie klopfte leicht damit auf den Boden, während sie in Aunt Jimmys faltiges Gesicht blickte. Strich mit dem Daumen der rechten Hand über den Knauf, während sie die linke über Aunt Jimmys Körper gleiten ließ. Erst legte sie der Patientin die Rückseiten ihrer langen Finger an die Wange, dann legte sie ihr die Handfläche auf die Stirn.

Sie fuhr der Kranken mit den Fingern ins Haar, kratzte leicht über die Kopfhaut und sah sich dann an, was ihre Fingernägel offenbarten. Sie hob Aunt Jimmys Hand an und betrachtete sie eingehend – die Nägel, die Haut am Rücken, die fleischige Handfläche, in die sie drei Finger drückte. Später legte sie Aunt Jimmy das Ohr an Brust und Bauch, um zu horchen. Auf M'Dears Bitten hin zogen die Frauen den Nachttopf unter dem Bett hervor und zeigten ihr den Inhalt. Während M'Dear ihn begutachtete, klopfte sie weiter mit ihrem Stock.

«Vergrabt den Nachttopf mit allem, was drin ist», sagte sie zu den Frauen. Und zu Aunt Jimmy sagte sie: «Du hast dir den Unterleib verkühlt. Trink Gemüsesud und nimm sonst nichts zu dir.»

«Geht das weg?», fragte Aunt Jimmy. «Komm ich wieder auf die Beine?»

«Denk ich doch.»

Und M'Dear wandte sich ab und ging aus dem Zimmer. Der Prediger ließ sie in seinen Pferdewagen steigen und fuhr sie nach Hause.

Abends brachten die Frauen große Schüsseln mit Gemüsesud aus Kuhbohnen, Mustard Greens, Weiß- und Grünkohl, aus Blattkohl, aus Rüben, Roter Bete, grünen Bohnen. Sogar den Saft einer gekochten Schweinebacke.

Zwei Abende später hatte Aunt Jimmy viel von ihrer Kraft zurückgewonnen. Miss Alice und Mrs. Gaines, die vorbeikamen, um nach ihr zu sehen, bemerkten die Besserung sofort. Die drei Frauen saßen beisammen und besprachen die verschiedenen Elendigkeiten, die sie bereits erlebt hatten, die Linderungen und Gegenmittel und was davon hilfreich gewesen war. Immer und immer wieder kamen sie auch auf Aunt Jimmys Zustand zurück. Beschworen wiederholt seine Ursache, wie er sich hätte verhindern lassen, und M'Dears Unfehlbarkeit. Ihre Stimmen verschmolzen zu einem Klagelied der Nostalgie vergangener Schmerzen. Ansteigend, abfallend, komplex in der Harmonie, unsicher in der Tonlage und doch beständig im Rezitativ des Schmerzes. Die Erinnerung an Krankheiten drückten sie innig an die Brust. Sie leckten sich die Lippen und schnalzten mit der Zunge im zärtlichen Gedenken an ertragene Schmerzen – Geburten, Rheumatismus, Krupphusten, verstauchte Glieder, Rückenweh, Hämorrhoiden. All die Schrammen, die sie sich auf dem Weg durch diese Welt zugezogen hatten – beim Ernten, Putzen, Heben, Werfen, Bücken, Knien, Pflücken –, und ständig die Kinder zwischen den Füßen.

Aber auch sie waren einmal jung gewesen. Der Geruch ihrer Achselhöhlen und Lenden hatte sich zum betörenden Moschusaroma vermischt; ihr Blick war scheu gewesen, ihre Lippen locker, und die zarten Wendungen ihrer Köpfe auf den schmalen, Schwarzen Hälsen rehgleich. Ihr Lachen war mehr Berührung gewesen als Klang.

Dann waren sie herangewachsen. Hatten sich durch die Hintertür hinein ins Leben geschoben. Machten sich ans Werden. Alle Welt war in der Position, sie herumzukommandieren. Weiße Frauen sagten: «Mach dies.» Weiße Kinder sagten: «Gib mir das.» Weiße Männer sagten: «Komm her.» Schwarze Männer sagten: «Leg dich hin.» Nur von zwei Sorten Mensch brauchten sie sich nichts befehlen zu lassen: von Schwarzen Kindern und voneinander. Aber sie nahmen das alles hin und schufen es neu, nach ihrem eigenen Bild. Sie führten den Weißen den Haushalt und wussten das ganz genau. Wenn ein weißer Mann ihren Mann verprügelte, wischten sie das Blut weg und gingen dann nach Hause, um sich vom Opfer misshandeln zu lassen. Sie schlugen ihre Kinder mit der einen Hand und stahlen mit der anderen für sie. Die Hände, die Bäume fällten, durchschnitten auch Nabelschnüre, die Hände, die Hühnern den Hals umdrehten und Schweine schlachteten, brachten auch Afrikanische Veilchen zum Erblühen; die Arme, die Garben, Heuballen und Säcke schleppten, wiegten auch Babys in den Schlaf. Sie formten den Biscuit-Teig zu mürben Ovalen der Unschuld – und deckten die Toten zu. Sie schufteten den ganzen Tag und kamen abends heim, um sich wie Pflaumen unter die Glieder ihrer Männer zu schieben. Die Beine, die sich um den Rücken des Maultiers schlossen, schlangen sich auch um die Hüften ihrer Männer. Und dieser Unterschied war auch schon der einzige.

Dann waren sie alt. Der Körper schrumpelig, der Geruch sauer geworden. In der Hocke auf dem Zuckerrohrfeld, gebeugt zwischen Baumwollpflanzen, kniend am Flussufer trugen sie eine ganze Welt auf dem Kopf. Sie hatten ihre Kinder dem eigenen Leben überlassen und ihre Enkelkinder umsorgt. Erleichtert hüllten sie ihren Kopf jetzt in Lumpen und ihre Brust in Flanellstoff; sie ließen die Füße im Filz versinken. Mit Begierde und Milchbildung waren sie fertig, weit über Tränen und Ängste hinaus. Sie allein konnten die Straßen von Mississippi, die Wege von Georgia, die Felder von Alabama unbehelligt durchwandern. Sie waren alt genug, um sich zu ärgern, wann und wo sie wollten, erschöpft genug, um sich auf den Tod zu freuen, unbeteiligt genug, um sich mit der Idee von Schmerzen abzufinden und zugleich jeden gegenwärtigen Schmerz zu ignorieren. Sie waren, tatsächlich und endlich, frei. Und das ganze Leben dieser alten Schwarzen Frauen vereinigte sich in ihren Augen – eine Melange aus Tragik und Humor, Bosheit und Seelenruhe, Wahrheit und Phantasie.

Sie schwatzten bis tief in die Nacht. Cholly hörte ihnen zu und wurde schläfrig. Ihr Wiegenlied des Grams hüllte ihn ein, schaukelte ihn und betäubte ihn schließlich. Und während er schlief, wurde der üble Geruch der Ausscheidungen einer alten Frau zum herzhaften Duft von Pferdeäpfeln, und die Stimmen der drei Frauen verklangen zur erbaulichen Melodie einer Mundharmonika. Im Schlaf war er sich bewusst, dass er zusammengerollt in einem Sessel lag, die Hände zwischen den Schenkeln. Sein Penis wurde im Traum zum langen Hickorystock, und die Hände, die ihn liebkosten, waren die Hände von M'Dear.

An einem verregneten Samstagabend, als Aunt Jimmy sich noch nicht wieder stark genug fühlte, um aufzustehen, brachte Essie Foster ihr einen Pfirsichauflauf. Die alte Frau aß ein Stück davon, und als Cholly am nächsten Morgen ihren Nachttopf leeren wollte, war sie tot. Ihr Mund war ein schlaffes O, und ihre Hände, diese langen Finger mit den harten Nägeln eines Mannes, hatten ihr Werk getan und konnten jetzt geziert auf dem Laken ruhen. Ein offenes Auge schaute ihn an, als wollte es sagen: «Halt den Topf mal bloß gut fest, Junge.» Cholly blickte starr zurück, nicht fähig, sich zu rühren, bis sich eine Fliege auf ihren Mundwinkel setzte. Die scheuchte er zornig weg, dann blickte er wieder in das Auge und tat, was es ihm auftrug.

Aunt Jimmys Begräbnis war das erste in Chollys Leben. Als Angehöriger und einer der Hinterbliebenen war er Gegenstand einiger Aufmerksamkeit. Die Frauen hatten das Haus geputzt, alles gelüftet, alle benachrichtigt und ein Kleid für Aunt Jimmy zurechtgestichelt, eine Art weißes Brautkleid, das die jungfräuliche Dame bei ihrem ersten Zusammentreffen mit Jesus tragen sollte. Sogar einen dunklen Anzug, ein weißes Hemd und eine Krawatte für Cholly zauberten sie herbei. Der Mann der einen schnitt ihm die Haare. Er war von penibelster Zärtlichkeit umgeben. Kein Mensch redete mit ihm, sprich: alle behandelten ihn wie das Kind, das er war, und fingen keine ernsthaften Gespräche mit ihm an; doch sie lasen ihm Wünsche von den Augen ab, die er gar nicht hatte: Mahlzeiten wurden vor ihn hingestellt, die Holzwanne mit heißem Wasser gefüllt, Kleidung für ihn zurechtgelegt. Bei der Totenwache durfte er irgendwann einschlafen, und dann waren Arme da, die ihn ins Bett trugen. Erst am dritten Tag nach ihrem Tod – dem Tag des Begräbnisses – musste er sich das Rampenlicht teilen. Aunt Jimmys Verwandte rückten von umliegenden Orten und Höfen an. Ihr Bruder O. V., dessen Frau und Kinder sowie etliche Cousins. Trotzdem blieb Cholly die Hauptperson, denn er war ja «Jimmys Junge, das Letzte, was sie im Leben geliebt hat», und «der, der sie tot gefunden hat».

Die Fürsorglichkeit der Frauen, die Männer, die ihm den Kopf tätschelten, all das gefiel Cholly, und von den sämigen Gesprächen war er wie gebannt.

«Woran ist sie denn gestorben?»

«An Essies Auflauf.»

«Im Ernst?»

«M-hm. Ging ihr bestens, ich war ja noch bei ihr, genau an dem Tag. Sie meinte noch, ich soll ihr schwarzes Garn mitbringen, damit sie für den Jungen was stopfen kann. Ich hätt's wissen müssen, dass sie schwarzes Garn will, das war ein Zeichen.»

«Auf jeden Fall.»

«Wie bei Emma. Wisst ihr noch? Die hat auch nach Garn gefragt. Und am selben Abend fiel sie tot um.»

«Ja. Na, sie wollte es jedenfalls unbedingt. Hat mich mehrmals dran erinnert. Ich sag zu ihr, ich hab noch welches daheim, aber nein, sie wollte neues. Also hab ich Li'l June losgeschickt, um's für sie zu besorgen, genau an dem Morgen, als sie schon tot war. Wollt's ihr eben rüberbringen, mit einem Stück Kastenkuchen. Ihr wisst ja, wie gern sie meinen Kastenkuchen gegessen hat.»

«Und ob, und hat ihn auch immer über den grünen Klee gelobt. Sie war dir eine gute Freundin.»

«Ja, das glaub ich auch. Jedenfalls hatte ich mich grad angezogen, da kommt Sally reingestürmt und ruft, Cholly hier wär eben drüben bei Miss Alice gewesen und hätte ihr erzählt, dass sie tot ist. Hat mich umgehauen, kann ich euch sagen.»

«Und Essie fühlt sich sicher richtig schlecht.»

«Oh, Lord, ja. Aber ich hab ihr schon gesagt, der Herr

hat's gegeben, der Herr hat's genommen. Sie kann nichts dafür. Sie macht guten Pfirsichauflauf. Aber ist ja klar, dass sie denkt, es war der Auflauf, und ich fürchte, da hat sie auch recht.»

«Na, sie soll sich's nicht so zu Herzen nehmen. Sie hat nur getan, was wir alle getan hätten.»

«Stimmt. Ich war ja auch schon dabei, den Kuchen einzupacken, der hätt's also genauso gut sein können.»

«Glaub ich nicht. Kastenkuchen ist ja ganz klar und rein. Aber so ein Auflauf ist das Schlimmste, was man einer Kranken geben kann. Wundert mich, dass Jimmy das nicht selber wusste.»

«Wenn sie's wusste, dann hat sie sich's nicht anmerken lassen. Sie hätt einfach probiert, um nett zu sein. Ihr wisst ja, wie sie war. So 'n guter Mensch.»

«Allerdings. Hat sie was hinterlassen?»

«Nicht mal 'n Taschentuch. Das Haus gehört irgendwelchen Weißen in Clarksville.»

«Ach? Ich dachte, das gehört ihr.»

«Irgendwann früher vielleicht mal. Aber längst nicht mehr. Hab gehört, die von der Versicherung waren schon da, um mit ihrem Bruder zu reden.»

«Auf wie viel kommt die denn?»

«Fünfundachtzig Dollar, hab ich gehört.»

«Mehr nicht?»

«Kommt sie damit überhaupt unter die Erde?»

«Ich wüsste nicht, wie. Als voriges Jahr im April mein Vater gestorben ist, da hat das einhundertfünfzig Dollar gekostet. Aber bei uns musste natürlich auch alles vom Besten sein. Jimmys Verwandtschaft wird wohl einspringen müssen. Dieser Bestatter, der auch Schwarze aufbahrt, ist nicht der Billigste.»

«Ist doch eine Schande. Sie hat ihr Leben lang in die Versicherung eingezahlt.»

«Wem sagst du das?»

«Ja, und der Junge? Was soll aus dem werden?»

«Na, die Mutter ist ja nicht zu finden, also wird Jimmys Bruder ihn wohl zu sich nehmen. Es heißt ja, er hat ein schönes Haus. Innentoilette und alles.»

«Schön. Wirkt ja auch wie 'n guter Christenmensch. Und der Junge braucht eine starke Männerhand.»

«Wann ist das Begräbnis?»

«Um zwei. Gegen vier müsste sie unter der Erde sein.»

«Und wo findet das Essen statt? Hab gehört, Essie will's bei sich ausrichten.»

«Nein, das ist bei Jimmy im Haus. Hat der Bruder so gewollt.»

«Na, wird sicher eine große Sache. Die alte Jimmy mochten doch alle. Mir wird sie sehr fehlen in der Kirche.»

Der Leichenschmaus war ein helles Freudengeläut nach der donnernden Pracht des Begräbnisses. Das vollzog sich wie ein Straßentrauerspiel, bei dem alles Spontane sanft in die Winkel einer hochoffiziellen Struktur verbannt wird. Die Verstorbene war die tragische Heldin, die Hinterbliebenen die unschuldigen Opfer; die Allgegenwart der Gottheit war ebenso zu spüren wie Strophe und Antistrophe des Chors der Trauernden, den der Pastor anführte. Die Vergeudung des Lebens wurde beklagt, die unergründlichen Wege des Herrn bestaunt und schließlich auf dem Friedhof die natürliche Ordnung wiederhergestellt.

So war das Essen dann der Jubel, die Harmonie, die Anerkennung körperlicher Gebrechen, die Freude darüber, dass ein Leiden beendet war. Lachen, Erleichterung, die jähe Gier nach Nahrung.

Cholly hatte noch nicht ganz begriffen, dass seine Tante tot war. Es war alles so spannend. Nicht einmal am Grab hatte er etwas anderes empfunden als Neugier, und als in der Kirche die Reihe an ihm war, vor den Leichnam zu treten, da hatte er die Hand ausgestreckt, um die Tote anzufassen und herauszufinden, ob sie wirklich so eiskalt war, wie alle sagten. Doch dann zog er die Hand rasch wieder zurück. Aunt Jimmy wirkte so in sich gekehrt, da kam es ihm irgendwie falsch vor, sie in dieser Einkehr zu stören. Umgeben vom tränenreichen Geschluchz und Geschrei der anderen war er mit trockenen Augen auf seinen Platz in der Kirchenbank zurückgestapft und hatte überlegt, ob er vielleicht doch versuchen sollte zu weinen.

Zu Hause war er dann ganz frei, in die Fröhlichkeit einzustimmen und das zu genießen, was er eigentlich empfand – eine Stimmung wie beim Carnival. Er aß gierig und fühlte sich gut gelaunt genug, um sich mit seinen Cousins bekannt zu machen. Den Erwachsenen zufolge gab es einige Zweifel, ob sie wirklich seine richtigen Cousins waren, denn Jimmys Bruder O. V. war nur ihr Halbbruder, und Chollys Mutter war die Tochter von Jimmys Schwester, doch die Schwester stammte aus der zweiten Ehe von Jimmys Vater und O. V. aus dessen erster.

Vor allem ein Cousin weckte Chollys Interesse. Er war vielleicht fünfzehn oder sechzehn Jahre alt. Cholly ging nach draußen und fand den Jungen mit ein paar anderen neben der Wanne stehen, in der Aunt Jimmy immer ihre Kleider ausgekocht hatte.

Er wagte ein vorsichtiges «Hey». Sie erwiderten es. Der Fünfzehnjährige, er hieß Jake, bot Cholly eine selbstgedrehte Zigarette an. Cholly nahm sie, aber als er sie auf Armeslänge von sich weg hielt, um die Spitze an die Streichholzflamme zu bringen, anstatt sie in den Mund zu nehmen und daran zu ziehen, lachten sie ihn aus. Beschämt warf er die Zigarette weg. Er hatte das Gefühl, dass es wichtig war, Jakes Ansehen irgendwie zurückzugewinnen. Und als der ihn fragte, ob er nicht ein paar Mädchen kennen würde, sagte Cholly: «Klar.»

Alle Mädchen, die er kannte, waren beim Leichenschmaus, und er deutete auf ein Grüppchen von ihnen, das hinten auf der Veranda stand, posierte, sich drapierte. Darlene war auch dabei. Cholly hoffte, dass Jake sich nicht ausgerechnet sie aussuchen würde.

«Holen wir uns welche und gehen ein bisschen spazieren», sagte Jake.

Die beiden Jungen schlenderten zur Veranda. Cholly hatte keine Ahnung, wie er es anfangen sollte. Jake schwang die Beine über die wackelige Brüstung, blieb dann einfach da hocken und starrte ins Leere, als würde er sich gar nicht für die Mädchen interessieren. Er ließ sich von ihnen betrachten und begutachtete sie heimlich seinerseits.

Auch die Mädchen taten, als bemerkten sie die Jungs nicht, und schwatzten weiter. Bald wurden ihre Gespräche spitzer; die sanften Neckereien, mit denen sie einander aufzogen, schlugen ins Gehässige um, eine ernste Art, sich übereinander lustig zu machen. Das war Jakes Stichwort; die Mädchen reagierten auf ihn. Sie hatten einen Hauch seiner Männlichkeit gewittert und bebten jetzt um seine Aufmerksamkeit.

Jake sprang von der Brüstung und ging direkt auf das Mädchen namens Suky zu, das sich besonders erbittert lustig machte.

«Zeigst du mir die Gegend?» Er lächelte nicht einmal.

Cholly hielt den Atem an und rechnete damit, dass Suky Jake die Meinung sagte. Das konnte sie gut, sie war bekannt für ihre scharfe Zunge. Zu seiner gewaltigen Überraschung sagte sie jedoch bereitwillig zu und senkte sogar die Wimpern. Ermutigt drehte Cholly sich zu Darlene um und sagte: «Komm. Wir gehen vor bis zur Schlucht.» Er wartete darauf, dass sie ein Gesicht zog und nein sagte oder wozu oder etwas in der Art. Das Gefühl, das sie in ihm auslöste, war hauptsächlich Angst – Angst, dass sie ihn nicht mochte, und Angst, dass sie es doch tat.

Die zweite Angst bestätigte sich. Sie lächelte und sprang die drei windschiefen Stufen zu ihm herunter. In ihren Augen lag Mitgefühl, und Cholly fiel wieder ein, dass er ja der Hinterbliebene war.

«Wenn du willst», sagte sie, «aber nicht zu weit. Mama hat gesagt, wir würden früh gehen, und es wird schon dunkel.»

Zu viert entfernten sie sich. Ein paar der anderen Jungen waren auch zur Veranda gekommen und beteiligten sich an diesem teils feindseligen, teils gleichgültigen und teils verzweifelten Paarungstanz. Suky, Jake, Darlene und Cholly durchquerten mehrere Gärten, bis sie auf ein offenes Feld kamen. Sie rannten darüber und erreichten ein ausgetrocknetes Flussbett, das bereits grün überwuchert war. Ziel des Spaziergangs war ein wilder Weinberg, wo Muskatellertrauben wuchsen. Zu jung und hart noch, um sonderlich süß zu sein, aber gegessen wurden sie trotzdem. Niemand der vier wollte – noch nicht –, dass die Trauben all ihren dunklen Saft widerstandslos hergaben. Beherrschung, Zurückhaltung, das Versprechen einer Süße, die sich erst noch entfalten musste, erregten sie mehr, als volle Reife es getan hätte. Schließlich schmerzten ihnen die Zähne, und die Jungen verlegten sich darauf, die Mädchen mit den Trauben zu bewerfen. Ihre schmalen Schwarzen Knabenhandgelenke malten Notenschlüssel in die Luft, während sie die Würfe ausführten. Die Jagd führte Cholly und Darlene vom Abhang weg, und als sie schließlich stehen blieben, um Luft zu holen, waren Jake und Suky nirgends mehr zu sehen. Darlenes weißes Baumwollkleid war vom Traubensaft befleckt. Ihre große blaue Haarschleife hatte sich gelöst, und der leichte Wind des Sonnenuntergangs griff danach und ließ sie ihr um den Kopf flattern. Sie waren beide außer Atem und sanken in das grün-lila Gras am Rand des Kiefernwalds.

Cholly lag keuchend auf dem Rücken. Den Mund voll Muskatellergeschmack lauschte er den Kiefernnadeln, die in Erwartung des Regens laut rauschten. Der Duft des verheißenen Regens, der Kiefern und der Trauben machte ihn schwindelig. Die Sonne war untergegangen und zog ihre letzten Lichtfetzen mit sich fort. Als Cholly den Kopf drehte, um den Mond zu suchen, sah er hinter sich im Mondlicht Darlene. Sie hatte sich zu einem D hingekauert – die Arme um die angezogenen Knie geschlungen, den Kopf daraufgelegt. Cholly sah ihre Unterhose und die Muskeln ihrer jugendlichen Schenkel.

«Wir sollten besser zurück», sagte er.

«Ja.» Sie streckte die Beine lang am Boden aus und machte sich daran, ihre Schleife neu zu binden. «Mama wird mich versohlen.»

«Ach was.»

«O doch. Sie hat's mir angedroht, wenn ich mich dreckig mache.»

«Du bist doch nicht dreckig.»

«Doch. Schau's dir an.» Sie ließ die Schleife los und strich ihr Kleid an der Stelle glatt, wo die meisten Traubenflecken waren.

Cholly hatte Mitleid; er war ja genauso sehr schuld daran. Mit einem Mal wurde ihm klar, dass Aunt Jimmy tot war, denn ihm fehlte die Angst, versohlt zu werden. Es gab niemanden mehr, der das machen könnte, bis auf Onkel O. V., und der war selbst ein Hinterbliebener.

«Lass mich mal», sagte er. Er kniete sich vor sie hin und versuchte, ihr die Schleife neu zu binden. Darlene schob die Hände unter sein offenes Hemd und streichelte die feuchte, straffe Haut. Als er sie verwundert ansah, hörte sie damit auf und lachte. Er lächelte und machte sich wieder daran, die Schleife zu knoten. Sie schob die Hände wieder unter sein Hemd.

«Halt still», sagte er. «Wie soll ich das sonst hinkriegen?»

Sie kitzelte ihm die Rippen mit den Fingerspitzen. Er fasste sich kichernd an den Brustkorb. Im nächsten Moment lagen sie aufeinander. Sie wand die Hände unter seine Kleidung. Er fiel in das Spiel ein, wühlte im Ausschnitt ihres Kleides und griff ihr dann unter den Rock. Als er die Hand in ihre Unterhose schob, hörte sie plötzlich auf zu lachen und machte ein ernstes Gesicht. Verschreckt wollte Cholly die Hand wegziehen, aber sie hielt sein Handgelenk fest, und es gelang ihm nicht. Da erforschte er sie mit den Fingern, und sie küsste sein Gesicht, seinen Mund. Ihr Mund mit den Muskatellerlippen verwirrte Cholly. Darlene ließ seinen Kopf los, rutschte ein wenig tiefer und zog die Unterhose aus. Nach kurzem Kampf mit den Knöpfen ließ Cholly seine Hose bis zu den Knien hinunterrutschen. Ihre Körper ergaben jetzt Sinn für ihn, und es war gar nicht so schwierig, wie er gedacht hatte. Sie stöhnte leise, doch die Erregung, die sich in ihm sammelte, brachte ihn dazu, die Augen zu schließen und ihr Stöhnen mit dem Seufzen der Kiefern über seinem Kopf gleichzusetzen. Als er der Explosion schon gefährlich nahe war, wurde Darlene ganz starr und schrie auf. Er glaubte, er hätte ihr wehgetan, doch als er sie ansah, starrte sie entsetzt über seine Schulter. Er fuhr herum.

Zwei weiße Männer standen dort. Einer mit einer Spirituslampe, der andere mit einer Taschenlampe. Es gab keinen Zweifel daran, dass es Weiße waren; Cholly roch es. Er sprang auf, versuchte, sich in einer Bewegung hinzuknien, aufzustehen und seine Hose hochzuziehen. Die Männer hatten Gewehre dabei.

«Hi hi hi hiiii.» Das Kichern war ein langes, asthmatisches Schnaufen.

Der andere ließ den Strahl seiner Taschenlampe über Cholly und Darlene wandern.

«Mach weiter, *nigger*», sagte der mit der Taschenlampe.

«Sir?», sagte Cholly, auf der Suche nach einem Knopfloch.

«Ich hab gesagt, mach weiter. Und mach's gut, *nigger*, mach's richtig gut.»

Cholly fand keinen Platz für seine Augen. Verstohlen schlingerten sie umher, auf der Suche nach einer Zuflucht, während sein Körper wie gelähmt war. Der Taschenlampenmann nahm das Gewehr von der Schulter, und Cholly hörte Metall klicken. Er sank wieder auf die Knie. Darlene hatte den Kopf weggedreht, ihre Augen blickten starr aus dem Lichtkegel hinaus in die umliegende Dunkelheit und wirkten fast unbeteiligt, als hätten sie nichts mit dem Drama zu tun, das sich rund um sie abspielte. Mit einer Brutalität, die völliger Hilflosigkeit entsprang, schob er ihr das Kleid hoch, zog sich Hose und Unterhose hinunter.

«Hi hi hi hi hiiiii.»

Darlene hielt sich die Hände vors Gesicht, während Cholly sich daranmachte, das vorzutäuschen, was vorher passiert war. Mehr als fingieren konnte er nicht. Die Taschenlampe malte einen Mond auf seinen Hintern.

«Hi hi hi hi hiiiii.»

«Los, *coon*. Schneller. Du besorgst es ihr ja gar nicht richtig.»

«Hi hi hi hi hiiiii.»

Cholly bewegte sich schneller und sah Darlene an. Er hasste sie. Fast wünschte er sich, er könnte es ihr wirklich besorgen – fest, lang und schmerzhaft, so sehr hasste er sie. Die Taschenlampe grub sich in seine Eingeweide und verwandelte den süßen Geschmack der Muskatellertrauben in faulige, stinkende Galle. Er starrte auf Darlenes Hände, die im Mond- und Lampenlicht ihr Gesicht bedeckten. Wie kleine Klauen kamen sie ihm vor.

«Hi hi hi hi hi.»

Ein paar Hunde heulten. «Das sind sie. Das sind sie. Das ist die alte Honey.»

«Stimmt», sagte der mit der Spirituslampe.

«Los, komm.» Der mit der Taschenlampe drehte sich weg, und einer von beiden pfiff nach Honey.

«Warte», sagte der mit der Spirituslampe, «der *coon* ist noch gar nicht gekommen.»

«Muss er halt allein kommen. Viel Glück, *coon*-Baby.»

Ihre Schritte knirschten auf den Kiefernnadeln. Cholly hörte sie noch ewig pfeifen, und schließlich war die Antwort der Hunde kein Heulen mehr, sondern freudiges, aufgeregtes Winseln des Erkennens.

Cholly stemmte sich hoch und knöpfte sich schweigend die Hose zu. Darlene rührte sich nicht. Am liebsten hätte Cholly sie erwürgt, tippte ihr aber nur mit dem Fuß ans Bein. «Wir müssen, *girl*. Los, komm!»

Mit geschlossenen Augen griff sie nach ihrer Unterhose, konnte sie aber nicht finden. Beide tasteten im Mondlicht nach dem Höschen. Als sie es gefunden hatte, zog sie es an und bewegte sich dabei wie eine alte Frau. Sie gingen fort von dem Kiefernwald Richtung Straße. Er vorneweg, sie schleppte sich hinterher. Es fing an zu regnen. «Gut», dachte Cholly. «Das erklärt unsere Kleider.»

Als sie wieder zum Haus kamen, waren noch etwa zehn, zwölf Leute da. Jake war fort, Suky ebenfalls. Ein

paar hatten sich erneut beim Essen bedient – Kartoffel-
auflauf, Rippchen. Alle waren in frühabendliches Andenken an Träume, Formen und Vorahnungen versunken.
Die satte Behaglichkeit wirkte narkotisierend und rief erinnerte und erfundene Wahnbilder hervor.

Cholly und Darlene erregten leises Aufsehen, als sie
hereinkamen.

«Ihr seid ja patschnass!»

Darlenes Mutter ereiferte sich nicht allzu sehr. Sie hatte
zu viel gegessen und getrunken. Ihre Schuhe lagen unter
ihrem Stuhl, die Druckknöpfe rechts und links an ihrem
Kleid waren offen. «Kind. Komm sofort her. Hab ich dir
nicht gesagt ...»

Ein paar Gäste beschlossen abzuwarten, bis der Regen
nachließ. Andere, die mit dem Pferdekarren gekommen
waren, hielten es für besser, gleich aufzubrechen. Cholly
ging in die kleine Vorratskammer, die zu seinem Zimmer
umfunktioniert worden war. In seinem Bett lagen drei
Kleinkinder und schliefen. Er zog die regen- und kiefern-
nassen Kleider aus und seinen Overall an. Er wusste nicht
recht, wohin. Aunt Jimmys Zimmer kam nicht infrage,
außerdem würden Onkel O.V. und seine Frau das später
brauchen. Er zog eine Steppdecke aus der Truhe, breitete
sie auf dem Boden aus und legte sich darauf. Irgendwer
hatte Kaffee aufgesetzt, und er verspürte ein stechendes
Verlangen danach, doch dann schlief er ein.

Am nächsten Tag wurde aufgeräumt, Rechnungen
wurden beglichen, Aunt Jimmys Habseligkeiten verteilt.
Die Mundwinkel wiesen alle nach unten, die Blicke waren verhangen, die Schritte zögerlich.

Cholly trieb ziellos umher und erledigte, was man ihm auftrug. Aller Glanz und alle Wärme, die er tags zuvor von den Erwachsenen bekommen hatte, waren einer Schärfe gewichen, die gut zu seiner eigenen Stimmung passte. Er konnte nur an die Taschenlampe denken, an die Muskatellertrauben und an Darlenes Hände. Und wenn er einmal nicht daran dachte, war die Leere in seinem Kopf wie die Lücke, die ein frisch gezogener Zahn hinterlässt und in der noch die frühere Fäulnis nachhallt. Aus Angst, Darlene zu begegnen, wollte er sich nicht zu weit entfernen, konnte aber auch die Atmosphäre im Haus seiner toten Tante nicht ertragen. Das Durchwühlen ihrer Sachen, die Kommentare über den «Zustand» ihrer Besitztümer. Mürrisch und reizbar züchtete er seinen Hass auf Darlene. Nicht ein einziges Mal kam ihm der Gedanke, dass er diesen Hass auf die Jäger richten sollte. Ein solches Gefühl hätte ihn ganz zerstört. Das waren große, bewaffnete, weiße Männer. Er war klein, Schwarz und hilflos. Seinem Unterbewusstsein war klar, was sein bewusster Geist nicht ermessen konnte – dass der Hass auf sie ihn verzehrt, ihn wie ein Stück Weichkohle verbrannt hätte, bis nur noch Ascheflöckchen übrig waren und ein Fragezeichen aus Rauch. Mit der Zeit sollte er den Hass auf weiße Männer entdecken – aber noch nicht jetzt. Nicht aus der Ohnmacht heraus, sondern später, wenn der Hass auch süßen Ausdruck finden konnte. Vorläufig hasste er die, die ihn überhaupt in diese Lage gebracht hatte, die Zeugin seines Versagens, seiner Ohnmacht geworden war. Die, die er nicht hatte beschützen, verschonen, vor dem mondrunden Schein der Taschenlampe hatte beschirmen können. Vor den Hi-hi-his. Er dachte an Darlenes tropfende Haarschleife, die ihr immer wieder ins Gesicht schlug, als sie schweigend durch den Regen liefen. Der Ekel, der durch ihn hindurchgaloppierte, ließ ihn zittern. Es gab niemanden, mit dem er darüber hätte reden können. Der alte Blue war inzwischen die meiste Zeit zu betrunken für vernünftige Gespräche. Außerdem bezweifelte Cholly, dass er Blue seine Schande überhaupt gestanden hätte. Er hätte wohl ein wenig lügen müssen, um Blue davon zu erzählen, Blue, dem Frauenhelden. Einsam sein erschien ihm sehr viel besser als allein.

Am Tag, als Chollys Onkel abreisefertig war, als alles gepackt war und die Streitigkeiten darum, wer was bekommen sollte, zu einem klebrigen Restchen Bratensaft auf jeder Zunge verkocht waren, saß Cholly auf der Veranda und wartete. Ihm war der Gedanke gekommen, Darlene könnte womöglich schwanger sein. Es war ein verstiegen unvernünftiger, von vollständiger Ahnungslosigkeit geprägter Einfall, doch die Angst, die er mit sich brachte, war vollständig genug.

Er musste weg von hier. Dass er ohnehin noch heute abreisen sollte, spielte keine Rolle. Ein, zwei Orte weiter war nicht weit weg genug, zumal er seinen Onkel nicht mochte und ihm auch nicht vertraute; Darlenes Mutter würde ihn dort garantiert finden und Onkel O. V. ihn ihr ausliefern. Cholly wusste, dass es falsch war, ein schwangeres Mädchen sitzen zu lassen, und erinnerte sich voll Anteilnahme, dass sein eigener Vater genau das getan hatte. Jetzt verstand er ihn. Und ihm wurde klar, was er zu tun hatte – er musste seinen Vater finden. Sein Vater würde ihn verstehen. Aunt Jimmy hatte doch erzählt, er wäre nach Macon gegangen.

So gedankenlos, wie ein Küken aus dem Ei schlüpft, verließ er die Veranda. Er war schon ein Stück gegangen, da fiel ihm der Schatz wieder ein; Aunt Jimmy hatte doch etwas hinterlassen, das hatte er ganz vergessen. In einem stillgelegten Ofenrohr hatte sie einen kleinen Vorratsbeutel versteckt, den sie immer ihren Schatz nannte. Er schlich sich ins Haus und fand das Zimmer leer vor. Als er in das Rohr griff, ertastete er Spinnweben und Ruß und schließlich den weichen Beutel. Er zählte das Geld; vierzehn Ein-Dollar-Scheine, zwei Zwei-Dollar-Scheine und viel silbernes Kleingeld … dreiundzwanzig Dollar insgesamt. Das musste doch wohl reichen, um nach Macon zu kommen. Was für ein gutes Wort mit einem starken Klang: *Macon*.

Für einen Schwarzen Jungen aus Georgia war es nicht weiter schwierig, von zu Hause auszureißen. Man schlich sich einfach davon und ging los. Wenn es dunkel wurde, suchte man sich zum Schlafen eine Scheune, sofern da keine Hunde waren, ein Zuckerrohrfeld oder ein verlassenes Sägewerk. Man aß, was am Wegrand wuchs, und kaufte sich in kleinen Dorfläden Root Beer und Süßholz. Schwarzen Erwachsenen, die Fragen stellten, konnte man immer irgendeine Leidensgeschichte auftischen, und den Weißen war man ohnehin egal, wenn sie nicht gerade auf Beute aus waren.

Als er ein paar Tagesreisen weit weg war, konnte er auch an die Hintertüren der schönen Häuser klopfen und der Schwarzen Köchin oder der weißen Hausherrin erklären, dass er in der Nähe wohne und Arbeit suche, irgendwas, Unkraut jäten, Umgraben, Ernten, Saubermachen. Nach einer Woche oder mehr machte er sich wieder davon. So schlug er sich durch, bis der Sommer zu Ende war, und erst im folgenden Oktober erreichte er eine Stadt, die so groß war, dass sie über einen richtigen Busbahnhof verfügte. Vor Aufregung und Sorge war ihm der Mund trocken, als er an den Schalter für Schwarze trat, um sich eine Busfahrkarte zu kaufen.

«Was kostet's nach Macon, Sir?»

«Elf Dollar. Fünf fünfzig für Kinder unter zwölf.»

Cholly besaß zwölf Dollar und vier Cent.

«Wie alt bist du denn?»

«Gerade zwölf geworden, Sir, aber meine Mutter hat mir nur zehn Dollar mitgegeben.»

«So 'n großen Zwölfjährigen wie dich hab ich ja noch nie gesehen.»

«Bitte, Sir, ich muss nach Macon. Meine Mutter ist krank.»

«Hast du nicht grad gesagt, deine Mutter hat dir zehn Dollar mitgegeben?»

«Das ist nur meine Ziehmutter, Sir. Meine richtige Mutter ist in Macon.»

«Ich erkenn ja jeden kleinen verlogenen *nigger*, wenn er vor mir steht, aber nur mal für den Fall, dass du keiner bist, nur für den Fall, dass eine von den Müttern tatsächlich im Sterben liegt und ihren kleinen Schornsteinfeger noch mal sehen will, eh sie vor ihren Schöpfer tritt, will ich mal nicht so sein.»

Nichts davon erreichte Cholly. Beleidigungen wie diese

gehörten zu den Lästigkeiten des Lebens, wie Läuse. Er war so glücklich, wie er es noch nie gewesen war, seit er denken konnte, außer vielleicht damals mit Blue und der Wassermelone. Der Bus sollte erst in vier Stunden fahren, und die Minuten dieser Stunden zappelten wie Mücken am Fliegenfänger – sie starben einen langsamen Tod, erschöpft vom Überlebenskampf. Cholly wagte nicht, sich vom Fleck zu rühren, nicht einmal, um sich zu erleichtern. Womöglich fuhr der Bus sonst ab, während er weg war. Schließlich stieg er, stocksteif vom langen Einhalten, in den Bus nach Macon.

Er hatte einen Fensterplatz ganz hinten für sich allein, und Georgia glitt vor seinen Augen vorbei, bis die Sonne sich achselzuckend außer Sicht begab. Auch im Dunkeln war er noch hungrig danach zu sehen, und erst nach einem erbitterten Kampf, die Augen offen zu halten, schlief er ein. Als er aufwachte, war es bereits heller Tag, und eine dicke, Schwarze Dame hielt ihm einen Biscuit hin, in dem kalter Schinken steckte. Mit dem Schinkengeschmack noch an den Zähnen schlichen sie sich nach Macon hinein.

Am Ende der Gasse sah er Männer, die sich zur Traube zusammenscharten. Ein gewaltiges Johlen, wie eine einzige Stimme, wand sich über den Köpfen der kauernden Gestalten empor. Kniende Gestalten, gebückte Gestalten, alle ganz auf einen bestimmten Fleck am Boden konzentriert. Im Näherkommen atmete er strotzenden, anregenden Männergeruch. Die Männer hatten sich, wie von dem in der Billardhalle angekündigt, zum Würfeln um Geld dort versammelt. Jede der Gestalten war auf irgendeine Art mit den mickrigen grünen Scheinchen ausstaffiert. Manche hatten ihr Geld aufgeteilt, sich die gefalteten Scheine einzeln zwischen die Finger geschoben und die Finger dann zur Faust geballt, sodass die Geldecken ordentlich daraus hervorragten und das Gezierte mit dem Gewalttätigen verquickten. Andere hatten ihre Scheine gestapelt und einmal in der Mitte geknickt und hielten jetzt den ganzen Batzen in der Hand, als wollten sie beim Kartenspiel geben. Wieder andere hatten ihr Geld in leicht zusammengeknüllten Häufchen vor sich liegen. Einem Mann ragten Scheine unter der Mütze hervor. Ein anderer strich sie zwischen Daumen und Zeigefinger glatt. Diese Schwarzen Hände hielten mehr Geld, als Cholly jemals gesehen hatte. Er teilte ihre Aufregung, und die Anspannung vor der Begegnung mit seinem Vater, die ihm den Mund trocken gemacht hatte, wich jetzt aufgekratztem Speichelfluss. Er musterte die Gesichter, suchte darunter das eine, das vielleicht seinem Vater gehörte. Wie sollte er ihn erkennen? Sollte er nach einer erwachsenen Version von sich selber Ausschau halten? Im Augenblick konnte Cholly sich gar nicht mehr erinnern, wie er aussah. Er wusste nur, dass er vierzehn Jahre alt war, Schwarz und schon über eins achtzig groß. Er studierte die Gesichter und sah nichts als Augen, flehende Augen, kalte Augen, Augen, die ganz stumpf vor Bosheit waren, andere, in denen die Angst saß – und alle wie gebannt von den Bewegungen zweier Würfel, die von einem Mann geworfen, wieder einkassiert und erneut geworfen wurden. Er flüsterte ihnen zu, deklamierte eine Art Litanei, in die der Rest einfiel, rieb die Würfel wie zwei heiße Kohlen. Dann entließ er die kleinen Quader mit einem Johlen aus seiner Hand, hinein in einen Chor des Staunens und der Enttäuschung. Anschließend sammelte der Werfer Geld ein, und irgendwer rief: «Nimm's dir und geh kriechen, du alter Lurch, wär besser für uns alle.» Es wurde gelacht, die Spannung ließ spürbar nach, und ein paar der Männer schoben sich Geld hin und her.

Cholly tippte einem alten Weißhaarigen auf die Schulter.

«Können Sie mir sagen, ob Samson Fuller hier ist?»

«Fuller?» Die Zunge des Mannes war mit dem Namen vertraut. «Keine Ahnung, der muss hier irgendwo sein. Da, das ist er. In der braunen Jacke.» Der Mann zeigte hin.

Ganz am anderen Ende der Gruppe stand ein Mann mit hellbrauner Jacke. Er gestikulierte aufgebracht und angriffslustig mit einem anderen Mann herum. Beiden verkniff der Ärger das Gesicht. Cholly schob sich bis zu ihnen vor, er konnte kaum glauben, dass er am Ziel seiner Reise angekommen war. Das war sein Vater, ein Mann wie jeder andere, doch da waren sie jetzt tatsächlich, seine Augen, sein Mund, sein ganzer Kopf. Seine Schultern, die unter der Jacke lauerten, seine Stimme, seine Hände – alles echt. Es gab sie, es gab sie wirklich, irgendwo. Genau hier. Cholly hatte sich seinen Vater immer als wahren Riesen gedacht, und so bemerkte er mit Schrecken, als er schon fast neben ihm stand, dass er größer war als sein Vater. Er konnte sogar auf eine kahle Stelle am Hinterkopf seines Vaters herabblicken, die er plötzlich am liebsten gestreichelt hätte. Und während er noch gebannt auf diese erbarmungswürdige leere Stelle schaute, umgeben von ungepflegten, wolligen Haarbüscheln, wandte der Mann ihm sein hartes, streitsüchtiges Gesicht zu.

«Was willst du, Junge?»

«Ähm. Also ... sind Sie Samson Fuller?»

«Wer hat dich geschickt?»

«Was?»

«Bist du Melbas Sohn?»

«Nein, Sir, ich ...» Cholly stockte. Er wusste den Namen seiner Mutter nicht mehr. Hatte er ihn überhaupt je gewusst? Was sollte er jetzt sagen? Wessen Sohn war er? Er konnte ja schlecht sagen: «Ich bin Ihr Sohn.» Das klang respektlos.

Der Mann wurde ungeduldig. «Bist du nicht ganz richtig im Kopf? Wer hat dir gesagt, du sollst mich suchen?»

«Niemand.» Cholly hatte schweißnasse Hände. Die Augen des Mannes machten ihm Angst. «Ich dachte einfach ... Also, ich war grad in der Gegend und, äh, ich heiße Cholly ...»

Aber Fuller hatte sich schon wieder dem Spiel zugewandt, das von neuem anfing. Er bückte sich, warf einen Schein auf den Boden und wartete den Wurf ab. Als der Schein weg war, richtete er sich wieder auf und rief Cholly in gereiztem, quengelndem Ton zu: «Sag der Nutte, sie hat ihr Geld schon gekriegt. Und jetzt mach dich verdammt noch mal vom Acker!»

Cholly brauchte lange, bis er wieder einen Fuß vom Boden bekam. Er wollte zurückweichen, weggehen. Nur mit äußerster Mühe gelang es ihm, die ersten Muskeln dazu zu bringen, ihm zu gehorchen. Als sie es taten, ging er durch die Gasse zurück, raus aus den Schatten, auf das strahlende Licht der Straße zu. Als er in die Sonne hinaustrat, spürte er, wie seine Beine nachgaben. Auf dem Gehweg stand eine umgedrehte Orangenkiste mit einem Bild von zwei verschränkten Händen auf dem Rand. Cholly setzte sich darauf. Das Sonnenlicht floss ihm wie Honig über den Kopf. Ein Obsthändler kam mit seinem Pferdekarren vorbei und sang dazu: «*Fresh from the vine, sweet as sugar, red as wine.*»

Alle Geräusche schienen immer lauter zu werden. Das Klick-Klack der Absätze der Frauen, das Lachen der Männer, die müßig im Türrahmen lehnten. Irgendwo auch eine Straßenbahn. Cholly blieb sitzen. Er wusste, wenn er nur ganz stillhielt, dann würde alles gut. Doch er fühlte, wie der Schmerz eine Spur rund um seine Augen zog, und musste alles einsetzen, was er hatte, um ihn wieder zu verscheuchen. Wenn er ganz stillhielt, dachte er, und den Blick immer auf einen Punkt richtete, dann würden die Tränen nicht kommen. So saß er in der tropfenden Honigsonne und nahm jeden Nerv und jeden Muskel in die Pflicht, um zu verhindern, dass ihm Wasser aus den Augen lief. Mitten in dieser Anstrengung, während er jedes Erg seiner Energie auf seine Augen richtete, tat sich mit einem Mal sein Darm auf, und ehe er wusste, wie ihm geschah, rann ihm flüssiger Kot die Beine hinab. Am Zugang der Gasse, in der sein Vater war, auf einer Orangenkiste in der Sonne, mitten auf einer Straße, die von erwachsenen Männern und Frauen nur so wimmelte, hatte er wie ein Kleinkind in die Hose gemacht.

In Panik überlegte er, einfach dort zu bleiben und sich nicht von der Stelle zu rühren, bis es dunkel war. Aber nein. Irgendwann würde sein Vater hier vorbeikommen, ihn sehen und lachen. Oh, Lord. Er würde lachen. Alle würden lachen. Ihm blieb nur eines übrig.

Cholly rannte die Straße entlang und nahm nur Stille wahr. Die Lippen der Menschen bewegten sich, ihre Füße bewegten sich, ein Auto knatterte vorbei – alles ohne jeden Laut. Eine Tür knallte völlig geräuschlos zu. Seine eigenen Füße waren nicht zu hören. Die Luft selbst schien ihn erwürgen, zurückhalten zu wollen. Er kämpfte sich durch eine Welt aus unsichtbarem Kiefernharz, das ihn zu ersticken drohte. Dennoch rannte er, sah nichts als stille Dinge, die sich bewegten, bis schließlich die Häuser zu Ende waren, das offene Land begann und er vor sich den Ocmulgee River fließen sah. Er schlitterte einen steinigen Hang hinab bis zu einem Steg, der sich über das seichte Wasser streckte. Im tiefsten Schatten unter diesem Steg, hinter einem Pfeiler, kauerte er sich zusammen. Dort blieb er lange liegen, zusammengekrümmt wie ein Embryo, gelähmt, die Fäuste an die Augen gedrückt. Kein Laut, kein Licht, nur Dunkelheit und Wärme und der Druck seiner Knöchel an den Lidern. Sogar die besudelte Hose vergaß er.

Es wurde Abend. Die Dunkelheit, die Wärme und die Stille umschlossen Cholly wie Haut und Fruchtfleisch einer Holunderbeere, die ihren Samen schützt.

Cholly regte sich. Er spürte nichts als die Schmerzen in seinem Kopf. Schon bald bohrten sich, wie glänzende Glasscherben, die Ereignisse des Nachmittags wieder in ihn hinein. Erst sah er nur Geldscheine in Schwarzen Fingern, dann glaubte er, auf einem unbequemen Stuhl zu sitzen, aber als er nach unten schaute, war es der Kopf eines Mannes, ein Kopf mit einer kahlen Stelle, so groß wie eine Orange. Als sich die Scherben schließlich zur kompletten Erinnerung zusammensetzten, nahm Cholly auch wieder wahr, wie er roch. Er richtete sich auf, merkte, wie schwach, schwindelig und benommen er sich fühlte. Einen Moment lang lehnte er sich an den Stegpfeiler, dann zog er Hose, Unterhose, Strümpfe und Schuhe aus. Die Schuhe rieb er mit mehreren Händen voll Erde ab; dann krabbelte er vor bis zum Flussrand. Er musste mit den Händen ertasten, wo das Wasser begann, weil er kaum sehen konnte. Langsam tunkte er seine Kleider ins Wasser und rubbelte sie, bis ihm schien, dass sie sauber sein müssten. Zurück bei seinem Pfeiler zog er das Hemd aus, schlang es sich um die Taille und breitete dann seine Hose und Unterhose auf dem Boden aus. Er hockte sich hin, knibbelte am fauligen Holz des Stegs herum. Auf einmal musste er an Aunt Jimmy denken, an ihr Teufelsdrecksäckchen, ihre vier Goldzähne und den lila Lumpen, den sie sich immer um den Kopf gewickelt hatte. Mit einer Sehnsucht, die ihn fast bersten ließ, dachte er daran, wie sie ihm ein Stück Räucherfleisch aus ihrer Schüssel gab. Er wusste noch genau, wie sie es immer gehalten hatte – ziemlich ungeschickt, mit drei Fingern und doch so viel Zuneigung. Keine Worte, nur ein Stückchen Fleisch, das sie nahm und ihm hinhielt. Und dann strömten ihm die Tränen über die Wangen und bildeten einen Strauß unter seinem Kinn.

Aus zwei Fenstern beugen sich drei Frauen. Sie sehen den langen, reinen Hals eines unbekannten Jungen und rufen ihn. Er geht zu ihnen. Drinnen ist es warm und dunkel. Sie geben ihm Limonade aus einem Einmachglas zu trinken. Während er trinkt, fließen ihre Augen zu ihm empor, durch den Boden des Glases, durch das glitschige, süßliche Wasser. Sie geben ihm seine Männlichkeit zurück, und er nimmt sie ziellos entgegen.

Die Einzelteile von Chollys Leben könnten sich nur im Kopf von Musikern zu einem Ganzen fügen. Nur jene, die das, was sie zu sagen haben, durch vergoldetes, gebogenes Blech äußern oder durch das Anschlagen schwarzer und weißer Rechtecke und straff gespannter Häute oder Saiten, sodass sie durch hölzerne Kanäle hallen, könnten seinem Leben wahre Gestalt geben. Nur sie wüssten, wie sich das rote Herz einer Wassermelone mit dem Teufelsdrecksäckchen, den Muskatellertrauben, der Taschenlampe auf seinem Hintern, den Fäusten voller Geld, der Limonade im Einmachglas und einem Mann namens Blue verbinden lässt, nur sie könnten damit aufwarten, was all das an Freude, Leid, Wut und Liebe bedeutet, und dem Ganzen einen letzten, allumfassenden Schmerz der Freiheit schenken. Nur ein Musiker könnte spüren, wissen, ganz ohne jedes Wissen ums eigene Wissen, dass Cholly frei war. Gefährlich frei. Frei zu fühlen, was immer er fühlte – Angst, Schuld, Scham, Liebe, Trauer, Mitleid. Frei, zärtlich oder gewalttätig zu sein, zu pfeifen oder zu weinen. Frei, in Einfahrten zu schlafen oder zwischen den weißen Laken einer singenden Frau. Frei, eine Stelle anzunehmen, und frei, sie wieder aufzugeben. Er konnte im Gefängnis sitzen und sich doch nicht gefangen fühlen, denn er hatte ja schon den verschlagenen Blick in den Augen des Wärters entdeckt, er war frei, «Nein, Sir» zu sagen und dabei zu lächeln, denn er hatte ja schon drei weiße Männer umgebracht. Er war frei, sich von einer Frau beschimpfen zu lassen, denn sein Körper hatte ihren ja längst erobert. Er war sogar frei, ihr eins über den Kopf zu geben, denn er hatte diesen Kopf ja längst in den Armen gehalten. Er war frei, sie liebevoll zu pflegen, wenn sie krank war, und für sie den Boden zu wischen, denn sie wusste schon, wo seine Männlichkeit lag, worin sie bestand. Er war frei, sich bis zur blödesten Hilflosigkeit zu besaufen, denn er hatte schon als Gleisarbeiter geschuftet, dreißig Tage in einer Sträflingskolonne verbracht und sich die Kugel aus der Wade gepult, die eine Frau auf ihn abgefeuert hatte. Er war frei, seine Träume auszuleben, und sogar frei zu sterben, auch wenn ihn kein bisschen interessierte, wie und wann das passieren würde. In jenen Tagen war Cholly wahrhaft frei. Von seiner Mutter auf den Müll geworfen, von seinem Vater wegen eines Würfelspiels verschmäht, hatte er nichts mehr zu verlieren. Er war allein mit seinen Sinnen und Gelüsten, und allein sie interessierten ihn noch.

In diesem gottgleichen Zustand traf er auf Pauline Williams. Und Pauline oder vielmehr der Ehe mit ihr gelang, was der Taschenlampe nicht gelungen war. Das Beständige, Abwechslungslose, das schiere Gewicht des Immergleichen trieben ihn zur Verzweiflung und ließen seine Phantasie erstarren. Die Erwartung an ihn, für immer mit derselben Frau zu schlafen, schien ihm eine merkwürdige und unnatürliche Idee; der Anspruch, sich nur noch für altbekannte Akte und routinierte Tricks zu begeistern – er staunte über so viel weibliche Arroganz. Als er in Kentucky Pauline begegnete, lehnte sie am Zaun und kratzte sich mit einem kaputten Fuß. Das Aufgeräumte, den Charme, die Freude, die er in ihr erweckte, riefen in ihm den Wunsch hervor, mit ihr ein Nest zu bauen. Was diesen Wunsch zerstören würde, musste er erst noch herausfinden. Doch damit hielt er sich nicht lange auf. Er fragte sich vielmehr, was bloß mit der Neugier passiert war, die er früher empfunden hatte. Nichts, nichts interessierte ihn mehr. Weder er selbst noch andere. Nur im Trinken tat sich eine Lichtung auf, ein Scheinwerfer, und wenn der erlosch, war da nur noch Vergessen.

Was ihn am Eheleben jedoch komplett verblüffte und gänzlich unfähig dastehen ließ, war das Erscheinen von Kindern. Er hatte keine Ahnung, wie man Kinder großzog, und weil er selbst keine Eltern dabei hatte beobachten können, wie sie ihn großzogen, begriff er nicht einmal, wie ein solches Verhältnis aussehen sollte. Hätte er sich dafür begeistert, Besitz anzusammeln, hätte er sie als Erben betrachten können; hätte er das Bedürfnis verspürt, sich vor irgendwelchen namenlosen «Anderen» zu beweisen, hätte er sich wünschen können, dass sie sich nach seinem Bild und um seinetwillen bewährten. Wäre er nicht schon mit dreizehn ganz allein auf der Welt gewesen, hätte er nicht bloß eine sterbende alte Frau gekannt, die sich zwar für ihn verantwortlich fühlte, ihm aber in Alter, Geschlecht und Interessen denkbar fern war, dann hätte er womöglich eine stabile Verbindung zwischen sich und den Kindern verspüren können. So aber reagierte er nur auf sie, und seine Reaktionen fußten auf dem, was er im jeweiligen Moment fühlte.

So war es auch an einem Samstagnachmittag im dünnen Frühlingslicht, als er sturzbetrunken nach Hause getaumelt kam und seine Tochter in der Küche stehen sah.

Sie spülte Geschirr. Ihr schmaler Rücken war über das Becken gebeugt. Cholly sah sie nur verschwommen und hätte nicht sagen können, was er da sah und was er fühlte. Erst wurde ihm bewusst, dass ihm unbehaglich war; als Nächstes spürte er, wie dieses Unbehagen dem Vergnügen wich. Die Abfolge seiner Gefühle war Abscheu, Schuldbewusstsein, Mitleid und schließlich Liebe. Die Abscheu war eine Reaktion auf ihre jugendliche, hilflose, hoffnungslose Gegenwart. Wie krumm sie den Rücken machte; wie schief sie den Kopf hielt, als würde sie sich vor einem ständigen, nicht nachlassenden Schlag wegducken. Was musste sie denn so geprügelt aussehen? Sie war ein Kind – völlig unbelastet – wieso war sie da nicht fröhlich? Die klare Bekundung ihres Unglücks war wie eine Anklage. Er wollte ihr das Genick brechen – aber ganz liebevoll. Schuld und Ohnmacht erhoben sich zu einem galligen Duett. Was konnte er überhaupt jemals für sie tun? Was ihr geben? Was ihr sagen? Was konnte ein ausgebrannter Schwarzer Mann dem krummen Rücken seiner elfjährigen Tochter sagen? Hätte er ihr ins Gesicht geschaut, er hätte ihre gehetzten, liebevollen Augen gesehen. Das Gehetzte darin hätte ihn verärgert – die Liebe ihn gänzlich in Rage gebracht. Wie konnte sie es wagen, ihn zu lieben? War sie denn kein bisschen bei Verstand? Und was sollte er damit anfangen? Die Liebe erwidern? Wie? Was konnten seine schwieligen Hände schaffen, das ihr ein Lächeln abringen würde? Was von seinem Wissen um die Welt und das Leben würde ihr etwas nützen? Was konnten seine schweren Arme und sein besoffener Kopf leisten, wovor er selbst Respekt haben und dadurch in der Lage sein würde, ihre Liebe anzunehmen? Sein Hass auf sie verschleimte ihm den Magen, drohte, sich im Erbrechen zu entladen. Doch bevor das Kotzen von der Ahnung zum Gefühl werden konnte, verlagerte sie das Gewicht auf ein Bein und kratzte sich mit dem Zeh des anderen an der Wade. Eine stille, erbarmungswürdige Bewegung. Ihre Hände kreisten und kreisten in einer Bratpfanne, kratzten schwarze Fitzel ins kalte, fettige Spülwasser. Der scheue, verkrampfte Anblick dieses kratzenden Zehs – genauso hatte es Pauline gemacht, als er sie in Kentucky zum ersten Mal sah. Sie lehnte am Zaun, schaute einfach vor sich hin. Und der helle Zeh ihres nackten Fußes kratzte an ihrem samtigen Bein. Eine ganz schlichte, kleine Bewegung, die in ihm jedoch eine staunende Weichheit auslöste. Nicht die übliche Begierde, zwei feste Beine mit seinen auseinanderzudrücken, sondern Zärtlichkeit, den Wunsch, sie zu beschützen. Ihren Fuß mit seiner Hand zu bedecken, das Jucken an der Wade mit seinen Zähnen sanft wegzuknabbern. Damals hatte er es getan und Pauline damit zum Lachen gebracht. Jetzt tat er es auch.

Zärtlichkeit wallte in ihm auf, und er sank auf die Knie, den Blick auf dem Fuß seiner Tochter. Auf allen vieren kroch er zu ihr hin, hob die Hand und fasste den Fuß, als der sich gerade aufwärtsbewegte. Pecola verlor das Gleichgewicht und wäre fast zu Boden gegangen. Cholly legte die andere Hand an ihre Hüfte, um sie vor dem Fallen zu bewahren. Er senkte den Kopf und knabberte hinten an ihrem Bein. Sein Mund erbebte von der festen Süße ihres Fleischs. Er schloss die Augen, gestattete seinen Fingern, sich in ihre Taille zu graben. Das starre Entsetzen in ihrem Körper, der stumme Schreck in ihrer Kehle, das war noch besser als Paulines leichtfertiges Lachen damals. Es erregte ihn, dieses wirre Gemisch aus Erinnerungen an Pauline und dem Wahnwitzigen, Verbotenen, was er da tat, und ein Bolzen des Verlangens fuhr in sein Genital, verlieh ihm Länge, machte die Ränder seines Anus weich. Rund um all die Begierde blieb ein Rand des Anstands. Er wollte sie ficken – aber ganz liebevoll. Doch das Liebevolle ließ sich nicht halten. Ihre Scheide war so eng, dass er es nicht aushielt. Es war, als rutschte seine Seele in seine Eingeweide und flöge zu ihr hinüber, und die Gewalt, mit der er in sie stieß, rief den einzigen Laut hervor, den sie von sich gab – ein hohles Zischen des Atems ganz hinten in ihrer Kehle. Wie ein Ballon vom Zirkus, aus dem rasch die Luft entweicht.

Nach dem Zerfall – dem Zusammenbruch – des sexuellen Verlangens bemerkte er ihre nassen, seifigen Hände an seinen Handgelenken, ihre verkrampften Finger, doch ob dieser Griff der hoffnungslose und doch beharrliche Versuch war, gegen ihn anzukämpfen und sich zu befreien, oder aus einem anderen Gefühl herrührte, das konnte er nicht sagen.

Sich wieder aus ihr zu lösen tat ihm so weh, dass er es

kurz machte und sein Genital einfach aus dem trockenen Hafen ihrer Scheide zog. Sie schien bewusstlos zu sein. Cholly stand auf und sah nur ihre nicht mehr weiße Unterhose, die ihr so traurig und schlaff um die Knöchel hing. Wieder dieser Hass, in den sich Zärtlichkeit mischte. Der Hass erlaubte ihm nicht, sie aufzuheben, die Zärtlichkeit zwang ihn, sie zuzudecken.

Und so lag das Kind, als es wieder zu sich kam, unter einer schweren Steppdecke auf dem Küchenboden und versuchte, den Schmerz zwischen den Beinen mit dem Gesicht der Mutter in Beziehung zu setzen, das über ihm dräute.

DAISTDERHUNDWAUWAUMACHT
DERHUNDSPIELSTDUMITJANE
DALÄUFTDERHUNDLAUF

Es war einmal ein alter Mann, der liebte die Dinge, denn
schon der kleinste Kontakt mit Menschen verursachte ihm
leichte, aber anhaltende Übelkeit. Er wusste nicht mehr,
wann dieser Widerwille entstanden war, konnte sich aber
auch nicht erinnern, jemals frei davon gewesen zu sein.
Als Junge hatte ihn diese Abscheu, die andere offenbar
nicht verspürten, sehr verstört, doch im Rahmen seiner
hervorragenden Schulbildung lernte er unter anderem
das Wort «Menschenfeind». Die Bezeichnung für sich zu
kennen, war ihm sowohl Trost als auch Ermutigung, denn
er glaubte daran, dass sich ein jedes Übel neutralisieren,
wenn nicht gar ganz ausschalten ließ, indem man es be-
nannte. Da hatte er bereits einige Bücher gelesen und die
Bekanntschaft mehrerer großer Menschenfeinde früherer
Zeiten gemacht, deren geistige Gesellschaft ihm wohltat
und ihn mit einem Maßstab zur Beurteilung seiner eigenen Schrullen, seiner Sehnsüchte und Abneigungen aus-
stattete. Überdies erschien ihm die Menschenfeindlichkeit
als exzellente Methode zur Persönlichkeitsentwicklung:
Wenn er seine Abscheu unterdrückte und hin und wieder
jemanden berührte, unterstützte, beriet oder eine Freundschaft schloss, konnte er sein Verhalten als großzügig und
seine Beweggründe als edel betrachten. Und wenn er über
irgendeine menschliche Anstrengung oder Schwäche in
Wut geriet, konnte er sich selbst als kritisch, anspruchsvoll
und mit lauter hübschen Skrupeln gesegnet sehen.

Wie es bei vielen Menschenfeinden der Fall ist, führte auch ihn die Verachtung für die Menschen zu einem Beruf, mit dem er ihnen dienen konnte. Er widmete sich einer Arbeit, die einzig auf seiner Fähigkeit beruhte, das Vertrauen anderer zu gewinnen, und die zudem höchst intime Verhältnisse erforderte. Nachdem er damit geliebäugelt hatte, Priester der anglikanischen Kirche zu werden, ließ er das Vorhaben fallen und wurde Sozialarbeiter. Doch die Zeit und das Pech verschworen sich gegen ihn, und so landete er schließlich in einem Beruf, der ihm sowohl Freiheit als auch Befriedigung brachte. Er wurde «Traumdeuter, Trauminterpret und Traumberater». Diese Tätigkeit entsprach ihm bestens. Er konnte sich die Arbeitszeit selbst einteilen, es gab nur wenig Konkurrenz, die Kundschaft war bereits überzeugt und daher leicht zu handhaben, und er bekam zahllose Gelegenheiten, menschliche Dummheit zu erleben, ohne an ihr beteiligt zu sein oder von ihr beeinträchtigt zu werden, und körperlichen Verfall zu studieren. Seine Einkünfte waren zwar klein, doch an Luxus fand er ohnehin keinen Geschmack – seine Erfahrungen im Kloster hatten seine angeborene Neigung zur Askese nur gefestigt und seine Vorliebe für die Einsamkeit weiterentwickelt. Enthaltsamkeit war ein Hafen, Schweigen ein Schutzschild.

Sein Leben lang hatte er schon eine Schwäche für Dinge. Dabei ging es nicht um den Erwerb von Reichtümern oder schönen Gegenständen, sondern vielmehr um eine echte Zuneigung zu Gebrauchtem: eine Kaffeekanne, die seiner Mutter gehört hatte, die Fußmatte vor der Tür eines Wohnheims, in dem er einmal gelebt hatte, eine Decke aus dem Laden der Heilsarmee. Es war, als hätte sich seine Geringschätzung von zwischenmenschlichem Kontakt in ein Verlangen nach Dingen verwandelt, die von Menschen berührt worden waren. Die Rückstände des menschlichen Geistes, die an unbelebten Gegenständen klebten, waren alles, was er von der Menschheit aushielt. So konnte er über das Vorhandensein von Spuren menschlicher Schritte auf der Matte nachdenken – den Geruch der Decke einsaugen und sich in der süßen Gewissheit suhlen, dass viele Körper unter ihr geschwitzt, geschlafen, geträumt, geliebt hatten, unter ihr krank gewesen oder sogar gestorben waren. Wohin er auch ging, seine Dinge nahm er immer mit und war beständig auf der Suche nach weiteren. Dieser Durst nach Gebrauchtem führte auch zu beiläufigen, aber gewohnheitsmäßigen Sichtungen der Mülltonnen in den Gassen oder der Abfalleimer auf öffentlichen Plätzen …

Aufs Ganze gesehen war seine Persönlichkeit arabesk: fein ziseliert, symmetrisch, ausgewogen und fest gefügt – bis auf einen einzigen Fehler. Hin und wieder wurde die sorgsame Konstruktion von ebenso seltenen wie heftigen sexuellen Gelüsten getrübt.

Er hätte ein Leben als aktiver Homosexueller führen können, doch dazu fehlte ihm der Mut. Brutalität war ihm nicht gegeben, und Analverkehr kam nicht infrage, da er keine dauerhafte Erektion zustande brachte und auch die Vorstellung der Erektion eines anderen nicht ertrug. Außerdem gab es nur eines, was ihn noch mehr abstieß, als eine Frau zu liebkosen und in sie einzudringen, nämlich die Vorstellung, einen Mann zu liebkosen oder von ihm liebkost zu werden. Ohnehin waren seine Gelüste, so intensiv sie auch sein mochten, nie mit dem Genuss von Körperkontakt einhergegangen. Fleisch an Fleisch war ihm ein Gräuel. Körper- oder Mundgeruch überforderten ihn. Der Anblick von Schlafsand im Augenwinkel, faulenden oder fehlenden Zähnen, Ohrenschmalz, Mitessern, Muttermalen, Blasen, Hautkrusten – all den ganz natürlichen Absonderungen und Schutzmaßnahmen, zu denen ein Körper fähig war – beunruhigte ihn. Daher richtete sich seine Aufmerksamkeit nach und nach auf jene Menschen, deren Körper am wenigsten Anstoß erregte – Kinder. Und da er zu zaghaft war, um sich der Homosexualität zu stellen, und kleine Jungen ohnehin frech, furchterregend und stur waren, beschränkte er sein Interesse noch weiter auf kleine Mädchen. Die waren meist gut zu handhaben und häufig verführerisch. Obszön war seine Sexualität ganz und gar nicht; die Gunst, die er den kleinen Mädchen schenkte, hatte etwas Unschuldiges an sich und war in seinem Kopf eng mit Reinlichkeit verknüpft. Man könnte wohl sagen, er war ein äußerst reinlicher alter Mann.

Ein karibischer Mann mit Zimtaugen und zartbrauner Haut.

Obwohl auf dem Schild in seinem Küchenfenster und den Visitenkarten, die er überall verteilte, sein Taufname stand, nannten die Leute im Ort ihn alle nur Soaphead Church. Kein Mensch wusste, woher das «Church» kam – vielleicht hatte sich jemand an seine Zeit als Gastprediger erinnert, einer jener Geistlichen, die zwar geweiht waren, aber nicht über eigene Schäfchen oder ähnliches Getier verfügten und stattdessen ständig in anderen Kirchen zu Gast waren und neben dem gastgebenden Pastor am Altar saßen. Doch alle wussten, worauf sich «Soaphead» bezog – auf seine festen, lockigen Haare, die glänzten und in schönen Wellen lagen, wenn er sie mit Seifenschaum pomadisierte. Ein recht primitiver Vorgang.

Er war in einer Familie aufgewachsen, die stolz auf ihre akademischen Errungenschaften und ihr durchmischtes Blut war – sie glaubten sogar fest daran, dass Ersteres auf Letzterem beruhte. Den weißen Anteil hatte Anfang des 19. Jahrhunderts ein gewisser Sir Whitcomb in die Familie eingebracht, ein welkender britischer Adliger, der es vorzog, seinen endgültigen Verfall unter einer freundlicheren Sonne als der englischen zu vollziehen. Als Gentleman von königlichen Gnaden hatte er für seinen *mulatto*-Bastard das einzig Richtige getan – ihn nämlich mit dreihundert Pfund Sterling ausgestattet, zur großen Genugtuung der Mutter des besagten Bastards, die sich vom Schicksal begünstigt fühlte. Auch der Bastard selbst war dankbar und betrachtete es fortan als sein Lebensziel, seinen weißen Anteil zu fördern. Er schenkte seine Gunst einer Fünfzehnjährigen vergleichbarer Herkunft. Sie wiederum, als brave Parodie alles Viktorianischen, lernte von ihrem Mann das Einzige, was sich zu lernen lohnte – sich in Körper, Geist und Denken von allem abzukehren, was an Afrika gemahnte, und Gewohnheiten, Geschmäcker und Vorlieben zu pflegen, die ihr abwesender Schwiegervater und ihre närrische Schwiegermutter gutgeheißen hätten.

Diese Anglophilie vererbten sie ihren sechs Kindern

und sechzehn Enkelkindern. Mit Ausnahme gelegentlicher rebellischer Elemente, die sich widerborstig für Schwarz entschieden, heirateten sie alle «nach oben», hellten den Teint der Familie auf und verdünnten ihr Erscheinungsbild.

Mit einer Selbstgewissheit, wie sie nur der feste Glaube an die eigene Überlegenheit hervorbringt, schlugen sie sich bestens in der Schule. Sie waren fleißig, ordentlich und energiegeladen, stets in der Hoffnung, jeglichen Zweifel an De Gobineaus These auszuräumen, dass sämtliche Zivilisationen von der weißen «Rasse» abstammten, keine ohne ihre Hilfe bestehen könne und eine Gesellschaft nur insoweit Größe und Brillanz beweise, wie es ihr gelinge, sich das Blut jener edlen Gruppierung zu erhalten, die sie hervorgebracht habe. So wurden sie nur selten von jenen Lehrkräften übersehen, die an vielversprechende Schüler Empfehlungen für ein Studium im Ausland aussprachen. Die Männer studierten Medizin, Jura und Theologie und bekleideten wiederholt die machtlosen Regierungsämter, die der indigenen Bevölkerung offenstanden. Dass sie im Öffentlichen wie im Privaten korrupt handelten und ebenso lüstern wie lasziv waren, galt als ihr edles Recht und wurde vom Großteil der weniger gesegneten Bevölkerung ausgiebig genossen.

Im Lauf der Jahre erwies es sich aufgrund der Unachtsamkeit einiger Whitcomb-Brüder als zunehmend schwieriger, das Weißsein aufrechtzuerhalten, und manche entfernten und auch weniger entfernten Verwandten heirateten einander. Diese unklugen Verbindungen zeitigten zwar keine offensichtlich nachteiligen Folgen, doch ein, zwei ehemalige Dienstmädchen oder Gärtnersburschen vermerkten bei manchen der Kinder ein spürbares Nachlassen der geistigen Kräfte und eine gewisse Neigung zur Exzentrik. Einen Makel jenseits der üblichen Trunksucht und Lüsternheit. Diesen Makel schrieben sie jedoch nur den Ehen innerhalb der Familie zu, nicht dem ursprünglichen Genmaterial des verkommenen Lords. Jedenfalls gab es sie, diese Ausfälle. Sicherlich kaum häufiger als in anderen Familien, nur gefährlicher, weil sie mehr Macht besaßen. Einer war ein religiöser Fanatiker, der heimlich eine eigene Sekte gründete und vier Söhne zeugte, von denen einer Lehrer wurde, bekannt für die Präzision seiner Urteile und die Beherrschtheit seiner Gewaltausübung. Dieser Lehrer heiratete eine reizende, antriebslose Halbchinesin, die sich den Anstrengungen, einen Sohn zur Welt zu bringen, nicht gewachsen zeigte. Sie starb bald nach der Geburt. Ihr Sohn, der den Namen Elihue Micah Whitcomb trug, bot dem Lehrer reichlich Gelegenheit, seine Theorien über Erziehung, Disziplin und ein gutes Leben zu entwickeln. Alles, was der kleine Elihue wissen musste, lernte er gut, vor allem die schöne Kunst des Selbstbetrugs. Er las begierig, begriff jedoch nur sehr selektiv und wählte sich aus den Ideen anderer immer jene Bestandteile aus, die seine jeweils aktuellen Vorlieben untermauerten. So merkte er sich zwar Hamlets Schmähungen der Ophelia, nicht aber Jesu Liebe zu Maria Magdalena, und Hamlets leichtfertigen Umgang mit der Politik, nicht aber die ernsthafte Anarchie Jesu. Er registrierte Edward Gibbons Schärfe, nicht aber seine Toleranz, Othellos Liebe zur schönen Desdemona, nicht aber Jagos pervertierte Liebe zu Othello. Am meisten bewunderte er Dantes Werke; am meisten verhasst waren ihm die Werke Dostojewskis. Obwohl er mit den besten Denkern der westlichen Welt in Berührung kam, ließ er nur deren engstirnigste Auslegungen an sich heran. Auf die beherrschte Gewaltausübung seines Vaters reagierte er, indem er sich harte Gewohnheiten und eine weiche Phantasie zulegte. Einen Hass auf und zugleich eine große Faszination für jegliche Andeutung von Unordnung und Verfall.

Mit siebzehn dann begegnete er seiner Beatrice, die drei Jahre älter war als er. Ein liebreizendes, lachendes, langbeiniges Mädchen, Verkäuferin in einem chinesischen Warenhaus. Velma. Sie war so voller Liebe und Lust am Leben, dass sie auch den zarten, kränklichen Elihue nicht davon ausnahm. Seine Pingeligkeit und seinen vollständigen Mangel an Humor fand sie rührend und wollte nichts lieber als ihn mit der Idee der Freude bekannt machen. Dieser Idee widersetzte er sich, doch sie heiratete ihn trotzdem, nur um dann festzustellen, dass er unter einer unbezwingbaren Schwermut litt und diese sehr genoss. Als sie nach zwei Monaten Ehe herausgefunden hatte, wie viel ihm seine Schwermut bedeutete, dass ihm sehr daran gelegen war, aus ihrer Lebensfreude rein akademische Düsternis zu machen, und dass er körperliche Liebe behandelte wie die Kommunion und den Heiligen Gral, verließ sie ihn kurzerhand. Schließlich hatte sie nicht so viele Jahre am Meer gelebt und die ganze Zeit den Liedern der Hafenarbeiter gelauscht, um ihr Leben jetzt in der lautlosen Höhle von Elihues Denken zu fristen.

Er kam nie über ihre Fahnenflucht hinweg. Sie hätte

doch die Antwort auf seine nie gestellte, nie eingestandene Frage sein sollen – wo war das Leben, mit dem sich diesem penetranten Nichtleben entgegenwirken ließ? Velma hätte ihn doch aus diesem Nichtleben, das ihm mit dem flachen Ende des väterlichen Gürtels eingebläut worden war, befreien sollen. Doch er hatte sich ihr mit so viel Geschick widersetzt, dass er sie schließlich zur Flucht aus der unweigerlichen Ödnis eines derart gezierten Lebens trieb.

Die feste Hand des Vaters bewahrte den jungen Elihue vor dem sichtbaren Zerbrechen, denn er rief ihm den Ruf seiner eigenen Familie ebenso in Erinnerung wie den fragwürdigen der Familie Velmas. Daraufhin stürzte sich Elihue mit noch mehr Eifer als zuvor in seine Studien und entschied sich schließlich doch für das Priesteramt. Als ihm nahegelegt wurde, er habe keine Berufung, ging er fort von der Insel und kam nach Amerika, um sich dem Studium des aufkeimenden Fachbereichs Psychiatrie zu widmen. Doch das Fach erforderte zu viel Wahrheit, zu viel Konfrontation und bot einem ungefestigten Ego zu wenig Halt. Es trieb ihn weiter zur Soziologie, dann zur Physiotherapie. Diese vielfältigen Studien zogen sich über sechs Jahre, dann weigerte sich sein Vater, ihn weiter zu unterstützen, solange er sich nicht «gefunden» habe. Elihue sah sich auf sich selbst zurückgeworfen, und weil er nicht wusste, wo er suchen sollte, «fand» er sich vor allem gänzlich unfähig, Geld zu verdienen. Er versank in einer Vornehmheit, die aber rasch fadenscheinig wurde, durchsetzt von den wenigen respektablen Tätigkeiten, die Schwarzen, ungeachtet ihres edlen Geblüts, in Amerika offenstanden: Empfangschef in einem Schwarzen vorbehaltenen Hotel in Chicago, Versicherungsvertreter, Handlungsreisender im Auftrag einer Kosmetikfirma speziell für Schwarze. Schließlich ließ er sich 1931 in Lorain, Ohio, nieder, gab sich als Geistlicher aus und erntete allgemein Hochachtung für seinen britischen Akzent. Die Frauen im Ort fanden bald heraus, dass er enthaltsam lebte, und weil sie seine Zurückweisungen nicht anders einordnen konnten, kamen sie zu dem Schluss, er müsse übernatürlich sein und nicht unnatürlich.

Sobald ihm diese Schlussfolgerung klar geworden war, reagierte er umgehend darauf, indem er den Namen (Soaphead Church) und die Rolle annahm, die sie ihm zugedacht hatten. Er mietete eine Art Hinterzimmerwohnung von einer tiefreligiösen alten Dame namens Bertha Reese. Sie war reinlich, ruhig und nahezu völlig taub. Die Unterkunft war in fast jeder Hinsicht ideal, bis auf eines. Bertha Reese besaß einen alten Hund namens Bob, der zwar ebenso taub und ruhig war wie sie, jedoch längst nicht so reinlich. Seine Tage verschlief er auf der hinteren Veranda, über die Elihue seine Wohnung betrat. Der Hund war zu alt, um noch zu irgendetwas nütze zu sein, und Bertha Reese hatte weder die Kraft noch den Weitblick, sich ordentlich um ihn zu kümmern. Sie fütterte ihn, gab ihm zu trinken und überließ ihn ansonsten sich selbst. Der Hund war räudig; aus seinen müden Augen rann eine meergrüne Substanz, die Mücken und Fliegen anlockte. Soaphead empfand großen Ekel vor Bob und wünschte sich inständig, er würde endlich sterben. Den Wunsch nach dem Tod des Hundes betrachtete er als barmherzig, denn er konnte, so redete er sich ein, es nicht ertragen, ein Lebewesen leiden zu sehen. Ihm kam gar nicht in den Sinn, dass es ihm im Grunde um sein eigenes Leiden ging, denn der Hund hatte sich längst an Alter und Gebrechlichkeit gewöhnt. Schließlich entschloss sich Soaphead, dem Elend des Tiers ein Ende zu setzen, und besorgte sich zu diesem Zweck ein Gift. Nur das Schaudern davor, sich dem Hund zu nähern, hatte ihn bisher davon abgehalten, sein Vorhaben in die Tat umzusetzen. Er wartete noch auf den nötigen Zorn oder blinden Ekel als Ansporn.

Dort zwischen seinen gebrauchten Dingen erhob er sich jeden Morgen früh aus einem traumlosen Schlaf und betreute diejenigen, die Rat bei ihm suchten.

Er trieb Handel mit der Furcht. Die Leute kamen voller Furcht zu ihm, flüsterten voller Furcht, weinten und flehten voller Furcht. Und Furcht war auch, was er ihnen riet.

Sie standen einzeln vor seiner Tür, jeder unter einem eigenen, mit Wut, Sehnsucht, Stolz, Rachedurst, Einsamkeit, Unglück, Niederlagen und Hunger bestickten Grabtuch. Sie verlangten nach den einfachsten Dingen: Liebe, Gesundheit, Geld. Mach, dass er mich liebt. Sag mir, was dieser Traum bedeutet. Hilf mir, diese Frau loszuwerden. Mach, dass meine Mutter mir meine Kleider wiedergibt. Mach, dass meine linke Hand nicht mehr zittert. Verscheuch den Geist meines Babys aus dem Ofen. Hilf Soundso aus der Klemme. All diesen Anliegen widmete er sich. Und immer tat er, was ihm angetragen wurde – nie wies er irgendjemanden darauf hin, das Anliegen sei vielleicht unrecht, boshaft oder aussichtslos.

Mitsamt den sporadischen und immer selteneren Begegnungen mit den kleinen Mädchen, die er überreden konnte, bei ihm zu Gast zu sein, lebte er recht friedlich zwischen all seinen Dingen und gestand sich keinerlei Reue zu. Natürlich war ihm bewusst, dass etwas mit seinem Leben, mit jedem Leben im Argen lag, doch dieses Problem platzierte er dort, wo es hingehörte, zu Füßen des Schöpfers allen Lebens. Er glaubte, Verfall, Laster, Schmutz und Unordnung müssten in der Natur der Dinge liegen, so allgegenwärtig, wie sie waren. Das Böse gab es, weil Gott es erschaffen hatte. Ihm, Gott, war da ein nachlässiger und unverzeihlicher Fehler in der Einschätzung unterlaufen: Er hatte ein unvollkommenes Universum erschaffen. Die Theologie rechtfertigte das Vorhandensein des Verderbens damit, dass es den Menschen die Möglichkeit gebe, zu streben, sich prüfen zu lassen und zu triumphieren. Ein Triumph kosmischer Aufgeräumtheit. Doch dieses Aufgeräumte, das Aufgeräumte Dantes, lag in der ordentlichen Aufteilung und Abgrenzung sämtlicher Stufen von Bosheit und Verfall. So war es aber nicht in dieser Welt. Selbst die Damen mit dem erlesensten Äußeren mussten die Toilette aufsuchen, und die von scheußlichster Erscheinung verfolgten die reinsten, geheiligsten Sehnsüchte. Gott hatte seine Aufgabe einfach schlecht erfüllt, und Soaphead hatte die Vermutung, er selbst hätte das besser hinbekommen. Ein Jammer, dass der Schöpfer ihn nicht vorher zurate gezogen hatte.

All diesen Gedanken hing Soaphead an einem heißen Spätnachmittag wieder einmal nach, da hörte er ein Klopfen an der Tür. Als er öffnete, stand ein kleines

Mädchen vor ihm, das ihm gänzlich unbekannt war. Sie mochte vielleicht zwölf sein, dachte er, und erschien ihm beklagenswert unansehnlich. Als er sie fragte, was sie wolle, antwortete sie ihm nicht, sondern hielt ihm nur eine der Karten hin, auf denen er seine Talente und Dienste anpries: «Wenn unnatürliche Sorgen und Zustände Sie plagen – ich kann sie beseitigen; Flüche, Pech und schädliche Einflüsse lassen sich überwinden. Bedenken Sie, ich bin ein wahrer Spiritist und Seher, von Geburt an mit dieser Macht gesegnet, und ich werde Ihnen helfen. Schon eine Konsultation genügt. In den vielen Jahren meines Wirkens habe ich zahllose Ehen gestiftet und manche Getrennten wieder vereint. Wenn Sie unglücklich sind, entmutigt oder in Bedrängnis – ich kann Ihnen helfen. Fühlen Sie sich vom Pech verfolgt? Ist der Mensch, den Sie lieben, nicht mehr derselbe? Ich kann Ihnen den Grund dafür nennen. Ich werde Ihnen Feinde und Freunde aufzeigen, Ihnen sagen, ob der Mensch, den Sie lieben, treu ist oder falsch. Wenn Sie krank sind, zeige ich Ihnen den Weg zur Heilung. Ich mache Verlorenes und Gestohlenes ausfindig. Zufriedenheit ist garantiert.»

Soaphead Church ließ sie herein.

«Was kann ich für dich tun, mein Kind?»

Sie stand vor ihm, die Hände vor dem Bauch gefaltet, ein kleiner, gewölbter Schmerbauch. «Vielleicht. Vielleicht können Sie es ja für mich tun.»

«Was soll ich denn für dich tun?»

«Ich kann nicht mehr zur Schule. Und ich dachte, vielleicht können Sie mir ja helfen.»

«Wie helfen? Sag es mir. Hab keine Angst.»

«Mit meinen Augen.»

«Was ist denn mit deinen Augen?»

«Sie sollen blau sein.»

Soaphead spitzte die Lippen und ließ die Zunge über einen Goldzahn fahren. Er dachte sich, dass dies zugleich die abwegigste und die logischste Bitte sein musste, die je an ihn herangetragen worden war. Da stand dieses hässliche kleine Mädchen und bat um Schönheit. Eine Flutwelle aus Liebe und Verständnis schwappte über ihn hinweg, wurde aber rasch von Wut verdrängt. Wut darüber, dass er nicht die Macht besaß, ihr zu helfen. Von all den Wünschen, mit denen die Leute zu ihm kamen – Geld, Liebe, Rache –, schien ihm dieser der ergreifendste, der es am meisten verdiente, erfüllt zu werden. Ein kleines Schwarzes Mädchen, das sich aus den Niederungen seines Schwarzseins erheben und die Welt mit blauen Augen sehen wollte. Seine Empörung wuchs, sie fühlte sich an wie Macht. Zum ersten Mal wünschte er sich aufrichtig, er könnte Wunder wirken. Nie zuvor hatte er sich diese wahre und heilige Macht auch nur ersehnt – nur die Macht, andere glauben zu machen, er besäße sie. Wie traurig, wie unanständig, allein von der Sterblichkeit und nicht vom eigenen Ermessen daran gehindert zu werden. Oder war das gar nicht so?

Mit bebender Hand schlug er das Kreuzzeichen über ihr. Er spürte Gänsehaut; mitten in diesem heißen, dämmrigen kleinen Zimmer voller gebrauchter Dinge fröstelte ihn.

«Ich kann nichts für dich tun, mein Kind. Ich bin kein Zauberer. Ich wirke nur durch Gott, den Herrn. Manchmal verwendet Er mich, um den Menschen zu helfen. Ich kann nichts weiter tun, als mich Ihm zur Verfügung zu halten, das Instrument zu sein, durch das Er wirkt. Wenn Er dir deinen Wunsch erfüllen will, so wird Er es tun.»

Soaphead trat ans Fenster und drehte dem Mädchen den Rücken zu. Seine Gedanken rasten, kamen ins Stolpern und rasten weiter. Wie sollte er den nächsten Satz formulieren? Wie sich das Gefühl der Macht erhalten? Sein Blick fiel auf den alten Bob, der auf der Veranda schlief.

«Wir müssen … ah, ein Opfer darbringen, einen Kontakt zur Natur herstellen, will ich sagen. Vielleicht kann ja ein schlichtes Geschöpf uns als Medium dienen, durch das Er zu uns spricht. Wir wollen sehen.»

Er kniete vor dem Fenster nieder, bewegte die Lippen. Nach einer Zeitspanne, die ihm angemessen schien, erhob er sich wieder und ging zu dem Eisschrank, der neben dem anderen Fenster stand. Er nahm ein Päckchen heraus, das in hellrosa Fleischpapier gewickelt war. Aus dem Regal nahm er ein braunes Fläschchen und träufelte etwas daraus auf den Inhalt des Päckchens. Dann legte er es halb geöffnet auf den Tisch.

«Nimm dies und gib es dem Geschöpf, das draußen auf der Veranda schläft, zu fressen. Pass auf, dass es auch alles verzehrt. Und dann achte darauf, wie es sich verhält. Wenn nichts geschieht, so wirst du wissen, dass Gott dich nicht erhört hat. Doch wenn das Tier sich seltsam verhält, wird dir dein Wunsch am morgigen Tag erfüllt werden.»

Das Mädchen nahm das Päckchen; der Geruch des dunklen, klebrigen Fleisches verursachte ihr Brechreiz. Sie legte wieder eine Hand auf den Bauch.

«Nur Mut. Nur Mut, mein Kind. Den Kleingläubigen wird Derartiges nicht gewährt.»

Sie nickte, schluckte angestrengt und unterdrückte das Würgen. Soaphead öffnete ihr die Tür, und sie trat über die Schwelle.

«Leb wohl, Gott segne dich», sagte er und schloss die Tür rasch wieder. Vom Fenster aus sah er ihr zu, die Brauen zu Wellen des Mitgefühls verzogen, die Zunge an das abgenutzte Stückchen Gold in seinem Oberkiefer gepresst. Er sah, wie das Mädchen sich zu dem schlafenden Hund hinunterbückte, wie dieser auf ihre Nähe hin ein Triefauge öffnete, das an den Rändern grünlich verklebt war. Sie streckte die Hand aus, berührte den Kopf des Hundes, streichelte ihn sanft. Dann legte sie das Fleisch auf den Boden der Veranda, direkt vor seine Nase. Der Geruch machte ihn wach; er hob erst den Kopf, dann richtete er sich auf, um es besser riechen zu können. In drei, vier Happen hatte er es verschlungen. Das Mädchen streichelte ihm wieder den Kopf, und der Hund sah aus weichen Dreiecksaugen zu ihr hoch. Auf einmal hustete er, das verschleimte Husten eines alten Mannes – und stand ganz auf. Das Mädchen fuhr zurück. Der Hund würgte, schnappte mit den Zähnen nach der Luft, dann fiel er um. Er wollte sich wieder aufrappeln, schaffte es nicht, versuchte es erneut und fiel dabei halb die Stufen hinunter. Würgend und stolpernd schleppte er sich wie ein kaputtes Aufziehspielzeug durch den Garten. Dem Mädchen stand der Mund offen, ein kleines Blütenblatt von Zunge war zu sehen. Sie machte eine wilde, sinnlose Bewegung mit einer Hand und schlug dann beide Hände vor den Mund. Wieder kämpfte sie den Brechreiz nieder. Der Hund fiel erneut hin, ein Krampf zuckte durch seinen Körper. Dann war er still. Das Mädchen hatte die Hände vor dem Mund, wich ein paar Schritte zurück, dann drehte sie sich um und rannte aus dem Garten und über den Weg davon.

Soaphead Church trat an seinen Tisch. Er setzte sich, die Daumenballen seiner gefalteten Hände stützten seine Stirn. Dann stand er wieder auf und trat an einen kleinen Nachtschrank mit einer Schublade, aus der er Papier und einen Federhalter zog. Ein Tintenfass fand sich auf demselben Regalbrett, wo das Gift stand. So ausgerüstet setzte er sich wieder an den Tisch. Langsam und sorgfältig, mit großem Genuss an seiner Handschrift, schrieb er den folgenden Brief:

ZU HÄNDEN DESSEN, DER DIE NATUR
DES MENSCHEN SO SEHR GEADELT HAT,
INDEM ER SIE ERSCHUF

Lieber Gott,
der Sinn dieses Schreibens liegt darin, Dich mit ein paar Tatsachen vertraut zu machen, die Dir wohl entgangen sein müssen oder die Du womöglich auch vorsätzlich übersiehst.
Vor langer Zeit lebte ich, noch grün und jung, auf einer Deiner Inseln. Einer der Inseln jenes Archipels im Südatlantik zwischen Nord- und Südamerika, der das Karibische Meer und den Golf von Mexiko um-

schließt und sich in die Großen Antillen, die Kleinen Antillen und die Inseln der Bahamas unterteilt. Wohlgemerkt auf keiner der Inseln über oder unter dem Winde, sondern, selbstverständlich auf einer der größeren der beiden Antillen (die Präzision meiner Prosa mag mitunter etwas umständlich erscheinen, es ist jedoch notwendig, dass ich mich Dir gegenüber genauestens ausweise).

Nun denn.

In jener Kolonie machten wir uns die dramatischsten und offenkundigsten Charakterzüge unserer weißen Herren zu eigen, die, wie sich versteht, auch ihre schlechtesten waren. Um uns unsere Identität und Herkunft zu bewahren, hielten wir an jenen Charakterzügen fest, die mit dem größten Nutzen aufrecht und mit dem geringsten Aufwand instand zu halten waren. Folglich waren wir nicht königlich, sondern versnobt, nicht aristokratisch, sondern voller Standesdünkel; Grausamkeit gegenüber Unterlegenen hielten wir für Autorität, und Bildung hieß, überhaupt zur Schule zu gehen. Wir verwechselten Gewalt mit Leidenschaft, Trägheit mit Muße und glaubten, Rücksichtslosigkeit sei Freiheit. Wir zogen unsere Kinder groß und unsere Ernte heran; wir ließen Kleinkinder wachsen und den Besitz sich mehren. Unsere Männlichkeit definierte sich über Befugnisse. Unsere Weiblichkeit über Fügsamkeit. Und der Duft Deiner Früchte und die Mühsal Deiner Tage waren uns zuwider.

Heute Morgen, bevor das kleine Schwarze Mädchen

kam, da habe ich geweint – um Velma. O nein, nicht laut. Einen Laut so voller Reue kann kein Wind je tragen, je ertragen oder sich ihm auch nur verweigern. Doch auf meine ganz eigene, stumme, einsame Art habe ich geweint – um Velma. Damit Du begreifen kannst, was ich heute getan habe, musst Du von Velma wissen.

Sie (Velma) hat mich verlassen wie andere Menschen ein Hotelzimmer. Ein Hotelzimmer ist ein Ort, an dem man sich aufhält, um anderes zu tun. Für sich genommen hat es keine Bedeutung für die eigenen Pläne. Ein Hotelzimmer ist angenehm. Doch seine Annehmlichkeiten sind auf die Zeit beschränkt, in der man es braucht, weil man sich aus bestimmten Gründen in einer bestimmten Stadt aufhält; man hofft auf Bequemlichkeit, hat es aber insgesamt doch lieber anonym. Schließlich ist es ja nicht der Ort, an dem man *lebt*.

Sobald man es nicht mehr braucht, bezahlt man einen kleineren Betrag für seine Nutzung; man sagt «Danke sehr, Sir», und wenn das, was man in der jeweiligen Stadt zu tun hatte, erledigt ist, verlässt man auch das Zimmer. Hat je ein Mensch bereut, ein Hotelzimmer verlassen zu haben? Will je ein Mensch, der irgendwo ein Zuhause, ein richtiges Zuhause hat, in ihm bleiben? Wirft je ein Mensch noch einen Blick der Zuneigung oder auch einen Blick der Abscheu zurück, wenn er ein Hotelzimmer verlässt? Lieben oder verabscheuen kann man ja nur das, was in diesem Zimmer an *Leben* stattgefunden hat. Aber das Zimmer selbst? Trotzdem nimmt man ein Andenken mit. Nicht die Erinnerung an das Zimmer, o nein. Vielmehr die Erinnerung an die Zeit und den Ort dessen, was man erledigt, was man erlebt hat. Was könnte je ein Mensch für ein Hotelzimmer empfinden? Man empfindet so wenig für ein Hotelzimmer, wie man von dem Zimmer erwarten würde, dass es seinen Bewohnern Gefühle entgegenbringt.

So, himmlischer, himmlischer Vater, so hat sie mich verlassen; oder vielmehr nicht verlassen, denn sie war ja im Grunde nie richtig da.

Du erinnerst Dich sicher noch, wie und woraus wir gemacht sind? Ich möchte Dir von den Brüsten kleiner Mädchen erzählen. Ich muss mich für die Unschicklichkeit (trifft es das?) entschuldigen, für das Ungleichgewicht, sie zu den ungünstigsten Tageszeiten und an den ungünstigsten Orten geliebt zu haben, und für die Geschmacklosigkeit, auch jene geliebt zu haben, die Angehörige meiner Familie ihr eigen nannten. Aber muss ich mich auch dafür entschuldigen, Fremde geliebt zu haben?

Doch auch Du lagst hier fehl, o Herr. Wie und warum konntest Du das zulassen? Wie kommt es, dass ich meinen Blick überhaupt von der Betrachtung Deines Leibes heben und mich tief in die Betrachtung des ihren versenken konnte? Die Knospen. Diese Knospen an manchen dieser Schösslinge. Sie waren boshaft, musst Du wissen, boshaft und zart. Boshafte kleine Knospen, die sich der Berührung verweigerten, elastisch wie Gummi. Und doch aggressiv. Sie forderten mich heraus, sie zu berühren. Befahlen mir, sie zu berühren. Kein bisschen schüchtern, wie man doch meinen sollte. Sie reckten sich mir entgegen, o ja, mir. Solche Mädchen mit schmalen Brüsten, Befingerbrüsten. Hast Du die je gesehen, o Herr? Also, richtig gesehen? Man kann sie nicht sehen, ohne sie zu lieben. Du, der Du sie gemacht hast, musst sie schon als Idee betörend gefunden haben – wie viel betörender ist dann die Umsetzung dieser Idee. Ich konnte, Du wirst Dich erinnern, die Hände, den Mund nicht von ihnen lassen. Salzig-süß. Wie nicht ganz reife Erdbeeren, bedeckt vom leicht salzigen Schweiß durchrannter Tage, durchhüpfter, durchhopster, durchsprungener Stunden.

Sie zu lieben – zu fassen, zu schmecken, zu fühlen –, das war mehr als ein leichtes, schwelgerisches menschliches Laster; für mich waren sie DAS, WAS ICH STATTDESSEN TAT. Statt Papa, statt des Priesteramts, statt Velma, und es war meine Wahl, nicht ohne sie auszukommen. Aber ich habe mich nicht der Kirche angeschlossen. Das immerhin habe ich nicht getan. Was ich hingegen getan habe? Den Leuten erzählt, ich wüsste alles über Dich. Ich hätte Zugang zu Deiner Macht. Das war nicht gänzlich *gelogen*; es war nur *gänzlich* gelogen. Nie hätte ich, das muss ich eingestehen, nie hätte ich Geld von ihnen nehmen dürfen für wohlformuliertes, wohlplatziertes, wohlangesehenes Lügen. Aber wohlgemerkt, es war mir zuwider. Geliebt habe ich es nicht einen Moment lang, weder das Lügen noch das Geld.

Doch bedenke: die Frau, die das Hotelzimmer verlassen hat.

Bedenke: das Grünen, das Heranwachsen auf dem Archipel.

Bedenke: ihre hoffnungsvollen Augen, überflügelt von den hoffenden Brüsten.

Bedenke: wie nötig ich ein behagliches Übel hatte, um mich vor dem Wissen zu bewahren, das zu wissen ich nicht ertragen kann.

Bedenke: wie verhasst, wie zuwider mir das Geld war. Und nun bedenke – nicht nach dem, was mir gerechterweise gebührt, sondern nach *meiner* Barmherzigkeit: das kleine Schwarze Mädchen, das heute mit seinen Spinnereien zu mir kam. Sag mir, o Herr, wie konntest Du dieses Kind so ganz verlassen, dass es den Weg zu mir findet? Wie konntest Du? Ich weine um Dich, o Herr. Und weil ich um Dich weine, oblag es mir auch, Dein Werk für Dich zu tun.

Weißt Du, was sie von mir wollte? Blaue Augen. Neue, blaue Augen, hat sie gesagt. Als wollte sie Schuhe kaufen. «Ich hätte gern ein Paar neue, blaue Augen.» Sie muss Dich schon lange darum gebeten haben, und Du hast sie nicht erhört. (Gewohnheit, das hätte ich ihr sagen können, uralte Gewohnheit, einmal für Hiob gebrochen – aber danach nie wieder.) Und so kam sie damit zu *mir*. Sie hatte eine meiner Karten dabei. (Ich füge sie bei.) Den Namen Micah habe ich übrigens selbst eingefügt – Elihue Micah Whitcomb. Doch genannt werde ich Soaphead Church. Ich weiß nicht mehr, wie und warum ich an

diesen Namen kam. Wie wird der eine Name mehr
zur Person als der andere? Heißt das, der Name ist das
Eigentliche? Und die Person nur das, was ihr Name
besagt? Hast Du deshalb nicht geantwortet, als Moses
Dir die schlichteste und freundlichste aller Fragen
stellte: «Wie heißt du?», und stattdessen nur gesagt:
«Ich bin, der ich bin.» Wie Popeye? Ich bins, was ich
bins? Angst hattest Du, ist es nicht so, Deinen Namen
zu verraten? Angst, dass sie Deinen Namen kennen
würden und dadurch Dich? Dass sie Dich dann nicht
mehr fürchten würden? Das ist ja auch völlig in Ordnung. Sei nicht sauer. Ich will Dich nicht kränken.
Ich verstehe das. Auch ich war ein böser Mensch und
ein unglücklicher Mensch noch dazu. Doch *ich* werde
eines Tages sterben. Dabei war ich immer so nett. Warum muss ich dann sterben? Die kleinen Mädchen.
Die kleinen Mädchen, die werde ich vermissen, sonst
nichts. Weißt Du, dass ich, wenn ich ihre strammen
kleinen Brüste berührt und daran geknabbert habe –
nur ganz leicht –, immer das Gefühl hatte, freundlich
zu sein? Ich wollte sie gar nicht auf den Mund küssen, mich zu ihnen ins Bett legen oder meine eigene
kindliche Braut nach Hause führen. Ich fand mich
bloß verspielt und freundlich. Nicht so, wie es in der
Zeitung stand. Nicht so, wie die Leute flüstern. Und
es hat sie auch nicht gestört. Kein bisschen. Weißt
Du noch, wie viele von ihnen immer wieder kamen?
Kein Mensch wollte das auch nur verstehen. Wären
sie denn wiedergekommen, wenn ich ihnen wehgetan
hätte? Zwei von ihnen, Doreen und Sugar Babe, die

kamen immer zusammen. Ich habe ihnen Pfeffer-
minzbonbons geschenkt und Münzen, und sie haben
Eis gegessen und die Beine gespreizt, damit ich mit
ihnen spielen konnte. Wie eine kleine Party. Und
da war nichts Hässliches dabei, nichts Schmutziges,
es roch nicht, und es wurde nicht gestöhnt – nur
das leise, weiße Lachen der kleinen Mädchen und
meines. Und hinterher gab es keinen Blick – keinen
komischen langen Blick – keinen komischen langen
Velma-Blick. Kein Blick, von dem man sich hinterher dreckig fühlt. Von dem man am liebsten sterben
möchte. Mit kleinen Mädchen ist alles reinlich und
gut und freundlich.
Das musst Du doch verstehen, o Herr. Du hast doch
selbst gesagt: «Lasset die Kindlein zu mir kommen
und wehret ihnen nicht.» Hast Du das vergessen?
Hast Du die Kindlein vergessen? Ja. Du hast sie vergessen. Du lässt sie Mangel leiden, lässt sie allein am
Straßenrand sitzen und neben dem Leichnam ihrer
Mutter weinen. Ich habe sie selbst gesehen, versehrt,
lahm und gebrechlich. Du hast sie vergessen, o Herr.
Du hast vergessen, wie und wann Du Gott zu sein
hast.
Und deshalb habe ich dem kleinen Schwarzen Mädchen die Augen verändert, und ich habe sie auch nicht
angefasst; nicht einmal leicht berührt habe ich sie.
Doch ich habe ihr die blauen Augen gegeben, die sie
haben wollte. Weder gegen Genuss noch gegen Geld.
Ich habe getan, was Du nicht getan hast, nicht tun
konntest, nicht tun wolltest: Ich habe dieses hässliche

kleine Schwarze Mädchen angeschaut, und ich habe ihm Liebe entgegengebracht. Ich habe Du gespielt. Und es war eine wirklich gelungene Vorstellung! Ich, ich habe ein Wunder gewirkt. Ich habe ihr die Augen geschenkt. Ich habe ihr blaue, blaue, zwei blaue Augen geschenkt. Kobaltblau. Ein Stück davon, direkt aus Deinem blauen Himmel. Niemand sonst wird ihre blauen Augen sehen. Aber *sie* wird sie sehen. Und dann lebt sie glücklich bis ans Ende ihrer Tage. Ich, ich fand es würdig und recht, dies zu tun. Und jetzt bist Du neidisch. Du bist neidisch auf mich.

Siehst Du? Auch ich bin ein Schöpfer. Ich habe nicht aus dem Nichts geschaffen, so wie Du, doch die Schöpfung ist ein berauschender Trunk, der mehr dem Verkoster gebührt als dem Brauer.

Und nun, da ich gewissermaßen von diesem Nektar gekostet habe, fürchte ich Dich nicht mehr, ich fürchte nicht den Tod und nicht einmal das Leben, und das mit Velma ist in Ordnung; auch das mit Papa ist in Ordnung und das mit den Großen und den Kleinen Antillen. Es ist völlig in Ordnung. Völlig.

Mit freundlichen Grüßen verbleibe ich

Immer Dein
Elihue Micah Whitcomb

Soaphead Church faltete die Blätter drei Mal ordentlich zusammen und schob sie in einen Umschlag. Obwohl er kein Siegel besaß, sehnte er sich nach Siegelwachs. Er zog eine Zigarrenkiste unter dem Bett hervor und kramte darin herum. Sie enthielt einige seiner kostbarsten Dinge: ein Splitter Jade, der in dem Hotel in Chicago von einem Manschettenknopf abgesprungen war; ein goldener Kettenanhänger in Form eines Y und mit einer Korallenperle, aus dem Besitz der Mutter, die er nie gekannt hatte; vier große Haarnadeln, die Velma auf dem Rand des Waschbeckens hatte liegen lassen; ein taubenblaues Ripsband aus dem Haar eines kleinen Mädchens namens Precious Jewel; der schwarz angelaufene Kopf eines Wasserhahns vom Waschbecken einer Gefängniszelle in Cincinnati; zwei Murmeln, die er an einem besonders schönen Frühlingstag unter einer Bank im Morningside Park gefunden hatte; ein alter Lucky-Hart-Katalog, der noch nach Gesichtspuder in den Schattierungen Nut Brown und Mokka und nach Zitrus-Gesichtscreme roch. Abgelenkt durch seine Dinge vergaß er, wonach er eigentlich gesucht hatte. Die Mühe, sich daran zu erinnern, war zu groß; er hatte ein Summen im Kopf, und ein Schwall von Müdigkeit überkam ihn. Er schloss seine Kiste, streckte sich auf dem Bett aus und sank in einen elfenbeinernen Schlaf, aus dem ihn auch das leise Wehgeschrei einer alten Dame nicht wecken konnte, die aus ihrem Süßigkeitenladen nach draußen getreten war und dort den leblosen Kadaver eines alten Hundes namens Bob entdeckt hatte.

SOMMER

Ich brauche nur in das feste Fleisch einer Erdbeere zu beißen, schon sehe ich den Sommer – seinen Staub und den drohenden Himmel. Für mich ist und bleibt er die Jahreszeit der Stürme. Die trockenen Tage, die klebrigen Nächte sind in meinem Kopf alle eins, aber die Stürme, diese plötzlichen, heftigen Stürme, verschreckten und erfrischten mich. Aber meine Erinnerung ist unzuverlässig; ich denke an einen Sommersturm in der Stadt, in der wir damals lebten, und stelle mir dabei einen Sommer vor, den meine Mutter 1929 erlebt hat. In dem Jahr, erzählt sie, gab es einen Tornado, der halb Lorain fortgeweht hat. Ich vermische ihren Sommer mit meinem. Wenn ich in die Erdbeere beiße und an Stürme denke, sehe ich sie vor mir. Ein schmales junges Mädchen im rosa Kreppkleid. Eine Hand in die Hüfte gestemmt; die andere schlaff am Schenkel – wartend. Der Wind wirbelt sie davon, hoch über die Häuser hinweg, aber sie steht immer noch so da, mit der Hand in der Hüfte. Lächelnd. Die Erwartung und das Versprechen in ihrer schlaffen Hand kann auch das Inferno nicht ändern. Im Sommertornado von 1929 bleibt die Hand meiner Mutter unauslöschlich. Stark, lächelnd und gelassen steht sie da, während um sie herum die Welt in Trümmer fällt. So viel zur Erinnerung. Öffentliche Fakten werden zur persönlichen Wirklichkeit und die Jahreszeiten einer Kleinstadt im Mittleren Westen zu den Moiren unseres kleinen Lebens.

Es war bereits dichter Sommer, als Frieda und ich unsere Samen bekamen. Seit April warteten wir schon auf dieses Zauberpaket mit den vielen, vielen Samenpäckchen darin, die wir für fünf Cent das Stück verkaufen wollten, um am Ende ein neues Fahrrad dafür zu bekommen. Daran glaubten wir und verbrachten täglich den Großteil unserer Zeit damit, durch den Ort zu stapfen und Samen zu verkaufen. Obwohl Mama uns nur die Häuser von Leuten erlaubt hatte, die sie kannte, und die Viertel, in denen wir uns auskannten, klopften wir überall und segelten durch jede Tür, die uns geöffnet wurde: Häuser mit zwölf Zimmern, die halb so viele Familien beherbergten und nach Fett und Urin stanken; kleine Holzhäuser mit vier Zimmern, die hinter den Büschen an den Bahngleisen verborgen lagen; die Obendrüber-Wohnungen, die über Fischläden, Metzgereien, Möbelgeschäften, Saloons und Restaurants lagen; adrette Backsteinhäuser mit geblümten Teppichen und Glasschalen mit geriffelten Rändern.

In diesem Sommer, als wir die Samen verkauften, dachten wir viel an das Geld und an die Samen und hörten nur mit halbem Ohr auf das, was so erzählt wurde. Dort, wo uns die Leute kannten, wurden wir hereingebeten, sollten uns setzen, bekamen kaltes Wasser oder eine Limo; und während wir dort saßen und uns erfrischten, setzten die Leute ihre Gespräche fort oder erledigten weiter ihre Arbeiten. So fingen wir an, Stück für Stück eine Geschichte zusammenzufügen, eine geheime, entsetzliche, furchtbare Geschichte. Und erst nach zwei oder drei solchen halb mitgehörten Gesprächen wurde uns klar, dass die Geschichte von Pecola handelte. In die richtige Reihenfolge gebracht, gingen diese Gesprächsfetzen so:

«Hast du das mit dem Mädchen gehört?»

«Was denn? Schwanger?»

«Ja. Aber rat mal, von wem?»

«Wie denn? Kenn ich etwa jeden einzelnen kleinen Jungen hier?»

«Das ist es ja. Es war keiner von den kleinen Jungs von hier. Es heißt, es war Cholly.»

«Cholly? Ihr Vater?»

«M-hm.»

«Lord. Erbarmen. Dieser Dreckskerl.»

«Weißt du noch, damals, als er sie alle fast abgefackelt hat? Da wusste ich schon, der ist nicht ganz dicht.»

«Was macht sie denn jetzt? Die Mutter?»

«Einfach weiter wie bisher, nehm ich an. Er ist abgehauen.»

«Die Fürsorge wird ihr das Baby kaum lassen, oder?»

«Keine Ahnung.»

«Diese Breedloves sind doch alle nicht ganz richtig im Kopf. Der Junge macht sich ständig irgendwohin davon, und das Mädchen war nie sonderlich helle.»

«Weiß ja auch niemand wirklich was über die. Wo sie herkommen und so weiter. Verwandtschaft haben sie anscheinend keine.»

«Was glaubst du, warum hat er das gemacht?»

«Keinen blassen Schimmer. Einfach nur abscheulich.»

«Sie sollten sie besser mal aus der Schule nehmen.»

«Sollten sie. Sie hat ja auch Schuld.»

«Also komm. Die ist doch höchstens zwölf.»

«Klar. Aber weiß man's? Warum hat sie sich denn nicht gewehrt?»

«Hat sie ja vielleicht.»

«Ja? Weiß man's?»

«Na, es wird wohl sowieso nicht am Leben bleiben. So, wie die Mutter sie angeblich versohlt hat, kann sie froh sein, dass sie selbst noch lebt.»

«Sie kann auch froh sein, wenn's nicht am Leben bleibt. Wird bestimmt hässlicher als alles, was hier sonst rumläuft.»

«Muss es wohl. So was sollte wirklich verboten werden: dass sich zwei hässliche Menschen vermehren und noch was Hässlicheres dabei rauskommt. Das ist unter der Erde wirklich besser aufgehoben.»

«Na, da würd ich mir mal keine Sorgen machen. Wär ein Wunder, wenn es am Leben bleibt.»

Unser Erstaunen war kurzlebig, dann wich es einer seltsam schamerfüllten Verteidigungshaltung; wir schämten uns an Pecolas Stelle, fühlten uns an ihrer statt gekränkt, und am Ende tat sie uns einfach nur noch leid. Unser Kummer vertrieb alle Gedanken an das neue Fahrrad. Und ich glaube, er fiel umso heftiger aus, weil ihn anscheinend niemand teilte. Alle waren angewidert, belustigt, entsetzt, empört oder sogar begeistert von der Geschichte. Wir hingegen lauerten auf die Stimme, die sagte: «Das arme Mädchen» oder «Das arme Baby», aber wo diese Worte hätten sein sollen, kam nur Kopfschütteln. Wir hielten Ausschau nach Augen, die sich in Anteilnahme verengten, sahen aber nur Schleier.

Ich dachte an das Baby, das alle tot haben wollten, und sah es ganz deutlich vor mir. Es befand sich irgendwo an einem dunklen, feuchten Ort, sein Kopf war bedeckt von großen wolligen Os, in seinem Schwarzen Gesicht steckten zwei blanke Schwarze Augen wie zwei Fünf-Cent-Münzen, die Nase breit, die Lippen zum Küssen dick, dazu die Schwarze Haut wie lebendige, atmende Seide. Keine künstlich blonden Ponyfransen über marmorblauen Augen, keine Stupsnase, kein niedlich geschwungenes Mündchen. Stärker noch als meine Zuneigung zu Pecola war mein Wunsch, dass jemand dieses Schwarze Baby am Leben halten wollte – schon allein, um der allumfassenden Liebe zu den weißen Babypuppen, den Shirley Temples und den Maureen Peals entgegenzuwirken. Und Frieda muss wohl das Gleiche empfunden haben. Wir verschwendeten keinen Gedanken daran, dass Pecola nicht verheiratet war; so viele Mädchen bekamen Babys, ohne verheiratet zu sein. Und wir hielten uns auch nicht lange damit auf, dass der Vater des Babys auch Pecolas Vater war; der Vorgang, überhaupt von einem Mann ein Baby zu kriegen, war uns schon unbegreiflich genug – und ihren Vater kannte sie wenigstens. Wir dachten nur an den überwältigenden Hass auf das ungeborene Baby. Wir erinnerten uns, wie Mrs. Breedlove Pecola zu Boden geschlagen und stattdessen die rosa Tränen dieses steifen Puppenbabys getrocknet hatte, das Töne von sich gab wie die quietschende Tür unseres Eisschranks. Wir erinnerten uns an die kriecherischen Augen der Schulkinder unter den Blicken von Mottenstiel und an die Augen derselben Kinder, wenn sie Pecola anschauten. Vielleicht erinnerten wir uns auch gar nicht; vielleicht wussten wir es einfach. Seit wir denken konnten, hatten wir uns gegen alles und alle verteidigt, sämtliche Äußerungen als Chiffren betrachtet, die wir entschlüsseln mussten, und jede Geste genauestens interpretiert; wir waren stur, findig und hochmütig geworden. Niemand beachtete uns, also achteten wir umso sorgsamer auf uns selbst. Unsere Grenzen waren uns nicht bewusst – damals noch nicht. Unser einziger Nachteil war unsere Größe; die Leute kommandierten uns herum, weil sie größer und stärker waren. Und so beschlossen wir mit Zuversicht, bestärkt von Stolz und Mitgefühl, in den Ablauf der Ereignisse einzugreifen und ein Menschenleben zu verändern.

«Was machen wir jetzt, Frieda?»

«Was können wir schon machen? Miss Johnson hat gesagt, es wär ein Wunder, wenn es am Leben bleibt.»

«Na, dann machen wir ein Wunder draus.»

«Ja, aber wie?»

«Wir könnten beten.»

«Das reicht nicht. Weißt du noch, letztes Mal mit dem Vogel?»

«Das war was anderes; der war doch schon halb tot, als wir ihn gefunden haben.»

«Egal, ich finde trotzdem, diesmal müssen wir was richtig Starkes machen.»

«Dann bitten wir Ihn, er soll Pecolas Baby am Leben lassen, und versprechen Ihm, dass wir dafür einen ganzen Monat lang brav sind.»

«Okay. Aber wir sollten auch was opfern, damit Er weiß, dass wir es diesmal richtig ernst meinen.»

«Aber was denn? Wir haben ja nichts. Nur das Geld von den Samen, zwei Dollar.»

«Das könnten wir opfern. Oder weißt du was? Wir opfern das Fahrrad. Wir vergraben das Geld und … pflanzen die Samen ein.»

«Das ganze Geld?»

«Claudia, willst du das jetzt oder nicht?»

«Okay. Ich dachte nur … Okay.»

«Wir müssen es wirklich richtig machen. Das Geld vergraben wir da, wo sie wohnt, damit wir nicht hinkönnen und es wieder ausgraben, und dann pflanzen wir die Samen bei uns hinters Haus, damit wir auf sie aufpassen können. Und wenn sie wachsen, wissen wir, es ist alles gut. Einverstanden?»

«Einverstanden. Aber diesmal singe ich. Und du sagst den Zauberspruch.»

GUCKMALDAKOMMTEINEFREUNDIN
DIEFREUNDINMÖCHTEMITJANE
SPIELENSIEWERDENSCHÖNZUSAMMEN
SPIELENSPIELJANESPIEL

*Wie oft in der Minute willst du eigentlich noch in das blöde
Ding schauen?*
Ich hab schon ganz lang nicht mehr geguckt.
Hast du wohl …
Na und? Ich kann so viel gucken, wie ich will.
*Sag ich ja auch gar nicht. Ich weiß bloß nicht, warum du
alle paar Minuten gucken musst. Die gehen schon nicht weg.*
Weiß ich ja. Ich gucke einfach gern.
Hast du Angst, sie gehen wieder weg?
Natürlich nicht. Wie sollen sie denn weggehen?
Sind die davor doch auch.
Die sind nicht weggegangen. Sie sind anders geworden.
Weggehen. Anders werden. Ist das ein Unterschied?
Ein riesiger. Mr. Soaphead hat gesagt, sie bleiben für im-
mer.
In Ewigkeit, amen?
Ja, wenn du so fragst.
*Brauchst nicht immer gleich alles besser wissen, wenn du mit
mir redest.*
Ich weiß gar nichts besser. Außerdem hast du angefangen.
*Ich würd nur gern auch mal was anderes machen als dir zu-
sehen, wie du in den Spiegel schaust.*
Du bist nur neidisch.
Bin ich nicht.
Bist du wohl. Du hättest auch gern welche.

Pah. Wie würd ich denn mit blauen Augen aussehen?

Nicht besonders.

Wenn du nicht bald aufhörst, geh ich einfach allein los.

Nein. Geh nicht. Was willst du denn machen?

Wir könnten einfach rausgehen und was spielen.

Dafür ist es doch viel zu heiß.

Kannst deinen blöden Spiegel ja mitnehmen. Steck ihn dir in die Manteltasche, dann kannst du dich überall auf der Straße die ganze Zeit angucken.

Meine Güte! Ich hätte nie gedacht, dass du so neidisch bist.

Ach, komm!

Bist du aber.

Was bin ich?

Neidisch.

Gut, dann bin ich eben neidisch.

Siehst du. Sag ich doch.

Nein. Ich hab's gesagt.

Sind sie auch wirklich hübsch?

Ja. Sehr hübsch.

Einfach nur «sehr hübsch»?

Richtig ehrlich echt sehr hübsch.

Richtig ehrlich echt blau hübsch?

O Gott. Du bist echt verrückt.

Bin ich nicht!

So hab ich das doch nicht gemeint.

Na, wie hast du es denn dann gemeint?

Los, komm. Hier drin ist es zu heiß.

Moment. Ich finde meine Schuhe nicht.

Da sind sie doch.

Oh. Danke.

Hast du deinen Spiegel?

Ja, Schatz ...

Na, dann los. ... Au!

Was ist denn?

Die Sonne ist zu grell. Sie tut mir in den Augen weh.

Mir nicht. Ich muss nicht mal blinzeln. Schau. Ich kann direkt in die Sonne gucken.

Lass das.

Warum denn? Tut ja gar nicht weh. Ich muss nicht mal blinzeln.

Dann blinzel trotzdem. Ich krieg ein ganz komisches Gefühl, wenn du so in die Sonne starrst.

Was denn für ein komisches Gefühl?

Weiß ich auch nicht.

Weißt du wohl. Was für ein komisches Gefühl?

Ich sag doch, ich weiß es nicht.

Warum schaust du mich dann nicht an, wenn du das sagst? Du schaust ja zu Boden wie Mrs. Breedlove.

Mrs. Breedlove schaut zu Boden, wenn sie dich ansieht?

Ja. Neuerdings. Seit ich meine blauen Augen hab, schaut sie mich gar nicht mehr richtig an. Glaubst du, sie ist auch neidisch?

Kann sein. Sie sind ja auch wirklich schön.

Ich weiß. Hat er richtig gut gemacht. Alle sind neidisch. Immer, wenn ich jemanden anschaue, sieht derjenige weg.

Hat dir darum noch niemand gesagt, wie schön sie sind?

Bestimmt. Kannst du dir das vorstellen? Da passiert einem so was, und kein Mensch, also wirklich kein Mensch sagt was drüber? Alle tun, als würden sie gar nichts sehen. Ist das nicht komisch? … Ist das nicht komisch, hab ich gesagt.

Doch.

Du bist die Einzige, die mir sagt, wie hübsch sie sind.

Ja.

Du bist eine echte Freundin. Tut mir leid, dass ich vorhin so auf dir rumgehackt habe. Also, dass du neidisch bist und so.

Schon gut.

Nein. Ehrlich. Du bist meine allerbeste Freundin. Warum hab ich dich bloß früher nicht gekannt?

Früher hast du mich nicht gebraucht.

Gebraucht?

Also … früher warst du immer so unglücklich. Da hast du mich wohl einfach nicht bemerkt.

Da hast du wahrscheinlich recht. Dabei habe ich mich so nach einer Freundin gesehnt. Und du warst die ganze Zeit da. Direkt vor meinen Augen.

Nein, Süße. Direkt hinter deinen Augen.

Was?

Was sagt denn Maureen zu deinen Augen?

Gar nichts sagt sie. Hat sie zu dir mal was gesagt?

Nein. Gar nichts.

Magst du Maureen?

Ach. Sie ist schon in Ordnung. Dafür, dass sie halb weiß ist.

Ich weiß genau, was du meinst. Aber wärst du gern ihre Freundin? Also, würdest du gern mit ihr rumziehen und so?

Nein.

Ich auch nicht. Aber beliebt ist sie schon.

Wer will schon beliebt sein?

Ich nicht.

Ich auch nicht.

Du kannst auch gar nicht beliebt sein. Du gehst ja nicht mal zur Schule.

Du doch auch nicht.

Ich weiß. Aber früher schon.

Warum gehst du denn nicht mehr?

Die haben mich gezwungen.

Wer?

Weiß ich auch nicht. Seit dem ersten Schultag, als ich meine blauen Augen hatte. Am nächsten Tag haben sie Mrs. Breedlove hinbestellt. Und jetzt gehe ich nicht mehr. Aber mir ist das egal.

Egal?

Ja. Die haben alle nur Vorurteile.

Stimmt, sie haben Vorurteile.

Nur, weil ich blaue Augen hab, viel blauer als ihre, haben sie Vorurteile.

Stimmt.

Sie sind doch blauer, oder?

O ja. Viel blauer.

Blauer als die von Joanna?

Viel blauer als die von Joanna.

Und auch blauer als die von Michelena?

Viel blauer als die von Michelena.

Das finde ich auch. Hat Michelena mal was über meine Augen zu dir gesagt?

Nein. Gar nichts.

Hast du was zu ihr gesagt?

Nein.

Wieso?

Wieso was?

Wieso redest du mit niemandem?

Ich rede doch mit dir.

Außer mir.

Ich mag halt niemanden außer dir.

Wo wohnst du eigentlich?

Hab ich dir doch mal erzählt.

Wie heißt deine Mutter?

Was interessierst du dich denn plötzlich so für meinen Kram?

Ich frag mich das halt. Du redest mit niemandem. Du gehst nicht zur Schule. Und mit dir redet auch niemand.

Woher willst du wissen, dass niemand mit mir redet?

Weil's niemand tut. Nicht mal Mrs. Breedlove sagt ein Wort zu dir, wenn du hier bei mir bist. Nie. Manchmal frag ich mich, ob sie dich überhaupt sieht.

Warum sollte sie mich denn nicht sehen?

Weiß ich auch nicht. Manchmal rennt sie dich fast um.

Vielleicht geht's ihr einfach nicht mehr so gut, seit Cholly weg ist.

Ach ja. Da hast du bestimmt recht.

Wahrscheinlich fehlt er ihr.

Ich wüsste nicht, warum. Er war doch immer nur betrunken und hat sie geschlagen.

Na ja, du weißt doch, wie Erwachsene sind.

Ja. Nein. Wie sind sie denn?

Wahrscheinlich hat sie ihn einfach trotzdem geliebt.

DEN?

*Klar. Warum nicht? Wenn sie ihn nicht geliebt hätte, dann
hätte sie ihn doch nicht so oft rangelassen.*

Das heißt nichts.

Woher willst du das wissen?

Ich hab sie ja immer gesehen. Ihr hat's nicht gefallen.

Warum hat sie ihn dann rangelassen?

Weil er sie gezwungen hat.

Wie kann dich jemand zwingen, so was zu tun?

Das ist ganz leicht.

Ach ja? Wieso leicht?

Die zwingen dich einfach, mehr nicht.

*Da hast du wahrscheinlich recht. Und Cholly konnte sowieso
alle zu allem zwingen.*

Konnte er nicht.

Dich hat er doch auch gezwungen, oder?

Sei still!

Ich mach doch nur Spaß.

Sei still!

Schon gut, schon gut.

Er hat's nur versucht, klar? Er hat nichts gemacht. Hast
du verstanden?

Bin ja schon still.

Will ich auch hoffen. Ich mag's nicht, wenn du so redest.

Ich sag doch, ich bin schon still.

Du redest immer so schmutziges Zeug. Wer hat dir das
überhaupt erzählt?

Weiß ich nicht mehr.

Sammy?

Nein. Du.

Ich doch nicht.

Doch, du warst das. Du hast mir erzählt, er hätte es versucht, als du auf dem Sofa eingeschlafen warst.
Siehst du! Du weißt ja gar nicht, was du da redest. Es war, als ich Geschirr gespült hab.
Ach ja. Geschirr.
Allein. In der Küche.
Na, ich bin jedenfalls froh, dass du ihn nicht gelassen hast.
Ja.
Oder hast du?
Hab ich was?
Ihn gelassen.
Wer ist jetzt hier verrückt?
Ich wahrscheinlich.
Allerdings.
Trotzdem …
Ja? Red weiter. Was trotzdem?
Ich frage mich, wie es wohl ist.
Scheußlich.
Echt?
Ja. Scheußlich.
Aber warum hast du Mrs. Breedlove dann nichts erzählt?
Ich hab's ihr doch erzählt!
Ich meine nicht das erste Mal. Ich meine das zweite Mal, als du auf dem Sofa eingeschlafen warst.
Ich hab nicht geschlafen! Ich hab gelesen!
Brauchst nicht gleich brüllen.
Du kapierst auch gar nichts, was? Sie hat mir ja nicht mal geglaubt, als ich's ihr erzählt hab.
Und darum hast du ihr nichts vom zweiten Mal erzählt?
Sie hätte mir wieder nicht geglaubt.

Stimmt. Bringt ja nichts, ihr was zu erzählen, wenn sie dir sowieso nicht glaubt.

Das versuch ich ja gerade, in deinen Dickschädel zu kriegen.

Okay, jetzt hab ich's kapiert. So halbwegs.

Was soll das heißen, so halbwegs?

Du bist heute echt fies.

Du sagst doch ständig so fiese und hinterhältige Sachen. Ich dachte, du bist meine Freundin.

Bin ich auch. Bin ich auch.

Dann lass mich mit Cholly in Ruhe.

Ist ja gut.

Gibt sowieso nichts mehr über ihn zu sagen. Er ist weg.

Ja. Weg mit Schaden.

Ja. Weg mit Schaden.

Und Sammy ist auch weg.

Und Sammy auch.

Bringt also nichts, noch darüber zu reden. Also, über die.

Nein. Bringt gar nichts.

Das ist jetzt alles vorbei.

Ja.

Und du musst keine Angst mehr haben, dass Cholly dir noch mal was tut.

Nein.

Das war scheußlich, oder?

Ja.

Auch das zweite Mal?

Ja.

Echt? Auch das zweite Mal?

Lass mich zufrieden! Lass mich bloß zufrieden.

Verstehst du denn keinen Spaß mehr? Ich wollte doch nur Spaß machen.

Ich will nicht über solche schmutzigen Sachen reden.

Ich auch nicht. Reden wir über was anderes.

Was denn? Worüber sollen wir denn reden?

Na, über deine Augen.

Ach ja. Meine Augen. Meine blauen Augen. Ich muss sie mir noch mal angucken.

Siehst du, wie schön sie sind.

Ja. Jedes Mal, wenn ich sie mir angucke, sind sie noch schöner.

Die schönsten Augen, die ich je gesehen hab.

Echt?

O ja.

Schöner noch als der Himmel?

O ja. Viel schöner als der Himmel.

Schöner als die Augen in dem Alice-und-Jerry-Buch?

O ja. Viel schöner als die in dem Alice-und-Jerry-Buch.

Und schöner als die von Joanna?

O ja. Und auch blauer.

Blauer als die von Michelena?

Ja.

Bist du sicher?

Klar bin ich sicher.

Du klingst aber nicht so …

Ich bin mir sicher. Außer …

Außer was?

Ach, gar nichts. Ich musste nur an diese Frau denken, die ich gestern gesehen hab. Die hatte wirklich sehr blaue Augen. Aber nein. Nicht blauer als deine.

Bist du sicher?

Ja. Jetzt weiß ich es wieder. Deine sind blauer.

Da bin ich froh.

Ich auch. Ich fände es schrecklich, wenn es irgendwen mit blaueren Augen als deine gäbe. Aber da gibt es bestimmt niemanden. Zumindest nicht hier in der Gegend.

Aber das weißt du nicht, oder? Du hast ja nicht alle Leute gesehen, oder?

Nein.

Es könnte also doch jemanden geben, oder?

Kaum.

Aber vielleicht doch. Vielleicht. «Hier in der Gegend», hast du gesagt. Dass «hier in der Gegend» wahrscheinlich niemand blauere Augen hat. Aber wie ist es anderswo? Selbst wenn meine Augen blauer sind als die von Joanna und blauer als die von Michelena und blauer als die von der Frau, die du gesehen hast, vielleicht ist ja noch irgendwer anderswo mit blaueren Augen als meine?

Sei nicht albern.

Kann doch sein. Oder nicht?

Kaum.

Aber mal angenommen. Mal angenommen, irgendwo ganz weit weg. Wenn es jetzt irgendwo in Cincinnati jemanden mit blaueren Augen als meine gibt? Oder angenommen, es gibt *zwei* Leute mit blaueren Augen?

Na und? Du wolltest blaue Augen. Jetzt hast du blaue Augen.

Er hätte sie blauer machen sollen.

Wer?

Mr. Soaphead.

Hast du ihm gesagt, wie blau du sie haben willst?

Nein. Hab ich vergessen.

Oh. Tja.

Schau. Schau mal, da drüben. Das Mädchen. Schau dir die Augen an. Sind sie blauer als meine?

Nein, ich glaube nicht.

Hast du auch wirklich gut hingeschaut?

Ja.

Da kommt noch jemand. Schau dir seine Augen an. Schau, ob sie blauer sind.

Das ist albern. Ich schau mir doch jetzt nicht die Augen von allen Leuten an.

Musst du aber.

Muss ich gar nicht.

Bitte. Wenn es jemanden mit blaueren Augen als meine gibt, dann gibt es vielleicht auch jemanden mit den allerblausten Augen. Mit den allerblausten Augen auf der ganzen Welt.

Das ist dann wohl einfach Pech.

Bitte hilf mir beim Schauen.

Nein.

Aber wenn meine Augen nun nicht blau genug sind?

Blau genug für was?

Blau genug für … ich weiß auch nicht. Blau genug für irgendwas. Blau genug … für dich!

Ich will nicht mehr mit dir spielen.

Ach. Bitte lass mich nicht allein.

Tu ich aber.

Warum denn? Bist du sauer?

Ja.

Weil meine Augen nicht blau genug sind? Weil ich nicht die allerblausten Augen habe?

Nein. Weil du albern bist.

Geh nicht. Lass mich nicht allein. Kommst du wieder, wenn ich sie habe?

Wenn du was hast?

Die allerblausten Augen. Bist du dann wieder da?

Aber sicher. Ich bleibe sowieso nicht lange weg.

Versprochen?

Klar. Ich werde wieder da sein. Direkt vor deinen Augen.

So war das.

Ein kleines Schwarzes Mädchen sehnt sich nach den blauen Augen eines kleinen weißen Mädchens, und größer als das Grauen im Herzen dieser Sehnsucht ist nur das Übel ihrer Erfüllung.

Manchmal sahen wir sie. Frieda und ich – nachdem das Baby zu früh gekommen und gestorben war. Nach all dem Gerede, dem bedächtigen Kopfschütteln. Sie war so traurig anzusehen. Erwachsene wandten den Blick ab; Kinder, zumindest die, die keine Angst vor ihr hatten, lachten ihr ins Gesicht.

Der Schaden, der da entstanden war – er war komplett. Ihre Tage, ihre sprossenden, sattgrünen Tage, brachte sie damit zu, auf und ab zu gehen, auf und ab, und ihr Kopf zuckte zum Schlag einer Trommel, so fern, dass nur sie ihn hören konnte. Die Ellbogen abgeknickt, die Hände auf den Schultern, schlug sie mit den Armen wie ein Vogel, im endlosen, grotesk-vergeblichen Bemühen zu fliegen. So flatterte sie, ein geflügelter und doch der Erde verhafteter Vogel, ganz versessen auf die blaue Leere, die er nie erreichen – die er nicht einmal sehen konnte und die doch die Täler seines Denkens füllte.

Wir versuchten, sie zu sehen, ohne sie anzuschauen, und gingen nie, nie zu ihr hin. Nicht, weil sie lächerlich oder abstoßend gewesen wäre oder wir Angst vor ihr gehabt hätten, sondern weil wir ihr gegenüber versagt hatten. Unsere Blumen waren nie gewachsen. Ich war überzeugt, dass Frieda recht hatte und ich die Samen zu tief in den Boden gesteckt hatte. Wie hatte ich bloß so nachlässig sein können? Und so mieden wir Pecola Breedlove – für immer.

Und die Jahre falteten sich zusammen wie Taschentücher. Sammy war lange fort; Cholly war im Armenhaus gestorben; Mrs. Breedlove arbeitet immer noch als Haushaltshilfe. Und Pecola ist da irgendwo in dem kleinen braunen Haus am Ortsrand, in das ihre Mutter mit ihr gezogen ist, und dort sieht man sie immer noch, hin und wieder. Die Vogelbewegungen haben sich zu bloßem Picken und Rupfen abgenutzt, zwischen Autoreifen und Sonnenblumen, zwischen Colaflaschen und Wolfsmilch, zwischen allem Abfall und aller Schönheit dieser Welt – denn genau das war auch sie. All unser Abfall, mit dem wir sie überschüttet hatten und den sie in sich aufnahm. Und all unsere Schönheit, die zuerst ihr gehört und die sie uns gegeben hatte. Wir alle – alle, die sie gekannt hatten – fühlten uns so unbescholten, nachdem wir uns von ihr gereinigt hatten. Wir waren so schön, wie wir da breitbeinig standen über ihrer Hässlichkeit. Ihre Einfalt schmückte uns, ihre Schuld heiligte uns, ihr Leid ließ uns vor Gesundheit strotzen, ihre Unbeholfenheit machte uns glauben, wir hätten Humor. Ihre Sprachlosigkeit machte uns glauben, wir wären wortgewandt. Angesichts ihrer Armut blieben wir großzügig. Selbst ihre wachen Träume machten wir uns zunutze – um unsere Albträume zum Schweigen zu bringen. Und sie ließ uns und hatte sich damit unsere Verachtung verdient. Wir schliffen an ihr unser Ich zurecht, polsterten unsere Persönlichkeit mit ihrer Schwäche und gähnten über unsere Phantasien von Stärke.

Und Phantasien waren es, denn wir waren gar nicht stark, bloß aggressiv; wir waren gar nicht frei, bloß befugt; wir waren nicht mitfühlend, wir waren höflich; nicht gut, sondern gut erzogen. Um uns mutig zu nennen, buhlten wir um den Tod und versteckten uns wie die Diebe vor dem Leben. Wir ersetzten Intelligenz durch korrekte Grammatik; wir änderten unsere Gewohnheiten, um Reife vorzutäuschen; wir ordneten Lügen um, nannten sie Wahrheit und sahen im neuen Muster einer alten Idee Versprechen und Offenbarung.

Sie aber wechselte einfach zum Wahnsinn über, einem Wahnsinn, der sie allein deshalb vor uns bewahrte, weil wir ihn irgendwann leid waren.

Oh, sicher, ein paar von uns haben sie wohl «geliebt». Die Maginot-Linie. Und Cholly hat sie geliebt. Da bin ich mir sicher. Jedenfalls war er derjenige, der sie genug geliebt hat, um sie zu berühren, zu umfangen, ihr etwas von sich zu geben. Aber seine Berührung war verheerend, und das, was er ihr gab, fügte dem Nährboden ihrer Qual den Tod hinzu. Liebe ist niemals besser als der

Mensch, der liebt. Böse Menschen lieben böse, gewaltsame Menschen lieben gewaltsam, schwache Menschen lieben schwach, dumme Menschen lieben dumm, aber die Liebe eines freien Mannes ist nie ohne Gefahr. Wer geliebt wird, bekommt nichts geschenkt. Das Geschenk der eigenen Liebe besitzt nur, wer liebt. Wer geliebt wird, ist beraubt, ausgelöscht, erstarrt im grellen Blick des inneren Auges des Menschen, der liebt.

Und wenn ich sie jetzt den Abfall durchsuchen sehe – wonach wohl? Nach dem, was wir ermordet haben? Dann erzähle ich davon, dass ich die Samen nicht zu tief gepflanzt habe, dass die Erde schuld war, der Boden, unsere Stadt. Inzwischen glaube ich sogar, dass in dem Jahr der Boden im ganzen Land den Ringelblumen feindlich gesinnt war. Für manche Blumen ist dieser Boden schädlich. Manche Samen will er einfach nicht nähren, manche Früchte nicht tragen, und wenn das Land von sich aus tötet, dann fügen wir uns und sagen, das Opfer hatte kein Recht zu leben. Natürlich liegen wir damit falsch, aber das spielt keine Rolle. Es ist zu spät. Zumindest dort, am Rand meiner Stadt, zwischen dem Abfall und den Sonnenblumen meiner Stadt, ist es viel, viel, viel zu spät.

NACHWORT
VON ALICE HASTERS

Als Kind wollte ich auch, wie Pecola Breedlove, blaue Augen haben. Ich war überzeugt davon, dass ich damit hübscher aussehen würde. Blau oder grün sollten sie sein – oder zumindest bernsteinfarben. Alles außer diesem Braun, so dunkel, dass es in schummerigem Licht schwarz erscheint und meine Pupillen verschluckt. Niemand bekam Komplimente für dunkle Augen, als ich aufwuchs. Bis in meine frühen Zwanziger hinein hielt dieser Wunsch an, auch wenn ich ihn nicht aussprach, denn er war mir peinlich – und vor allem war er zwecklos. Meine Hoffnung übertrug sich auf die nächste Generation. Ich rechnete mir aus, dass mein Kind blaue Augen bekommen könnte, wenn ich einen blauäugigen Mann finden würde. Schließlich hatte meine Großmutter blaue Augen und mein Vater grüne. Und auch wenn ich mich eigentlich nicht für Biologie interessierte, hatte ich bei Genetik besonders gut aufgepasst. Denn dort lernte ich, dass so die Wahrscheinlichkeit, ein blauäugiges Kind zu bekommen, für mich bei 50 Prozent lag. Die internalisierte Annahme, dass blaue Augen schöner und begehrenswerter waren, beeinflusste also, wie ich mich sah, wen ich begehrte, was mich in der Schule interessierte und wie ich mir meine Familie vorstellte. Was für ein Ausmaß.

Es dauerte eine Weile, den Wunsch nach blauen Augen zu entlernen. Und ich schreibe bewusst entlernen, nicht loslassen, denn ich hielt ihn nicht fest, ich versuchte jahrelang, ihn abzuschütteln. Doch er wurde immer wieder neu festgezurrt, von dem, was ich in der Welt sah. Wer als liebenswert und schön galt und wer nicht – in Filmen, in Büchern, in der Schule, auf der Straße. Und auch wenn ich oft hübsch genannt wurde, war es trotz und nicht wegen meiner dunklen Augen.

Ich hatte es jedoch sehr viel leichter als Pecola Breedlove. Unter anderem, weil ich ihre Geschichte bereits früh lesen durfte. Meine Mutter schenkte uns Töchtern *Sehr blaue Augen*, als ich dreizehn Jahre alt war. Zum Glück. Das Buch setzte meiner Sehnsucht, weißer auszusehen, etwas entgegen. So blieb es bei einem heimlichen Wunsch, den ich mit meinem Spiegelbild teilte, und wuchs nicht weiter in ein verzweifeltes Verlangen, das meinen Alltag diktierte. Durch Toni Morrison lernte ich früh, dass ich nicht das einzige Schwarze Mädchen war, das sich blaue Augen wünschte, und dass der Wunsch auch nicht von ungefähr kam. Es war etwas, das wir von der Gesellschaft eingeredet bekamen. Indem sie alles, was zu Schwarz war, abwertete und als hässlich erachtete. *Sehr blaue Augen* war das erste Buch, das ich las, das mich als Schwarzes junges Mädchen direkt adressierte. Nicht nur eine, sondern direkt drei junge weibliche Figuren mit unterschiedlichen Perspektiven stehen in diesem Roman im Mittelpunkt.

Die widerständige Claudia, die den Auswirkungen der weißen Vorherrschaft mit berechtigter Wut begegnet. Die mutige Frieda, die ihre Schwestern verteidigt, wenn sie angegriffen werden. Und Pecola, der das Leben so übel mitspielt und deren persönliches Happy End, die Vorstellung, dass sie endlich blaue Augen habe, in Wahrheit eine Tragödie ist. Mit diesem Buch macht Morrison die Auswüchse von jahrhundertelang anhaltendem Rassismus und patriarchaler Gewalt sichtbar. Sie beschreibt, wie diese strukturelle Unterdrückung in Schwarzen Menschen selbst verankert ist, und besonders, was er für Schwarze Mädchen bedeutet.

Sehr blaue Augen ist Morrisons erster Roman. Er wurde 1970 veröffentlicht, als sie 39 Jahre alt war. Damit war sie älter als die meisten Schriftstellerinnen bei ihrer Erstveröffentlichung. Doch gerade die Lebenserfahrung macht ihren Debütroman so wertvoll, wie im Übrigen alle weiteren, die noch folgten. Morrisons Bücher stecken voller Weisheit. Jeder Satz ist eine Offenbarung, selbst ein vermeintlich so beiläufiger wie: «Wenn Vorfreude samt Gewissheit Glück ergibt, dann waren wir glücklich.» (S. 31)

Die Präzision ihrer Rhetorik und ihre Gabe, wunderschöne sprachliche Bilder zu zeichnen, ernteten viel Anerkennung. Das war als Schwarze Autorin vor allem in den 1970er Jahren alles andere als selbstverständlich. Morrison interessierte sich wenig für den weißen Blick. Ganz im Gegenteil, sie weigerte sich, ihn zu bedienen. Sie wollte ihre Welt nicht erklären, zensieren oder sich beweisen müssen, aus Angst davor, was ein weißes Publikum über sie dachte. Genau das kritisierte sie oft bei anderen hoch geschätzten afroamerikanischen Autor*innen, wie beispielsweise Ralph Ellison oder Frederick Douglass.

Das Desinteresse an weißen Perspektiven wurde ihr von weißen Kritiker*innen zum Vorwurf gemacht. Es sei schade, dass eine solch talentierte Autorin wie sie nur über Schwarze Menschen schreibe. So blieben ihre Bücher immer nur Nischenliteratur, wurde über sie geschrieben. Als sei es gänzlich uninteressant für weiße Menschen, Geschichten über Schwarze Figuren zu lesen. Als stecke in ihren Welten, ihren Emotionen und ihren Kämpfen nichts Universelles, nichts, womit sich weiße Leser*innen identifizieren könnten. Oder war es gerade die unbequeme Wahrheit, die in Morrisons Literatur so deutlich wurde, dass das Leben Schwarzer Menschen so unübersehbar von Rassismus geprägt ist, dass die Folgen von Versklavung noch immer wirken, die weißen Menschen so unangenehm war?

Doch den weißen Blick zu ignorieren, bedeutete auch, die Scham, die Rassismus für die Betroffenen mit sich bringt, offenzulegen – und zwar für alle, auch für ein weißes Publikum. Morrison sprach Wahrheiten aus, die Schwarze Menschen gelernt hatten, für sich zu behalten. Doch Offenlegung ist der einzige Weg, tief eingegrabene Rassismen loswerden zu können. So ist *Sehr blaue Augen* ein Befreiungsschlag. Ein Raum, vor allen Dingen für Schwarze Mädchen und Frauen, sich mit der Scham und all ihren Facetten auseinanderzusetzen.

Morrisons Art zu schreiben hat mich als Autorin sehr geprägt. Sie hat mir die Angst davor genommen, dem

Schmerz zu folgen, und mir das Vertrauen gegeben, dass der Schwarze Blick wertvoll ist und gebraucht wird. Durch sie habe ich gelernt, wie wichtig es ist, meine Fehler und Ratlosigkeit zuzugeben, weil das Menschlichkeit offenbart.

1993 erhielt Morrison als erste Schwarze Frau den Nobelpreis für Literatur. Sie gehört also zu den renommiertesten Autor*innen der Welt. All ihre Bücher sind schon vor Jahren ins Deutsche übersetzt worden. Dennoch muss ich immer wieder mit Erstaunen feststellen, dass viele literaturbegeisterte Menschen noch nie etwas von ihr gehört, geschweige denn gelesen haben. Noch immer haben zu viele Menschen verinnerlicht, dass nur weiße Menschen – insbesondere weiße Männer – lesenswerte Klassiker geschrieben haben. Zeit, dass sich das ändert.

Denn die Geschichte von Pecola, Claudia und Frieda hat bis heute nicht an Relevanz verloren. Auch heute wird noch viel darüber gesprochen, was als schön und begehrlich gilt. Und warum gerade Frauen und Mädchen anscheinend nur Schutz, Würde und Anerkennung verdient haben, wenn sie als schön oder begehrlich gelten. Auch abseits des weißen Blickes wird das Thema um Colorism innerhalb der Schwarzen deutschen Community stärker diskutiert. Colorism beschreibt die Bevorzugung von Menschen mit hellerem Hautton innerhalb einer rassifizierten Gruppe. Es ist genau das, was auch Pecola erfährt. Der Grund, weshalb sie sich blaue Augen wünscht und von anderen immer wieder als «hässlich» bezeichnet wird.

Auch in Deutschland sieht man heute die Auswirkung von Colorism. Die Repräsentanz Schwarzer Menschen ist zwar gestiegen, das trifft jedoch vor allem auf Schwarze mit hellerem Hautton zu. Sie sind es, die von Werbeplakaten herunterlächeln, die in Talkshows sprechen, die eine große Followerschaft in den sozialen Medien bekommen. In Deutschland sind das vor allem Menschen mit einem weißen Elternteil wie ich. Wir gelten als vermarktbarer. Zum einen, weil wir durch unseren weißen Teil der Familie nahbarer für ein weißes Publikum scheinen. Zum anderen aber, weil wir näher am eurozentrischen Schönheitsideal sind. Denn unsere Haut ist meist nicht ganz so dunkel, unsere Locken sind nicht ganz so dicht, unsere Nase nicht ganz so breit, unsere Augen sind nicht ganz so dunkel. Was Toni Morrison in *Sehr blaue Augen* beschreibt, ist auch heute, mehr als fünfzig Jahre nach der Erstveröffentlichung, noch nicht überwunden.

Toni Morrison schrieb in ihrem späteren Vorwort, dass die Menschen zwar von Pecolas Geschichte berührt waren, sich jedoch nicht bewegten. Die meisten empfanden Mitleid mit ihr, jedoch richtete sich der Blick der Leser*innen zu wenig nach innen. Zu wenige stellten sich die Frage, wie sie wohl mit Pecola umgegangen wären — oder was sie an Pecolas Stelle gedacht und gemacht hätten. Eine Geschichte allein kann die Auswirkungen von strukturellem Rassismus nicht auflösen. Auch ich habe nach der Lektüre von *Sehr blaue Augen* nicht aufgehört, mir zu wünschen, anders auszusehen. Doch ich habe angefangen, mich gegen diesen Wunsch zu wehren, mich gegen ihn zu stellen. Es war nicht leicht, auch für mich nicht, die als Schwarze mit weißem Elternteil bereits privilegiert ist. Toni Morrisons Buch ist eine Verteidigung der Würde Schwarzer Mädchen. Das Buch stellt sich vor uns, wie Frieda sich vor Claudia und Pecola stellt, als sie von Maureen schikaniert werden. Morrison schenkt uns Anerkennung und sieht unseren Schmerz, unsere Resilienz und unsere Zerbrechlichkeit. Sie erlaubt uns, weder Opfer noch Heldin zu sein, und gibt uns damit die Menschlichkeit zurück, die uns gerne versagt wird.

Toni Morrison starb im August 2019, kurz bevor mein erstes Buch erschien. Ich weinte, als hätte ich ein Familienmitglied verloren. Morrison war eine große Verfechterin der Wirkungsmacht von Vorfahr*innen. Sie seien immer präsent in uns selbst, in unseren Erinnerungen, und könnten uns, wenn wir es zuließen, durch das Leben führen. Morrison ist eine solche Vorfahrin. Ihre Geschichten geben Kraft und Klarheit. Ohne Zweifel wird ihr Wirken viele weitere Generationen prägen.

EDITORISCHE NOTIZ

Toni Morrison verwendet in *Sehr blaue Augen* in der direkten und indirekten Figurenrede und erlebten Rede bewusst Rassismen und diskriminierende Sprache. Die Übersetzung orientiert sich bei Ausdrucksweisen und Vergleichen eng am Original. Da bestimmte Begriffe im Deutschen anders konnotiert sind oder gar keine Entsprechung haben, werden das N-Wort und andere rassistische Ausdrücke bewusst auf Englisch belassen und ausgeschrieben. Das N-Wort sollte von Nichtschwarzen Menschen aus Respekt nicht vorgelesen oder reproduziert werden.

Schwarz wird als Selbstbezeichnung und Beschreibung eines Erfahrungshorizonts durchgängig großgeschrieben.